Emilia Doyle
Ball der Hoffnung
Südstaatenroman

AF215495

Emilia Doyle

Ball der Hoffnung

Südstaatenroman

Bibliografische Information der Deutschen Nationalbibliothek:
Die Deutsche Nationalbibliothek verzeichnet diese Publikation in
der Deutschen Nationalbibliografie; detaillierte bibliografische
Daten sind im Internet über http://dnb.dnb.de abrufbar.

Impressum:

Coverfotos und Hintergrund:
Landry76 by Wikimedia
CCO Creative Commons
Paar: Nate & Angelique
periodimages.com
Lektorat: Elsa Rieger:
https://www.elsarieger.at/lektorin/

Herstellung und Verlag: BoD –
Books on Demand, Norderstedt

ISBN: 978-3748127901

Mit einem Seufzen ließ sie den Brief auf den Schoß sinken und träumte vor sich hin.

»Möchten Sie den Tee an Ihrem Fensterplatz einnehmen, Ma'am?«, fragte die Sklavin Neema und riss Ashley in die Realität zurück.

»Nein, heute nicht. Du kannst es hier abstellen.« Eilig räumte Ashley die aufgeschlagenen Bücher vom kleinen Rollwagen neben ihrem Diwan zusammen und schaffte Platz für das Tablett.

Neema hatte es versäumt, die Zimmertür hinter sich zu schließen. Laute Stimmen drangen vom Erdgeschoss herauf. Vater und ihr älterer Bruder stritten, wie so oft in letzter Zeit. Details konnte sie nicht verstehen.

»Ich bediene mich selbst, hab Dank, Neema.«

Die Sklavin knickste lächelnd und entfernte sich.

Ashley goss den Tee in die Tasse ein, um ihn ein wenig abkühlen zu lassen, während sie sich wieder auf ihren Diwan zurücklehnte und über den Inhalt des Briefes nachdachte.

Ihre Freundin Prudence hatte kürzlich geheiratet und ließ sie in dem Schreiben an ihrem Glück teilhaben. Sie hatte ihren Liebsten auf einem Ball im Hause ihrer älteren Schwester kennengelernt und sich sofort in den gut aussehenden Gentleman verliebt.

Ashley bedauerte es, dass sie nicht auf der Hochzeit

gewesen war; zu gern hätte sie den jungen Mann in Augenschein genommen, der Prudence' Herz erobert hatte. Mit Vergnügen wäre sie dorthin gereist, um zu feiern, zu tanzen und sich am Glück der Frischvermählten zu erfreuen. Sicher sah die Freundin in ihrem cremeweißen Pariser Brautkleid hinreißend aus. Ashley schloss die Augen und versuchte sich anhand der detaillierten Beschreibung ein Bild zu machen. Selbstverständlich hatte Prudence ihr eine Einladung zukommen lassen, doch sie lebte etwa eine halbe Tagesreise entfernt und niemand aus der Familie war gewillt gewesen, sie dorthin zu begleiten.

Auf was würde sie in Zukunft noch alles verzichten müssen? Ashley seufzte abermals und ihre Miene nahm einen traurigen Zug an. Vater und Bruder interessierten sich nicht im Mindesten für ihre Wünsche und Belange. Ihre Tage waren geprägt von Langeweile und nutzlosen Beschäftigungen.

Nach dem Tod ihrer Mutter hatte man sie in ein vornehmes Mädcheninternat abgeschoben, in dem es ihr nie wirklich gelungen war, engere Freundschaften zu den anderen jungen Damen zu knüpfen. Prudence war die Einzige, mit der sie eine gewisse Nähe verband. Abgesehen von ihr hatte Ashley sich als Außenseiterin gefühlt und lange Zeit benötigt, sich überhaupt mit dem Leben dort zu arrangieren. Aber eine andere Option war ihr nicht geblieben. Wie Vater oft betont hatte, lag ihm viel daran, ihre Erziehung in professionelle Hände zu legen, um sie zu einer anständigen und wohlerzogenen Dame reifen zu lassen, damit sie später die besten Chancen besaß, einen adäquaten Ehemann zu finden. Ob das wirklich sein Bestreben war, wagte sie zu bezweifeln. Ihrer Meinung nach ging es ihm vielmehr darum, die Verantwortung von sich zu schieben. Inzwischen war die Zeit des Internats beendet und sie war seit einigen Monaten zurück auf der Plantage, die sich ihr Zuhause nannte. Ein Heim, in dem sie sich wie eine Fremde fühlte.

Sie setzte sich auf und nippte an ihrem Tee.

Ihre Hauptbeschäftigung war das Lesen. Sie las alles, was sie in die Finger bekam, auch Lektüre, die sich nicht für Damen schickte. Handarbeit hingegen war ihr ein Gräuel, und hätte Prudence ihr im Internat nicht heimlich geholfen, die Arbeiten fertigzustellen, hätte die ältliche Mrs. Stevens sicher irgendwann einen Nervenzusammenbruch erlitten.

Ashley vermisste das Internat nicht. Sie war anders als die noblen und arroganten Töchter der feinen Herrschaften. Im Grunde hatte sie sich nur angepasst und ihre wahre Natur verborgen.

Jetzt war sie frei von derartigen Zwängen, aber deswegen glücklicher? Nein, ganz und gar nicht. Der einzige Vorteil, zurück in ihrem Elternhaus zu sein, bestand darin, dass sie wieder Zugang zu den Pferden hatte. Sie liebte das Reiten. Sooft es das Wetter und die Temperaturen zuließen, ritt sie aus.

Kaum dachte sie daran, musste sie lächeln und spürte, wie ihre Wangen heiß wurden. Bill Gibson. Der Aufseher begegnete ihr neuerdings meist, sobald sie den Stall aufsuchte, als hätte er auf sie gewartet. Ashleys Herz schlug jedes Mal schneller, wenn sie ihn auf sich zukommen sah. Bill strahlte Männlichkeit aus, und das lag nicht daran, dass er sein Hemd stets bis zur Brust offen und die Ärmel bis über den Ellenbogen hochgekrempelt trug. Er war freundlich und zuvorkommend und seine unverhohlenen Blicke vermittelten ihr das Gefühl, eine begehrenswerte Frau zu sein. Ein Empfinden, das ihr Selbstvertrauen gab. Sie genoss seine Aufmerksamkeit, auch wenn ihr bewusst war, dass er niemals um ihre Hand anhalten durfte. Er stand weit unterhalb ihres Standes, Vater würde einer solchen Verbindung niemals zustimmen. Dennoch blieben die kleinen Schäkereien mit Bill das einzig Aufregende, was ihr widerfuhr. Sie stellte die Teetasse ab und eilte zum Fenster, von wo aus sie einen Teil vom Hinterhof einsehen konnte. Manchmal konnte sie ihn beobachten, wenn er mit kraftvollen Schritten den Bereich überquerte. Eine Sklavin, die mit einem Korb Wäsche in Richtung Waschhaus eilte, war die einzige Bewegung, die sie ausmachen konnte. Enttäuscht lehnte sie sich an den Fensterrahmen und blickte gedankenverloren hinaus. Wie es sich wohl anfühlte, wenn Bill sie in den Armen hielt und sich ihre Lippen zu einem Kuss fanden? Seine kräftigen Hände an ihrer Hüfte, wenn er ihr in den Sattel half, war bislang die einzige Berührung geblieben. Sie schmunzelte vor sich hin. Vielleicht sollte sie sich beim nächsten Mal etwas ungeschickter anstellen oder mit einer kleinen Inszenierung seinen Beschützerinstinkt wecken? Sicher war er ein Gentleman und würde ihr sogleich hilfreich zur Seite stehen. Sie stellte sich bildlich einige Szenen vor. Ashley besaß keine Erfahrungen mit Männern, es wurde Zeit, ihren Horizont zu erweitern. Nur zu gut war ihr das lebhafte Geschnatter einiger ihrer Mitschülerinnen bewusst, wenn sie von heißen Liebesschwüren ihrer Verehrer berichteten oder von zarten gestohlenen Küssen schwärmten. Selbst die füllige Gwendolyn hatte einen Verehrer, der sie ehelichen wollte, sobald sie dem Internat den Rücken kehrte. Ob sich ihr Traum wohl erfüllte? Sie hatte wenig Kontakt zu dem zurückhaltenden Mädchen gehabt.

Herrenbesuche waren im Internat strengstens untersagt, die Lehrkräfte waren in dieser Beziehung sehr bestimmt und hatten stets ein wachsames Auge auf ihre Schützlinge.

Die zarten Bande zum anderen Geschlecht entwickelten sich während ihrer Heimatbesuche und setzten sich dann in blumigen Briefen fort. Oft hatten sie kichernd in Grüppchen zusammengesessen und sich über die poetischen Ergüsse ihrer Verehrer amüsiert. Sie, Ashley, hatte mit derartigen Geschichten nicht aufwarten können. Das Wenige, das sie zu solchen Gesprächen beigesteuert hatte, war ihrer Fantasie entsprungen.

Es gab keine gesellschaftlichen Anlässe, zu denen sie geladen war, geschweige denn einen Ball, auf dem sie tanzen und von jungen Gentlemen umworben wurde. Es gab nur ein Zuhause, indem jeder seiner eigenen Wege ging und niemand Notiz von ihr nahm.

Von unten erklangen die Schläge der Standuhr. Bei ihren Tagträumen hatte sie mal wieder die Zeit vergessen. Nach einem schnellen Blick in den großen Frisierspiegel eilte Ashley die Treppe hinunter.

Ihr Vater und ihr Bruder hatten bereits an der Tafel Platz genommen. Brummig blickte Vater sie an, während seine Fingerspitzen die Tischplatte traktierten, als spiele er eine Melodie auf dem Flügel.

»Hat man dich keine Pünktlichkeit gelehrt?«

»Verzeiht, dass ihr warten musstet«, entschuldigte sie sich leise und nahm ihren Platz ein.

Sie fing einen schadenfrohen Blick ihres Bruders Rodney auf, den sie mit einer Grimasse parierte, als der Vater es nicht mitbekommen konnte.

Bis zur Mitte des Hauptganges verlief die Mahlzeit recht schweigsam. Das rührte wohl vom vorausgegangen Streit her, vermutete Ashley, die die beiden verstohlen musterte. Dagegen waren die sonstigen Reibereien bei Tisch, in denen beide vehement ihre Ansichten vertraten, fast schon unterhaltsam.

»Am kommenden Samstag erwarte ich ganz besondere Gäste«, sagte Rodney plötzlich. Seelenruhig zerlegte er das Fleisch auf seinem Teller, ohne Ashley anzusehen. »Es ist deine Aufgabe, dafür Sorge zu tragen, dass das Haus bis dahin gewienert ist und die Herrschaften vortrefflich bewirtet werden.«

Das war nicht die Art der Beschäftigung, die sie anstrebte. Als keine weitere Erklärung folgte, hakte sie schließlich nach, wen er denn erwarte. Immerhin waren nähere Kenntnisse über die Besucher von Nöten, um eine optimale Bewirtung zu garantieren.

Rodney kaute genüsslich, grinste und hatte keine Eile, ihre Neugier zu befriedigen.

Stattdessen ergriff Vater nach einem harten Räuspern das Wort. »Mister und Misses Patterson mit ihrer Tochter Lindsay, der vermutlich zukünftigen Misses Callahan.«

Ashley verschluckte sich prompt an ihrem Tafelwasser und begann heftig zu husten.

Vater gab ein gereiztes Stöhnen von sich. »Ich dachte, dein ungehobeltes Benehmen hätte man dir abgewöhnt«, knurrte er und verdrehte die Augen, wie sie aus dem Augenwinkel bemerkte. »Habe ich denn all die Jahre mein Geld zum Fenster hinausgeworfen?«

Es war nicht das erste Mal, dass sie Äußerungen dieser Art zu hören bekam. Sie bemühte sich, den Reiz in der Kehle in dezentes Hüsteln zu verpacken, und nahm Haltung an.

»Du hast vor, zu heiraten?«, fragte sie ihren Bruder. »Warum hast du nichts gesagt?«

»Da gibt es nicht viel zu sagen«, entgegnete er emotionslos und maß sie mit einem knappen Seitenblick.

Ashley fielen auf einen Schlag unzählige Fragen ein, die kreuz und quer auf sie einströmten, doch sie beschränkte sich auf die Worte: »Ich finde schon!« Ungläubig sah sie zwischen Vater und Bruder hin und her.

Seit fünf Monaten war sie wieder daheim, sie hatte nichts mitbekommen. Weder abwesende, verträumte Blicke noch, dass Rodney überaus gut gelaunt war. Nichts an seiner Art deutete darauf hin. Wer war sie und wie lange und gut kannte er sie? Es fiel ihr schwer, sich ihren Bruder als Ehemann vorzustellen.

»Es ist seine Pflicht, sich rechtzeitig um diese Dinge zu kümmern«, sprach Vater weiter, während er den Blick auf seinen Teller gesenkt hielt. »Eine gut situierte Plantage braucht stramme Erben, man weiß schließlich nie, was die Zukunft bringt.« Die beiden Männer warfen sich einen abschätzenden Blick zu. »Ich bin froh, wenn ich noch erleben kann, wie mein künftiger Enkel heranwächst, und ich ihm beibringen kann, was er als Pflanzer wissen muss.«

»Als wenn ich das nicht könnte«, maulte Rodney.

»Das wird sich noch zeigen. Du hast mir zu viele Hirngespinste im Kopf.«

Rodneys Besteck landete geräuschvoll auf seinem Teller. »Ich habe dir detaillierte Fallbeispiele vorgelegt, aber du bist ja nicht einmal gewillt, sie dir anzuschauen.«

»Ich führe bereits Jahrzehnte diese Plantage und habe sie zu einem beachtlichen Besitztum gemacht, das sich sehen lassen kann. Leiste erst mal, was ich geleistet habe, dann können wir weiterreden.« Sein Ton war scharf und lauter geworden.

»Das würde ich ja gerne, wenn du nicht so verdammt verbohrt wärst. Manchmal muss man Risiken eingehen und in ein zwei Jahren wird sich die Investition auszahlen.«

»Ich will nichts mehr davon hören!«, donnerte Vater und schlug mit der Faust auf den Tisch, dass das Geschirr vibrierte.

Ashley hielt gespannt die Luft an und musterte die beiden; feindselig blickten sie einander an. Gern hätte sie mehr über Lindsay Patterson erfahren, aber sie gab sich vorerst geschlagen. In dieser hitzigen Phase waren die Hochzeitspläne rasch zur Nebensache geworden.

Vater war nicht mehr der Jüngste und geriet schnell an seine körperlichen Grenzen. Ein Umstand, der ihn noch ungenießbarer machte, als es ohnehin seiner Art entsprach. Er war außerstande, sich im vollen Umfang um die Plantage zu kümmern, wie er es gewohnt war. Andererseits war er nicht gewillt, seinem Sohn die Plantage zu übergeben und sich zur Ruhe zu setzen. Somit waren die Streitereien vorprogrammiert. Vater war ein Pedant und duldete keinerlei Abweichung von seinem Führungsstil. Es hatte all die Jahre nach seinem System funktioniert und würde, wenn es nach seinem Sturkopf ging, auch die nächsten Jahrzehnte so weiterlaufen.

Ihr Bruder Rodney hatte eigene Ideen und Vorstellungen. Wie Ashley einmal bei Tisch mitbekommen hatte, plante er, einige Morgen Land aufzukaufen, die im Südosten an ihre Ländereien grenzten, und weitere Sklaven für deren Bewirtschaftung anzuschaffen.

Wer von den beiden die besseren Argumente hatte, vermochte sie nicht zu sagen. Sie hielt sich aus den Debatten heraus; ihre Meinung war ohnehin nicht gefragt.

Mitgefühl für ihren Bruder in seiner unerfreulichen Lage verspürte sie nicht. Sie standen sich nicht besonders nahe. Er kam nach dem Vater, Rodney hatte den gleichen Dickschädel und konnte gelegentlich ein ebensolcher Tyrann sein.

›Der Apfel fällt nicht weit vom Stamm‹, pflegte ihre Tante in dem Falle zu sagen. Ein kurzes Schmunzeln wollte bei dem Gedanken an Tawinia aufkommen, sie verbiss es sich angesichts der momentanen Stimmung.

»Du bist ein alter Mann! Ohne meine Mitarbeit wärst du aufgeschmissen, vergiss das nicht.« Rodney zeigte keine Skrupel, dem strengen Vater die Meinung ins Gesicht zu sagen, dafür beneidete sie ihn.

Sie selbst hatte nie so viel Mut bewiesen und sich stets nach den ersten Einwänden von seiner Dominanz einschüchtern lassen. Es war ein seltsames Gefühl, zu beobachten, wie sich das Gleichgewicht allmählich zu verschieben begann. Vater schien auch zu befürchten, dass seine Monopolstellung nicht mehr unangreifbar war. Fast tat er ihr leid.

»Alt, ja! Aber nicht senil oder schwachsinnig, also hüte deine Zunge!« Mit zornrotem Gesicht erhob er sich von der Tafel. »Wenn ich das Gras von unten sehe, kannst du machen, was dir vorschwebt, doch bis dahin sage ich, wo es langgeht. Und darüber gibt es keine weiteren Diskussionen, ist das klar?« Ohne eine Antwort abzuwarten, wandte er sich um und verließ schnaubend das Esszimmer.

»Musstest du ihn so angehen?«, fragte Ashley vorsichtig. »Willst du, dass er einen Herzanfall erleidet?«

Rodney lachte hämisch. »Der? Glaub mir, der ist zäher als eine alte Schuhsohle.« Grunzend nahm er sein Besteck auf und aß weiter.

Ashley betupfte mit der Serviette ihre Mundwinkel und legte sie anschließend neben ihrem Gedeck ab, ihr war der Appetit vergangen. Geduldig wartete sie, bis ihr Bruder aufgegessen hatte und sich zurücklehnte.

»Hast du spezielle Wünsche, was das Menü für deine Verlobte und ihre Eltern betrifft?«, fragte sie sachlich, in der Hoffnung, er würde mehr über diese Frau verraten.

»Noch ist sie nicht meine Verlobte! Daher wird das Beste gerade gut genug sein, um sie zu überzeugen, meinen Antrag anzunehmen. Also lass dir was einfallen.«

Seine überhebliche Art ärgerte sie. »Mit einem guten Essen allein wirst du ihr Herz nicht erobern, lieber Rodney«, entgegnete sie schnippisch.

»Ich will auch nicht ihr Herz, sondern lediglich diese Frau. Verstanden?«

Für einen Moment verschlug es ihr die Sprache und sie konnte ihn nur anstarren. Wie konnte er so gefühllos von einer Frau sprechen, die er zu heiraten gedachte? Schockiert klappte sie den Mund wieder zu und sortierte hastig ihre Gedanken.

»Warum willst du sie heiraten, wenn du sie anscheinend gar nicht liebst?«

»Sie kommt aus einer angesehenen, recht einflussreichen Familie. Diese Verbindung würde mir, sagen wir mal, gewisse Vorteile verschaffen, ihre Mitgift ist auch nicht zu verachten und obendrein ist sie überaus attraktiv. Mehr kann man nicht erwarten.« Selbstgefällig ergriff er sein Weinglas und nahm einen kräftigen Schluck.

»Du bist widerlich!«

Belustigt lachte Rodney auf, drehte sich zu ihr und musterte sie provokant.

Ashley hoffte, dass diese Lindsay genug Hirn besaß, um zu erkennen, dass er ein falsches Spiel spielte. War er wirklich so unsensibel, wie seine Worte vermuten ließen? Bestürzt griff sie nach ihrem Glas mit Tafelwasser und nippte daran. Sie spürte, dass ihr Bruder sie immer noch ansah. Ihr reichte es, sie stand auf, sie brauchte Zeit, diese Informationen zu verarbeiten.

»Nicht so hastig!« Er hielt sie am Arm fest, als sie die Tafel verlassen wollte. »Du wirst mich in meinem Bestreben tatkräftig unterstützen, also komm nicht auf dumme Ideen.« Sein kühler Blick erstickte den Protest, der ihr auf der Zunge lag. Er hielt ihren Oberarm wie in einer Schraubzwinge, aber sie unterdrückte einen Schmerzenslaut und blickte ihm geradewegs ins Gesicht.

»Du wirst ihr gegenüber meine Vorzüge lobend unterstreichen ...«

»Und was sind deine *Vorzüge*?«, fiel sie ihm ins Wort.

Er überging den Einwand. »Außerdem wirst du ihr geschickt ein paar Geheimnisse entlocken. Ich will alles wissen, was sie gerne mag. Du weißt schon, ihre Lieblingsblumen, ob sie gern ins Theater oder in die Oper geht, welche Schriftsteller und Poeten sie bevorzugt und so weiter.«

»Warum sollte ich das tun?«

Er ließ sie los. »Ich werde Lindsay heiraten, so viel steht fest. Notfalls gibt es andere Wege, um das zu erreichen. Eine Mithilfe deinerseits könnte sich positiv auf deine Situation auswirken.«

Verständnislos sah Ashley zu ihm auf; hinter ihrer gekrausten Stirn arbeitete es heftig.

Rodney kostete seine Überlegenheit aus. »Nun, Schwesterchen, du glaubst nicht ernsthaft, dass du das Dasein bis ans Ende deiner Tage im schnuckeligen Klein-Mädchenzimmer dieses Hauses verbringen wirst, oder?«

»Natürlich nicht!« Sie straffte sich und blickte erhobenen Hauptes an ihm vorbei, ärgerte sich aber gleichzeitig, dass ihre Stimme so dünn geklungen hatte.

»Schön, dass du mich verstanden hast.« Er wandte ihr den Rücken zu und ging hinüber zum Barfach, wo er sich vermutlich einen Brandy eingoss. Sie hörte ihn mit der Karaffe hantieren. Ashley war sich nicht sicher, was genau er ihr damit sagen wollte. Irgendwann würde ein Gentleman kommen und sie, Ashley, zu seiner Gemahlin machen, soweit hatte sie ihn verstanden, jedoch hieß das nun, dass er sich im Gegenzug dazu verpflichtete, sie bei der Suche nach einem geeigneten Kandidaten zu unterstützen?

»Dann darf ich mitkommen, wenn der nächste Ball ansteht?«, fragte sie hoffnungsvoll.

Rodney stand inzwischen lässig an das Schränkchen neben dem Barfach gelehnt und musterte sie mit hochgezogenen Brauen. Mit dem Glas in der Hand kam er langsam auf sie zu, kippte, als er vor ihr stand, den restlichen Inhalt in einem Zug in sich hinein und stellte das Glas auf dem Esstisch ab.

»Am kommenden Samstag! Ich verlasse mich auf dich. Und zögere nicht, der alten Blanche Dampf unter dem Hintern zu machen, sie wird allmählich träge und faul.«

Er zwinkerte ihr zu und schnalzte mit der Zunge, dann marschierte er mit raschen Schritten aus dem Raum.

Ashley stieß kraftvoll die Luft aus. Die Sklavin Blanche war die Köchin und lebte schon seit vielen Jahren auf der Plantage. Allerdings war sie recht eigenwillig. Seit es im Hause Callahan keine weiße Herrin mehr gab, hatte sie die Küche eigenverantwortlich unter sich und befehligte mit strengem Regiment die anderen Küchensklaven. Sie beäugte Ashley oft kritisch, ja beinahe feindselig, sobald sie die Küche betrat. Offenbar fürchtete sie um ihre exklusive Stellung. Es würde schwer werden, mit ihr das Menü zu besprechen.

Nachdenklich begab sie sich auf ihr Zimmer. Vielleicht war es ganz gut, alsbald einen Ehemann zu finden, um diesem Haus entfliehen zu können und ihr eigenes Leben zu führen. Für einen Augenblick gab sie sich den Träumereien von rauschenden Bällen und gut aussehenden Verehrern hin, die um sie herum scharwenzelten. Attraktive Herren, die um ihre Gunst buhlten, und unter ihnen der eine, der ihr Herz höherschlagen ließ. Für die Möglichkeit würde sie sogar den ganzen Abend Rodneys Gesellschaft ertragen. Es war schließlich die einzige Gelegenheit, einen Ehemann zu finden.

Dafür aber das Leben und die Zukunft der armen Lindsay zu opfern, gefiel ihr gar nicht. Sie fühlte sich in einer Zwickmühle. Was war nur aus Rodney geworden?

Früher, als sie noch klein waren, war Rodney ihr Held gewesen, der sie stets vor dem strengen Vater in Schutz genommen hatte. Nach dem Tod der Mutter, als Vater sie in dieses Internat abgeschoben hatte, waren sie sich über die Jahre immer fremder geworden. Inzwischen hatte sie das Gefühl, ihn überhaupt nicht mehr zu kennen. Er hatte die Eigenschaften angenommen, die sie früher an ihrem Erzeuger gehasst und verurteilt hatten. Lag es daran, dass er zu lange seiner Herrschaft ausgesetzt war? Konnte der Charakter eines Menschen auf eine andere Person abfärben? Rodney war ein gestandener Mann, der den Vater längst nicht mehr fürchten musste, auch wenn der die Zügel immer noch in der Hand hielt. War es nur eine harte Schale, die er sich zugelegt hatte? Steckte der alte Rodney doch noch irgendwo tief drinnen oder hatte ihn Vaters Einfluss im Laufe der Zeit unwiderruflich geprägt? Da Rodney sich jedoch genauso herablassend verhielt, wenn sie beide allein waren, war Letzteres leider wahrscheinlicher, das stimmte sie traurig. Sie wusste nicht, was er trieb, wenn er sich nicht auf der Plantage aufhielt. Ihre Gedanken schweiften wieder zu seiner Auserkorenen. Rodney war ein attraktiver Mann, groß, muskulös gebaut und stets gut gekleidet. Sicher gab es etliche Damen, die ihm schmachtend hinterherblickten. Ihr fielen ein paar pikante Kommentare ihrer Mitschülerinnen ein, die von strammen Schenkeln und knackigen Hinterteilen schwärmten. Attribute, die durchaus auf Rodney zutrafen. Auf Anhieb konnte sie mehrere der Mädchen nennen, die bei seinem Anblick in Verzückung geraten wären. Auch Harriett wäre mit Sicherheit eine von ihnen, obwohl diese strohblonde Schönheit mühelos jeden Mann um den Finger wickeln konnte.

Sie selbst tat sich schwer, sie war keine Verführerin. Es würde keine leichte Aufgabe werden, einen passenden Ehemann zu finden. Sie tanzte leidenschaftlich gern und hatte keine Schwierigkeiten, eine Unterhaltung zu führen, aber sobald ein Mann sein Interesse bekunden würde, fürchtete sie, ihn durch ihre Unsicherheit abzuschrecken. Es war furchtbar, dass sie keinerlei praktische Kenntnisse hatte. Rodney würde sich bestimmt über sie lustig machen und nach dem Ball tagelang damit aufziehen. Vielleicht konnte sie sich ein paar hilfreiche Tipps bei Lindsay holen? Sie verwarf den Gedanken sofort wieder. Bestimmt war sie so eine hochnäsige arrogante Kuh wie Victoria Campbell, die eine Stufe über ihr gewesen war, und die anderen Mädchen wie ihre Untertanen um sich herum versammelt hatte.

Es wäre hilfreich, die verbleibende Zeit zu nutzen, um ein paar Erfahrungen zu sammeln, damit sie nicht ganz so dumm dastand, wenn es darauf ankam. Die ersten Festlichkeiten begannen im September, wenn die Felder abgeerntet, die Baumwolle getrocknet und zu Ballen verpackt für den Weitertransport verladen war. Viele Pflanzerfamilien richteten dann einen Ball aus, als krönenden Abschluss eines erfolgreichen Jahres.

Die Familie Prescott, die die größte Plantage im Umkreis besaß, machte für gewöhnlich den Auftakt. Ihre großartigen Feste waren weitreichend bekannt.

Nachdenklich seufzte Ashley. So wundervoll das Ganze auch klang, irgendwie verspürte sie ein ungutes Gefühl. Genau konnte sie nicht formulieren, woher dieses Empfinden rührte. Der kurze überraschte Ausdruck in Rodneys Gesicht, als sie den Ball erwähnte, war ihr nicht entgangen. Außerdem war er gar nicht darauf eingegangen, als käme es ihm nie in den Sinn, sie zu einer solchen Veranstaltung mitzunehmen. Nur wo sonst sollte sie die Möglichkeit bekommen, einen Ehemann zu erwählen? Je mehr sie darüber nachdachte, desto eigenartiger kam ihr die Geschichte vor.

Sie musste auf der Hut sein, sie durfte Rodney nicht trauen. Wenn er Informationen wollte, sollte er eine klare Abmachung mir ihr treffen. Entweder gab er ihr sein Ehrenwort, dass er sie auf den Ball bei den Prescotts begleitete, oder er konnte seine von ihr erwarteten Auskünfte vergessen. Zufrieden mit der Entscheidung verließ sie den Speiseraum und ging auf ihr Zimmer.

Schmerzlich wurde ihr bewusst, dass ihr Leben eine neue Richtung einschlug. Ein Teil davon war, dass sie nicht mehr zurück ins Internat musste, und bislang hatte die Freude darüber die Gegenwart ausgeblendet. Nun war sie auf dem Boden der Realität gelandet.

Die vergangen Wochen hatte sie sich verhalten, wie sie es sonst während der schulfreien Monate getan hatte, die sie auf der Plantage verbracht hatte. Tagsüber hatte sie sich zurückgezogen und sich beinahe unsichtbar gemacht, als wäre sie nicht vorhanden.

So machte sie es immer noch. Nur bei den Mahlzeiten sah sie ihre Familie oder am Abend, wenn die Männer ihre Arbeit erledigt hatten.

Rodney war oftmals tagelang nicht zu Hause und Vater verbrachte viel Zeit in seinem Arbeitszimmer. Nur gelegentlich ergaben sich intensivere Gespräche. Gemütliche, familiäre Abende kannte sie im Grunde nicht.

Ihr Blick fiel auf Prudence' Brief, der noch offen auf ihrem Bett lag. Sie hatte ihre große Liebe gefunden, fast beneidete sie ihre Freundin. Würde Ashley auch jemals so glücklich werden? Eine tiefe Sehnsucht überfiel sie.

Rodney hatte recht, sie konnte nicht ewig in diesem Zimmer verbringen, aber wie lange würde er sich darauf einlassen, ihre Begleitung zu sein? Schließlich konnte sie nicht erwarten, bereits auf den ersten Festlichkeiten einen

Gemahl zu finden. Außerdem hätte er ohnehin andere Interessen, wenn er Lindsay heiratete. Sie würde sich wie das fünfte Rad am Wagen vorkommen, wäre seine junge Gemahlin erst mal auf der Plantage eingezogen.

Vielleicht musste sie ihr Glück selbst in die Hand nehmen. Nur wie sollte sie das anstellen? Es war ihr vollkommen gleichgültig, ob ihr Zukünftiger ein reicher Plantagenbesitzer wäre, ein Banker, Kaufmann oder Handwerker. Alles, was zählte, war, dass sie den Mann, der um ihre Hand anhielt, von ganzem Herzen liebte.

Spontan beschloss sie, auszureiten. Der Himmel zeigte sich bewölkt, somit war es nicht ganz so heiß wie in den Tagen zuvor, an denen Ausritte nur in den Morgenstunden möglich waren. Vielleicht gelang es ihr, wieder einen klaren Kopf zu bekommen. Erwartungsvoll hielt sie Ausschau nach Bill, aber zu ihrer Enttäuschung war er nirgends zu sehen. Zwei Sklavenjungen sattelten ihre Stute und führten sie aus dem Stall.

Der Austritt war eine Wohltat, auch wenn sie sich leicht verschwitzt fühlte. Sie hatte sich währenddessen eine Strategie zurechtgelegt, wie sie ihren Bruder in die Pflicht nehmen wollte. Er sollte nicht denken, er habe ein Dummchen vor sich. Zu ihrem Pech traf sie Rodney nicht mehr an. Er sei ausgegangen, berichtete eine Sklavin auf Nachfrage. Das Dinner nahm sie allein mit ihrem Vater ein. Eine Weile musterte sie ihn, während er die Nase zwischen zwei Bissen immer wieder in irgendwelche Notizen steckte und dabei die Schreiben mal auf Armeslänge hielt und im nächsten Moment erneut handbreit vors Gesicht.

»Soll ich dir vorlesen, Vater?«

»Warum? Meinst du, ich sei des Lesens nicht mehr mächtig?«

»So habe ich das nicht gemeint, ich dachte nur, weil ...« Offenbar hatte sie einen empfindlichen Nerv getroffen. »Ich meine, deine Augen sind ...«

»Das liegt an dem schlechten Licht«, polterte der Vater. »Demnächst sieht man nicht mehr, was man auf dem Teller hat.« Die Sklavin, die gerade hinter ihm vorbeiging, bekam den Rest seines Unmutes zu spüren. »Wollt ihr mich vergiften? Oder warum wird keine Beleuchtung angemacht?«

Ashley fing einen hilflosen Blick der Sklavin auf, die aus Verzweiflung eine Reihe von Entschuldigungen stammelte.

»Eigentlich ist das Tageslicht um diese Jahreszeit noch ausreichend, Vater. Vielleicht solltest du nicht mit dem Rücken zum Fenster sitzen.«

»Genug jetzt! Ich habe immer auf diesem Platz gesessen!«

»Natürlich.« Angesichts seiner plötzlichen Lautstärke zog sie es vor, das Thema auf sich beruhen zu lassen.

Rodneys Zukünftige dürfte einen schweren Einstand haben, täglich mit diesem störrischen Querulanten zurechtkommen zu müssen. Es graute Ashley, wenn sie darüber nachdachte, dass ihr womöglich ein ähnliches Schicksal bevorstand. Was wäre, würde die Familie ihres Auserwählten sie nicht akzeptieren, aus welchen Gründen auch immer? Diesem lieblosen Haus ihrer Geburt konnte sie irgendwann den Rücken kehren, in einer lieblosen Ehe wäre sie für den Rest ihres Lebens gefangen. Ein furchtbarer Gedanke, der ihr kalte Schauer über den Rücken jagte.

Den Vormittag des nächsten Tages verbrachte Ashley mit Blanche in der Küche, um die Menüfolge zu besprechen und eine Liste der noch zu besorgenden Zutaten zu erstellen. Anfänglich gestaltete sich das Gespräch schwierig. Blanche ließ keinen Zweifel an ihrem Missfallen aufkommen. Steif und mit skeptischem Blick saß sie Ashley gegenüber und brachte zu jedem Punkt ihre Einwände vor. Sie sträubte sich, dass ihr plötzlich jemand diktierte, was serviert werden sollte. Ashley tat, als bemerke sie es nicht. Routiniert, wie sie es gelernt hatte, ging sie den Ablauf durch. Geschickt schmeichelte sie der alten Sklavin, sodass die der Herausforderung schließlich mit Freuden entgegensah und mehrfach bekräftigte, ein unvergessliches Mahl zu zaubern.

Zufrieden schmunzelnd verließ sie den Küchentrakt und spazierte ins Freie. Natürlich hätte sie der eigenwilligen Blanche ohne Umschweife befehlen können, welche Speisen sie zu kochen hatte, immerhin war sie eine Sklavin und hatte ihren Wünschen Folge zu leisten, aber mit dem Sieg durch Diplomatie fühlte sie sich bei Weitem wohler.

Gedanklich ging sie noch einmal den geplanten Ablauf des Abends durch, an dem die Pattersons zu Gast sein würden. Hatte sie an alles gedacht? Am Freitag würde Isaac ein weiteres Mal in die Stadt fahren, um die Bestellungen abzuholen, damit Blanche die Lebensmittel noch einlegen, beziehungsweise vorbereiten konnte. Den ersten Teil von Rodney Forderung hatte sie somit erfüllt.

In sich vertieft, schlenderte sie weiter den weißen Kiesweg entlang. Etliche Sklaven waren damit beschäftigt, den Rasen auf Vordermann zu bringen.

Rodney überließ wirklich nichts dem Zufall.

Mit einem Mal hallte seine wütende Stimme von den Sklavenquartieren zu ihr herüber.

Sie hatte schon beim Lunch mitbekommen, dass es Probleme mit der Egreniermaschine gab. Aus diesem Grund waren Vater und Rodney gleichermaßen reizbar und übellaunig gewesen, und sie hatte es vorgezogen, sich still wie ein Mäuschen zu verhalten. Die Ernte war fast geschafft, in ein paar Tagen wären auch die letzten Reihen auf den Feldern vom weißen Gold befreit. Die Egreniermaschine erleichterte die Arbeit der Sklaven, sie trennte die Baumwollfasern von den Samenkapseln und den teils klebrigen Samen.

Die Geräusche, die nun zu ihr drangen, klangen beängstigend. Sie hob ihre Röcke und durchquerte rasch die Rasenanlage. Aus dem Augenwinkel registrierte sie, dass auch die Sklaven die Gartenarbeit unterbrochen hatten und dem Lärm lauschten.

Erst als sie die Hecke erreichte, die die Grünflächen umgab, verlangsamte sie wieder ihre Schritte. Sie tat einen tiefen Atemzug und versuchte, sich zu fassen.

Inzwischen hatte sie keine Zweifel mehr daran, was bei den Hütten vor sich ging, aber es erschien ihr so ungeheuerlich, dass sie es mit eigenen Augen sehen musste. Als sie die beiden vorstehenden Schuppen passiert hatte, erblickte sie das Ausmaß des Grauens. Erschrocken schlug sie sich die Hand vor den Mund, um den Schrei, der sich lösen wollte, zu unterbinden. Ein Sklave stand mit nacktem Oberkörper vor einem hohen Holzpfahl und wurde ausgepeitscht. Die Handgelenke waren über seinem Kopf zusammengebunden und an den Pfahl gekettet. Rodney höchstpersönlich schwang die Peitsche.

Die anderen Sklaven standen im Halbkreis hinter ihm, die Männer stumm mit gesenkten Köpfen, die Frauen voller Entsetzen, einige von ihnen weinten und klagten. Wieder trafen die Lederriemen auf die nackte Haut des Mannes und verursachten einen ekelerregenden klatschenden Laut.

Der Sklave zuckte zusammen, gab aber keinen Mucks von sich. Seine angespannten Muskeln traten deutlich hervor. Schweiß und Blut glänzten auf seinem Rücken. Für einen Moment musste Ashley gegen die aufkommende Übelkeit ankämpfen. Schon wollte Rodney erneut ausholen.

»Um Gotteswillen, was tust du da?«, schrie sie entsetzt.

Sie stürzte auf ihren Bruder zu, wusste, wenn sie noch einmal dieses Klatschen hörte, würde ihr tatsächlich übel werden.

Mit wutverzerrtem Gesichtsausdruck starrte er sie an. »Was hast *du* hier zu suchen?«

»Ich war zufällig im Garten spazieren, als ich das da hörte.« Mit ausgestrecktem Arm wies sie auf den Gefangenen, ohne Rodney aus den Augen zu lassen. »Was hat er getan, dass du ihn so hart bestrafen musst?«

Schnaubend ließ er die Peitsche fallen und kam mit zwei ausladenden Schritten auf sie zu.

Unweigerlich zuckte sie zurück.

Rodney packe sie hart am Arm und stieß sie vorwärts. »Das geht dich nichts an! Mach, dass du ins Haus kommst!« Fast wäre sie zu Boden gegangen, hätte er sie nicht hochgezerrt. »Misch dich gefälligst nicht in Angelegenheiten, die dich nichts angehen. Und jetzt verschwinde, bevor ich dir Beine mache.«

Sein Gebaren machte ihr Angst, sie bereute bereits ihre

unüberlegte Einmischung. Ihr erster Impuls war, zu nicken, ihre Röcke zu raffen und schleunigst zum Herrenhaus zurückzulaufen. Doch dann entdeckte sie Bill.

Er stand mit verschränkten Armen vor der Sklavengruppe und sah ihrem Disput zu. Alle Augen waren auf sie und Rodney gerichtet, doch sie sah nur ihn.

Was würde er von ihr denken, wenn sie nun wie ein eingeschüchtertes Mäuschen davonrannte? Sie straffte sich und sah den Bruder mit mehr Selbstvertrauen an, als sie verspürte. »Du hast meine Frage nicht beantwortet, Rodney Callahan.«

Für einen Moment wirkte Rodney irritiert und überrascht. Es war um sie herum absolut still. Ihr eigenes Atmen erschien Ashley so laut, als würde es in ihren Ohren dröhnen.

»Die Egreniermaschine steht still. Sie ist total verstopft und muss auseinandergebaut werden, weil der Nichtsnutz zu bequem war, die Bürsten anständig zu reinigen.«

Ashley war überrascht, sie hatte nicht wirklich mit einer Antwort gerechnet. »Das kann doch vorkommen. Kein Grund, den Mann ...«

»Kein Grund?« Rodneys wutgerötetes Gesicht kam ihr gefährlich nahe und der Griff um ihre Arme verstärkte sich. Sie bog den Rücken durch, um den Abstand zu vergrößern. »Seine Faulheit wirft unsere Arbeit um Tage zurück, er hat sich die Strafe redlich verdient.« Abrupt ließ er sie los und sie stolperte zwei Schritte rückwärts.

»Ich bin mir sicher, das Problem hättest du auch anders lösen können.« Sie wusste, sie wagte sich mit der Antwort auf gefährliches Terrain vor.

Dann ging es so schnell, dass sie es nicht kommen sah. Ein kräftiger Schlag traf ihre linke Gesichtshälfte.

Ashley taumelte, einen Sturz konnte sie gerade noch abwenden. Schockiert hielt sie ihre Hand auf die brennende Wange. Er hatte sie geschlagen, sie, seine eigene Schwester. Vor den Augen aller! Sie war so fassungslos, dass ihr die Worte fehlten. Tränen verschleierten ihren Blick.

»Wage es nie wieder, mich zu kritisieren! Geh zurück ins Herrenhaus und sei gewiss, dass dein Verhalten ein Nachspiel haben wird.«

Dieses Mal gehorchte sie. Ihre Knie waren von dem Schock wie Gummi. Erst nach einigen Schritten konnte sie den Beinen wieder vertrauen und rannte los.

In ihrem Zimmer angekommen, warf sie sich aufs Bett und ließ den Tränen freien Lauf. Als sie sich einigermaßen beruhigt hatte, klingelte sie nach Neema.

Ihre Wange war geschwollen und glühte. In kleinen dunkelrot gesprenkelten Linien zeichnete sich deutlich der Abdruck dreier Finger ab.

Neema erblasste bei ihrem Anblick und schlug entsetzt die Hand vor den Mund. Sie eilte aus dem Zimmer und kehrte kurz darauf mit einer Schale Wasser, einem Leinentuch und einer Kräutertinktur zurück. Wortlos ließ Ashley die Behandlung über sich ergehen. Die Kräutermischung prickelte auf der gereizten Haut, doch das feuchte, kalte Leinen verschaffte Ashley ein wenig Linderung. Neema stellte keine Fragen, wahrscheinlich ahnte sie, wer ihr diese Ohrfeige zugefügt hatte.

Sie hingegen konnte es noch immer nicht fassen. Nie hätte sie angenommen, dass er so weit gehen würde. Irgendetwas in ihr war zerbrochen. Mit leeren Augen starrte sie die weiße Wand an und bat die Sklavin, sie ein Weilchen allein zu lassen.

»Soll ich Ihnen etwas vom Dinner heraufbringen, Miss Ashley?« Zaghaft lugte Neema etwa zwei Stunden später ins Zimmer.

Ashley tat einen tiefen Atemzug und erhob sich schwerfällig von ihrem Bett. »Nein, ich werde hinuntergehen«, antwortete sie tonlos.

In dem Spiegel an ihrem Frisiertisch betrachtete sie ihr Gesicht.

Neema eilte an ihre Seite. »Ich denke, mit ein wenig Puder ließe sich das Mal kaschieren.«

»Nicht nötig!«

Rodney sollte ruhig sehen, was er angerichtet hatte. Niemals, so schwor sie sich, würde sie ihm diese Tat verzeihen. Sie wollte ihm gegenübertreten und beobachten, ob er wenigstens den Ansatz von Reue verspürte.

Vater saß bereits an der Tafel, nahm aber außer einem knappen Gruß keine Notiz von ihr. Rodney stolzierte herein, kaum dass sie Platz genommen hatte. Er wirkte überrascht, sie im Speiseraum zu erblicken. Vermutlich hatte er angenommen, dass sie sich tagelang in ihrem Zimmer verkriechen würde, doch den Gefallen tat sie ihm nicht. Kühl begegnete sie seinem gefühllosen Blick.

Das Mahl verlief, als wäre sie nicht anwesend. Vater und Bruder diskutieren über Baumwollpreise, Kursschwankungen und Frachttermine.

Im Grunde verspürte Ashley keinerlei Hunger, mühsam nahm sie einige Bissen zu sich, um den Schein zu wahren. Fast bedauerte sie, nicht ins Internat zurückzukönnen. Es gab keine Möglichkeit mehr, dem Leben hier zu entfliehen.

Sie schielte zu Rodney, der mit kauendem Mund Zahlen herunter ratterte, die den Bedarf an Rohbaumwolle der Nordstaaten betrafen.

Während sie ihn betrachtete und darüber nachdachte, in seiner Begleitung Festlichkeiten zu besuchen, um sich einen Ehemann zu angeln, lief es ihr kalt den Rücken hinunter. Wie konnte sie sichergehen, dass er sie nicht dem erstbesten Lustmolch versprach, um sie vom Hals zu haben? Und wie sollte sie reagieren, wenn einer von Rodneys Freunden ihr den Hof machte?

Sie brauchte eine verlässliche Unterstützung, jemanden, auf dessen Urteil sie vertrauen konnte. Es ging schließlich um ihr Leben und sie fasste einen Entschluss. Vater würde an die Decke gehen, wenn er davon erführe, aber das würde sie in Kauf nehmen.

Nach dem Dinner fing Rodney sie an der Treppe ab. Er packte sie am Kinn und zerrte ihr Gesicht zur Seite. In steifer Haltung ließ Ashley es geschehen und beobachtete seine Reaktion.

»Du solltest in Zukunft dein hitziges Temperament zügeln. Du siehst selbst, zu was du mich gezwungen hast. Ich hoffe, es war dir eine Lehre.«

»Eine Lehre?«, fuhr sie ihn an. »Niemand hat dich gezwungen, mich zu schlagen!«

Er verzog den Mund zu einem schiefen Grinsen. »Das siehst du falsch, meine Liebe. Du hast mich vor unseren Angestellten und Sklaven lächerlich gemacht. Wie sollen sie mir Respekt erweisen, würde ich mich von einem Frauenzimmer gängeln lassen?«

Ein Laut der Empörung entwich ihr. Sie klappte den Mund wieder zu und blickte ihn kopfschüttelnd an. So rasch wollte ihr keine Erwiderung einfallen.

»Du solltest etwas Salbe darauf tun, damit es bis Samstag abgeklungen ist.«

»Ist das deine einzige Sorge?«

Er hatte sich schon zum Gehen gewandt, drehte sich aber noch einmal zu ihr um. »Nimm, was geschehen ist, bitte nicht persönlich. Vergiss nicht, dass du dir die Ohrfeige selbst zuzuschreiben hast. Du kannst mir dankbar sein, dass ich Vater nichts von deinem Auftritt erzählt habe, er wäre außer sich gewesen.«

Wütend stampfte sie mit dem Fuß auf und verdrehte die Augen, was ihn zum Auflachen veranlasste. »Was willst du von mir hören? Dass es mir leid tut? Also gut, ich entschuldige mich, bist du nun zufrieden?«

Was brachte eine Entschuldigung, wenn sie nicht von Herzen kam?

»Warum diese Gewalt, Rodney? Warum musstest du den armen Sklaven auspeitschen, das ist barbarisch.«

Dieses Mal war es Rodney, der die Augen verdrehte. »Das habe ich dir bereits erklärt. Man muss den schwarzen Bastarden klarmachen, was passiert, wenn sie nicht spuren. Lässt man die Zügel zu locker, werden sie faul und aufständisch. So etwas werde ich auf dieser Plantage zu verhindern wissen.«

»Früher warst du von solchen Strafen genauso angewidert wie ich.«

»Früher, früher!« Er fuchtelte gereizt mit den Armen in der Luft. »Da waren wir Kinder, dumme und naive Geschöpfe. Heute bin ich ein Mann und ich weiß, was ich zu tun habe, also stelle es niemals wieder infrage. Die Führung einer Plantage ist nicht umsonst eine Männerangelegenheit. Ich muss dir ja wohl nicht erklären, welche Aufgaben der liebe Gott einer Frau zugedacht hat, oder? Beherzige das, und du ersparst dir eine Menge Ärger.« Nach den Worten machte er auf dem Absatz kehrt und ließ sie stehen.

Ashley sah ihm nach, bis er außer Sichtweite war.

Nicht persönlich ...

Kopfschüttelnd stapfte sie die Stufen hinauf. Wie konnte man eine Ohrfeige nicht persönlich nehmen?

Selbstgespräche führend, marschierte sie auf und ab und sparte nicht mit Schimpfwörtern. Sie verließ ihr Zimmer an diesem Abend nicht mehr. Mit einer Lektüre versuchte sie, sich zu entspannen, doch es schien unmöglich, sich auf die Handlung zu konzentrieren. Immer wieder schweiften ihre Gedanken ab. Resigniert legte sie das Buch aus der Hand und beschloss, ins Bett zu gehen.

Ihr Blick fiel auf Prudence' Brief, der inzwischen auf dem Boden lag. Seufzend hob sie ihn auf, drehte ihn mehrfach zwischen ihren Fingern und verstaute ihn schließlich in der kleinen Schublade ihres Nachttisches. Was sollte sie der Freundin bloß antworten?

Ob sie selbst jemals so ein Glück empfinden würde? Eine tiefe Sehnsucht erfasste sie erneut und ihr war zum Weinen zumute. Auf jeden Fall hatte sie noch einen langen Weg vor sich. Keinesfalls würde sie still dasitzen und abwarten, notfalls müsste sie ihr Leben selbst in die Hand nehmen, auch wenn sie nicht wusste, wie sie das bewerkstelligen sollte. Warum war sie nicht als Mann geboren, dann wäre vieles im Leben einfacher. Sie durften nach eigenem Gutdünken handeln, niemand hinderte sie und keiner machte ihnen Vorschriften. Was sie wollten, nahmen sie sich, sie waren weder auf einen älteren Bruder noch auf eine Anstandsdame angewiesen.

Mit einem unterdrückten Wutschrei zerrte sie sich die

Decke über den Kopf, als ihr klar wurde, dass derartige Überlegungen sie keineswegs weiterbrachten. Schlaflos wälzte sie sich von einer Seite auf die andere, erst weit nach Mitternacht übermannte sie schließlich die Müdigkeit und sie fiel in einen traumlosen Schlaf.

Vater und Rodney hatten bereits gefrühstückt und waren außer Haus, als sie am Morgen hinunterging. Nach einer kurzen Stärkung hielt sie mit Blanche Rücksprache und erkundigte sich, wie es um die Vorbereitungen stand. Anschließend erteilte sie den wenig begeisterten Haussklaven einige Anweisungen zum Reinigen der Räumlichkeiten.

Zufrieden verließ sie das Herrenhaus und marschierte auf den Stall zu.

»Ich habe mir erlaubt, Ihre Stute bereits zu satteln, Miss Callahan«, empfing Bill Gibson sie mit einem freundlichen Lächeln.

»Oh, wie aufmerksam von Ihnen, Mister Gibson. Sie wussten doch gar nicht, dass ich vorhatte, heute auszureiten?«

»Das ist wahr! Sagen wir, ich hatte es gehofft.«

Ashley erwiderte sein Lächeln, während ihr Blick seine Erscheinung in sich aufnahm. Er trug ein angegrautes weißes Hemd, an dem die oberen Knöpfe offenstanden und den Ansatz dunkler Brustbehaarung erkennen ließ, dazu eine beigebraune Arbeitshose und verstaubte schwarze Reitstiefel.

»Darf ich Ihnen beim Aufsitzen behilflich sein, Miss?«

Ashley räusperte sich verlegen, es war unhöflich, den Mann so unverblümt anzustarren. »Gern.«

»Verschwindet! Seht ihr nicht, dass ich beschäftigt

bin?«, maßregelte er zwei sich nähernde Sklaven.

Für einen Augenblick war Ashley über seinen Ton verblüfft und blickte zwischen ihm und den davoneilenden Männern hin und her.

»Verzeihung, Miss! Ich hatte so gehofft, mir möge ein kleiner Moment mit Ihnen allein vergönnt sein.«

Ashley war irritiert. »Warum?«

Seine Augen funkelten und sein Mund verzog sich zu einem amüsierten Grinsen. Ungeniert trat er dichter an sie heran und überschritt damit eindeutig die Grenze der Schicklichkeit.

Ashley wagte kaum zu atmen; auf seine plötzliche Nähe war sie nicht vorbereitet. In ihren Träumen hatte sie sich das schon einige Male ausgemalt, jetzt aber war sie verunsichert. Unbewusst nagte sie an ihrer Unterlippe und schielte zur Seite, um sich zu vergewissern, dass niemand sie beobachtete. Normalerweise müsste sie ihm Einhalt gebieten, doch er sollte sie auch nicht für eine eingebildete Pute halten. Ausweichen konnte sie ihm nicht, mit ihrer Schulter berührte sie bereits den Rumpf des Pferdes. Ihr Herz raste wie wild.

»Sie waren gestern wirklich mutig, Miss Callahan. Meinen Respekt! Es gibt wenige, die es wagen, Ihrem Bruder in die Quere zu kommen. Er hat ein sehr dominantes Auftreten.«

»Das ist wohl wahr ...« Verlegen senkte sie den Blick. Innerlich wollte sie jubeln; es war ihr gelungen, das Interesse dieses Mannes zu wecken und ihm zu imponieren.

Mit einem Male spürte sie seine Finger sanft über ihre lädierte Wange streichen. Ashley sah auf und schluckte. Sie war unfähig, sich zu bewegen. Bill hatte graugrüne Augen, wie sie bei dieser Gelegenheit bemerkte.

»Er hätte Sie nicht schlagen dürfen, Miss. Tut es noch sehr weh?«

»Nein ... ähm ... nicht. Ich meine, es ist nicht so schlimm«, stammelte sie. *Himmel, reiß dich zusammen ...* Hastig räusperte sie sich. »Er hätte den armen Sklaven nicht auspeitschen sollen.«

»Nun, eine Strafe hatte er schon verdient, schließlich war der für die Maschine verantwortlich gewesen.«

Endlich erwachte Ashley aus ihrem trance-ähnlichen Zustand. »Heißt das, Sie billigen sein Vorgehen?«

Er ließ die Hand sinken, machte aber keine Anstalten zurückzutreten. »Ich werde mir nicht anmaßen, über die Methoden meines Arbeitgebers zu urteilen, das verstehen Sie sicherlich, Miss Callahan.«

»Natürlich!«, rief sie schnell, obwohl es nicht das war, was sie hören wollte. »Haben Sie auch schon mal einen Sklaven auspeitschen müssen, Mister Gibson?«

»Sie sind hartnäckig, das gefällt mir. Zum Glück ist es nicht meine Aufgabe, über derartige Strafen zu entscheiden. Ich bin Aufseher und auf der Plantage für einen reibungslosen Ablauf verantwortlich, aber ohne eine gewisse Strenge ließe sich meine Arbeit schwerlich bewerkstelligen.«

Sekunden des Schweigens folgten, in denen Ashley sich peinlich bewusst wurde, dass sie noch immer zu nahe beieinander standen.

»Ich danke Ihnen, Mister Gibson, dass Sie um mein Wohlergehen besorgt waren.«

Ein Grinsen breitete sich über sein Gesicht aus. »Das war ich in der Tat! Sie sind schließlich eine überaus attraktive junge Dame, die nicht so rücksichtslos behandelt werden sollte.«

»Wie sollte ich denn Ihrer Meinung nach behandelt werden?« Sie hatte ihn scherzhaft necken wollen, musste aber zugeben, dass es selbst in ihren Ohren plump und geschmacklos klang. Beschämt senkte sie den Blick.

Seine Hand erfasste ihr Kinn, sodass sie gezwungen war, ihn wieder anzusehen.

»Wie eine Göttin ...«, flüsterte er.

Während seine Worte noch auf sie wirkten, näherte sich sein Mund dem ihren.

Ashley versuchte gar nicht erst, sich zu wehren. Es war ein aufregendes Gefühl, seine warmen, weichen Lippen zu spüren. Sie schienen mit den ihren zu spielen. Hoffentlich merkte er nicht, wie unerfahren sie in solchen Dingen war. Er löste sich kurz von ihr und setzte einen knappen geräuschvollen Kuss nach. Danach ließ er sie los und vergrößerte den Abstand zwischen ihnen.

Etwas verwirrt schaute Ashley zu ihm auf. Er zeigte ein stolzes und breites Grinsen, verschwörerisch zwinkerte er ihr zu.

»Bill? Bill, wo zum Teufel steckst du?«

»Mach nicht so ein Lärm, ich komme ja schon.« Bill stöhnte. »Die Pflicht ruft.«

Ashley nickte und ließ sich in den Sattel helfen.

Er hatte sie tatsächlich geküsst. Immer wieder rief sie sich den Kuss vor Augen, während sie im rasanten Tempo über die Felder galoppierte. Durch das Erlebnis fühlte sie sich beschwingt und innerlich gestärkt. Mit ihrem Wagnis, sich gegen Rodney aufzulehnen, hatte sie viel riskiert, aber letztlich hatte es sich ausgezahlt.

Aufgeregt fieberte sie einer weiteren Begegnung mit Bill entgegen, als sie sich nach dem ausgedehnten Ritt dem Stall näherte.

Von ihm war jedoch keine Spur zu sehen und enttäuscht überließ sie ihre Stute dem schwarzen Stallburschen.

Der Abend mit den Pattersons stand bevor, bei den Sklaven herrschte hektisches Treiben. Rodney hatte sich in Schale geworfen und lief in nervöser Unruhe durch die Gänge, verschwand hinter einer der Türen, um im nächsten Moment wieder hinauszustürmen und in ein anderes Zimmer zu eilen. Grinsend beobachtete Ashley ihn eine Weile vom unteren Flur her und fragte sich, was wirklich gerade in ihm vorging.

Auch Vater trug seinen besten Zwirn. Mürrisch zupfte er an Weste und Halstuch herum. Im Gegensatz zu Rodney hasste er es, sich so ausstaffieren zu müssen, woran er mit seinen Kommentaren auch keinen Zweifel aufkommen ließ.

Als die beiden Männer vor dem Speisezimmer aufeinandertrafen, gerieten sie sogleich in einen hektischen verbalen Schlagabtausch.

Ashley huschte flugs um die Ecke, um nicht dazwischen zu platzen, doch Rodney hatte sie bereits entdeckt und rief nach ihr.

»Ashley? Wie schaut es aus, hast du alles im Griff? Liegen die Sklaven im Zeitplan?«

»Selbstverständlich! Wofür hältst du mich?« Angesichts der Gesamtsituation konnte sie es sich nicht verkneifen, einen überheblichen Ausdruck zur Schau zu stellen.

Abrupt versteifte sich seine Haltung. »Na dann ...« Ohne ein weiteres Wort machte er auf dem Absatz kehrt und verließ die Halle.

Kopfschüttelnd blickte Ashley ihm nach. Wenn irgendetwas schief lief, würde Rodney ihr anschließend die Hölle heiß machen.

Noch einmal vergewisserte sie sich bei Blanche, dass alle Arbeiten erledigt waren. Anschließend lugte sie ins Speisezimmer, in dem zwei Sklavinnen mit letzten Tischdekorationen beschäftigt waren.

»Tara, deine Schürze hat einen Fleck, binde dir eine neue um, bevor die Gäste eintreffen.«

»Natürlich, Ma'am!« Erschrocken blickte die Angesprochene an sich herunter, knickste artig und eilte hinaus.

Alles lief, wie sie es sich vorgestellt hatte. Zufrieden stoppte sie vor dem breiten Wandspiegel der Halle. *Wenn Bill mich so sehen könnte ...* Träumerisch begutachtete sie ihre Silhouette von allen Seiten. Das Kleid aus dunkelgrüner Seide war in sich dezent gemustert und mit Bändern und Schleifen elegant verziert. Obwohl es nur einen angedeuteten Ausschnitt zeigte, boten die raffinierten vertikalen Falten dennoch einen Hingucker. Neema hatte ihr das kastanienbraune Haar kunstvoll aufgesteckt, aber so, dass ihre Mähne immer noch verspielt bis auf die Schultern reichte. Ashleys Neugierde auf besagte Lindsay wuchs und sie malte sich allerlei Eindrücke aus.

Nichts davon traf zu, wie sie bei der Begrüßung erkannte. Lindsay Patterson war eine überaus attraktive junge Frau, wie Ashley neidlos zugeben musste. Sie trug ein hellblaues Seidenkleid, das wunderbar mit ihrem strohblonden Haar harmonierte. Kleine Korkenzieherlöckchen umrahmten ein ebenmäßiges Gesicht. Sicher standen die Verehrer bei ihr Schlange.

Kein Wunder, dass Rodney so nervös gewesen war. Davon war nun nichts mehr zu spüren, er wirkte charmant und selbstsicher.

Ashley hielt sich zurück und beobachtete die Szenerie, während sie es sich im großen Salon bequem gemacht hatten.

Es war unverkennbar, dass Mr. Patterson Lindsay als seine kleine Prinzessin betrachtete. Sie war das einzige Kind. Anfangs schien sie ein wenig unsicher. Während ihr Vater sich mit Rodney unterhielt und die Augen der Mutter aufmerksam den Raum erkundeten, fing Ashley gelegentlich einen lächelnden Blick der jungen Frau auf. Es war ein scheues, aber warmherziges Lächeln.

Ashley fand sie auf Anhieb sympathisch, obwohl sie bisher, abgesehen der üblichen Höflichkeitsfloskeln, noch nicht mit ihr gesprochen hatte. Sie wunderte sich, wie eine Frau wie Lindsay an einen Mann wie Rodney Gefallen finden konnte.

Beim anschließenden Dinner entspannte sich die Lage zusehends. In der Küche hatte es ein Malheur mit der Vorspeise gegeben, doch als sie serviert wurde, war davon nichts mehr zu bemerken, und Ashley atmete erleichtert auf.

Mr. Patterson erkundigte sich ungeniert bei Vater nach geschäftlichen Details; die Größe der zur Plantage gehörenden Ländereien, die Anzahl der Sklaven und die Menge der in diesem Jahr erwarteten Ernte. Zudem fragte er, wie viel der Baumwolle exportiert werden würde im Vergleich zu den vorherigen Jahren. Ashley sah Vater an, dass er die Auskünfte nur widerwillig erteilte, aber bemüht war, es sich nicht anmerken zu lassen.

»Und wie stellen Sie sich die kommenden Jahre vor,

Mister Callahan, vorausgesetzt, ich überlasse Ihnen die Hand meiner Tochter?«, fragte Mr. Patterson nun Rodney.

Rodney, der damit beschäftigt war, Lindsay reizende Komplimente zu machen, wandte sich mit einem selbstsicheren Schmunzeln von seiner Auserwählten ab, nahm zuvor einen Schluck Wein und schickte sich an, die Frage zu beantworten. Er berichtete ausgiebig von dem Gelände im Südosten und seinen damit verbundenen Plänen.

Mr. Patterson zeigte sich beeindruckt. »Sie machen sich Gedanken und sind vorausschauend, das gefällt mir, Mister Callahan.«

Ashley fiel der verkniffene Blick auf, den Vater ihm während der Ausführungen immer wieder zugeworfen hatte. Wie gut, dass die Pattersons keine Ahnung hatten, dass in dem Mann bereits ein Vulkan brodelte. Sie bewunderte die Selbstbeherrschung ihres Vaters, der trotz gegenteiliger Meinung eisern schwieg. Was Lindsays Mutter betraf, befürchtete Ashley, ihr könnten die Spannungen aufgefallen sein. Sie erweckte den Eindruck einer Frau, der nichts entging.

Rodney hingegen strotzte vor Überlegenheit und mimte einen erfahrenen Pflanzer und weltgewandten Geschäftsmann.

»So viel zu Ihren geschäftlichen Plänen«, ergriff Mrs. Patterson das Wort, nachdem die Herren das Thema augenscheinlich abgeschlossen hatten. »Was mich wundert, Mister Callahan, ist, dass Sie meine Tochter mit keinem Wort erwähnten?«

Für den Bruchteil einer Sekunde war es mucksmäuschenstill. Alle Augen waren auf Mrs. Patterson gerichtet, die Rodney scharf im Visier behielt.

Die Frage hatte ihn irritiert, das war nicht zu übersehen, aber er hatte sich schnell wieder gefasst und betonte, dass eine Eheschließung und Kinder nicht zuletzt der Grund für seine Überlegungen seien, die Plantage zu vergrößern, um irgendwann seinem Sohn ein angemessenes Erbe zu hinterlassen.

»Verstehe! Sie lieben Kinder, Mister Callahan?«

»Selbstverständlich, Misses Patterson!«

»Und was wäre, wenn Ihre Gemahlin ein Mädchen zur Welt brächte?«

»Miranda!«, mahnte Mr. Patterson bestürzt. »Das gehört jetzt nicht hierher!«

Mrs. Patterson ließ sich nicht beirren, herausfordernd blickte sie Rodney an.

»Nun, ich nehme an, dann wird sie sicher einmal genauso hübsch werden wie ihre Mutter«, entgegnete er und richtete sein Augenmerk auf Lindsay.

Sie sah nur kurz auf und bedachte ihn mit einem scheuen Lächeln. Es war ihr anzumerken, dass ihr die Situation unangenehm war.

Ashley war erstaunt, wie es Rodney gelang, die peinliche Lage geschickt zu überspielen. Heute überraschte er sie in jeder Hinsicht. Sie hatte das Gefühl, einen komplett anderen Menschen vor sich zu haben. Sie wurde sehr nachdenklich. Abwechselnd musterte sie die beiden. Die arme Lindsay hatte keine Ahnung, dass sie einem Blender aufsaß, wie konnte man sie nur davor schützen? Wie könnte denn Ashley sich sicher sein, nicht selbst auf einen solchen Kandidaten hereinzufallen?

Nach dem Mahl entschuldigte sich Vater, er habe Schmerzen im Kreuz und zöge es daher vor, sich auszuruhen. Rodney und Mr. Patterson zogen sich für ein vertrauliches Gespräch ins Nebenzimmer zurück und die Damen blieben unter sich.

Lindsay wirkte gelöst. Ashley und sie vertieften sich in angenehmes Plaudern, nur Mrs. Patterson hielt sich zurück und beobachtete die beiden jungen Damen. Lindsay schwärmte, wie charmant sie Rodney fand und wie beeindruckt sie war, dass er Verse berühmter Dichter und Poeten zitieren konnte. Außerdem sei er, wie sie, ein Liebhaber von Shakespeare-Aufführungen. Ashley wurde es unwohl und sie konzentrierte sich auf den Tee, der den Damen nach dem opulenten Dinner serviert worden war. Rodney verabscheute Liebesdramen, das hatte er ihr gegenüber mehr als einmal betont. Sie hatte ihrem Bruder eine Liste mit dem Wesentlichen der Stücke sowie mit erwähnenswerten Zitaten zusammenstellen müssen. Er hatte nichts weiter getan, als sich die einzuprägen, um Eindruck zu schinden. Dennoch brachte er es überzeugend. *Der Liebe leichte Schwingen trugen mich,* hatte er beim Dinner fallen lassen. Eine Szene aus dem zweiten Akt von Shakespeares Romeo und Julia. Dabei hatte er Lindsay angesehen, als ginge es ihm in der Tat um Liebe und nicht um die stattliche Mitgift.

Unverhofft sprach Mrs. Patterson Ashley an, weil sie noch unverheiratet war, und erkundigte sich, ob es bereits entsprechende Verehrer gäbe. Lindsays Mutter konnte auffallend direkt sein, wenn es darauf ankam, das hatte auch Rodney vorhin zu spüren bekommen.

Unbeabsichtigt erschien ihr Bills Angesicht und sie konnte ein Erröten nicht verhindern.

»Nein, bisher nicht.« Verlegen senkte sie den Blick. »Mein Bruder hat mir versprochen, mich auf die anstehenden Bälle zu begleiten, um mir die Gelegenheit zu bieten, die Bekanntschaft ehrenwerter Gentlemen zu machen.«

»Sie und Ihr Bruder stehen sich nahe?«

»Ja, natürlich!«, antwortete sie eine Spur zu rasch. Um dem forschenden Blick der Frau zu entgehen, nahm sie einen Schluck Tee und war innerlich dankbar, dass Lindsay begeistert den Vorschlag machte, Ashley möge sie und Rodney zu vorgemerkten Anlässen begleiten.

»Ich bin sicher, Ihr Bruder wird nichts dagegen haben, und ich würde mich ein wenig wohler fühlen, Sie an meiner Seite zu haben, Miss Callahan.«

Rodney würde keineswegs begeistert sein, schoss es ihr durch den Kopf.

Bevor sie antworten konnte, sprach Lindsay weiter: »In der Loge wird bestimmt noch ein Plätzchen frei sein.«

Ashley hatte keine Ahnung, wovon sie sprach, sie wollte nachhaken, doch ihr Gesichtsausdruck hatte sie längst verraten.

»Zur Premiere von *Emilia Galotti*. Es soll von einem deutschen Schriftsteller namens Lessing sein. Hat Ihr Bruder nichts davon erwähnt?«

»Oh, ich schätze, er wird es in der Aufregung vergessen haben. Er hat in letzter Zeit von nichts anderem als von Ihnen geschwärmt«, redete Ashley sich heraus. Sie würde furchtbar gern mitkommen, auch wenn sie von dem besagten Autor noch nichts gehört hatte.

»Dann werden Sie uns also begleiten? Meine Cousine und ihr Gemahl werden auch dabei sein, ich bin sicher, sie werden erfreut sein, Sie kennenzulernen.«

Rodney würde sich aufregen, aber was sollte er machen, wenn seine Auserwählte darauf bestand?

»Das wäre wundervoll. Ich würde der Inszenierung

sehr gern beiwohnen«, erklärte sie erfreut. Sie musste schließlich auch an sich selbst denken.

Vollkommen erschöpft fiel sie nachts ins Bett. Die Generalprobe hatte sie bestanden und allen gezeigt, dass sie in der Lage war, Herausforderungen zu meistern. Die Pattersons hatten sich lobend über die Bewirtung geäußert und die Lady war gewiss eine anspruchsvolle Person.

Am nächsten Morgen schlief sie etwas länger, als sie es sonst tat. Doch kaum war sie angekleidet, stürmte Rodney in ihr Zimmer.

»Stell dich nicht so an!«, überging er ihren empörten Ausruf. »Sag schon, was hast du gestern herausbekommen? Wie ich hörte, habt ihr euch blendend unterhalten.«

»Hätte das nicht warten können, bis ich hinuntergekommen wäre?«

»Ich habe nicht den ganzen Tag Zeit, auf mich wartet Arbeit. Also?«

Ashley seufzte. »Wie stellst du dir das vor? Ihre Mutter hat mich unentwegt beobachtet, sie hätte gemerkt, wenn ich versucht hätte, Lindsay Informationen zu entlocken.«

Er stieß ein abfälliges Grunzen aus. »Die Alte hat Haare auf den Zähnen, das ist wohl wahr. Heißt das, du hast rein gar nichts für mich?«

Bedauernd schüttelte sie den Kopf.

»Verdammt! Wir hatten eine Abmachung! Hättest du dich nicht etwas geschickter anstellen können?«

»Erlaube mal!«, begehrte Ashley auf. »Wie wäre es, wenn du einfach ehrlich zu ihr wärst? Lindsay ist eine wunderbare Frau, sie würde es verstehen.«

Rodney gab einen zischenden Laut von sich. »Was weißt du denn schon?«

»Irgendwann wird sie es ohnehin merken, sie ist nicht dumm. Sie wird sehr enttäuscht sein, dass du sie belogen hast. Willst du das?«

»Sofern sie es nach der Hochzeit erfährt, kann es mir egal sein.«

»Oh, du bist ein Scheusal, Rodney Callahan!«

Sein amüsiertes Lachen machte sie noch wütender, verkniffen verschränkte sie die Arme vor der Brust und funkelte ihn an.

»Ich werde sie bestimmt nicht dem schleimigen Bradley Hanson überlassen!« Er wurde lauter. »Was macht es schon, wenn sie es nach unserer Eheschließung erfährt? Ein paar schmeichelnde, reuevolle Worte, ein edles Geschmeide und sie verzeiht mir alles. Ich kenne mich schließlich mit der Damenwelt aus. Was das betrifft, seid ihr alle gleich.«

»Mach, dass du hinauskommst!« Aufgebracht versuchte sie, ihn aus dem Zimmer zu scheuchen.

Mit lautem Knall flog die Tür hinter ihm ins Schloss. Sie hörte sein Lachen im Flur und bald das Geräusch sich entfernender Stiefelabsätze.

Allmählich beruhigte sie sich wieder. Beim besten Willen wurde sie nicht schlau aus ihm. Empfand er womöglich doch etwas für sie und wagte nicht, es sich einzugestehen? Doch jedes Mal, wenn sie an das Gute in ihm glauben wollte, wurde sie zwangsläufig wieder an die Ohrfeige erinnert, die er ihr verpasst hatte.

Als sie sich später in der Bibliothek aufhielt, um ein paar Bücher ins Regal zu sortieren, hörte sie ihren Vater und den Bruder im Arbeitszimmer streiten. Da sie nicht genau verstehen konnte, worum es diesmal ging, schlich sie sich in den Flur und horchte in sicherem Abstand vor der entsprechenden Tür.

Vater ließ seinen Unmut über Lindsay Patterson aus und bezeichnete sie als ein verhätscheltes Frauenzimmer.

»Du musst sie ja auch nicht heiraten, Vater.«

»Du solltest dir lieber eine Frau nehmen, die als Gattin eines künftigen Plantagenbesitzers geeignet ist, anstatt so einem zarten Pflänzchen, das umhegt und umsorgt werden muss.«

»Ahhh ... verstehe«, höhnte Rodney. »Du meinst so eine vom Schlag meiner Mutter?«

Vater stieß eine Reihe obszöner Flüche aus. Ashley spürte einen schmerzlichen Stich in der Brust. Wie konnte er so oberflächlich und gefühllos von ihr reden? Was sie getan hatte, war zwar unverzeihlich, aber sie war ihre Mutter und stets großherzig und liebevoll gewesen.

»Sei gewiss! Eine solche Tragödie wird sich nicht wiederholen. Ich werde ...«

»Herrgott noch mal, das habe ich überhaupt nicht gemeint! Ich spreche davon, dass sie dir das Geld aus der Tasche ziehen wird, schneller, als du reagieren kannst. Bei der muss doch alles nach der aktuellen Mode und dem neuesten Pariser Schick sein. Ich will gar nicht wissen, was ihr Vater für das gestrige Kleid hingeblättert hat. Sie wird dich ein Vermögen kosten.«

Ashley versteckte sich rasch hinter einem Pfeiler, als zwei Sklavinnen die Halle durchquerten. Nachdem sie ihre Position wieder eingenommen hatte, ließ sich der Vater gerade herablassend über Mr. Patterson und die indiskreten Fragen zur Plantage aus, die er gestellt hatte.

»Dein ständiges Gemecker geht mir gehörig auf die Nerven«, stoppte Rodney ihn.

Unverhofft wurde die Tür aufgerissen und er stürmte hinaus.

Ashley stockte, ihr blieb keine Zeit mehr, zu flüchten.

»Was machst du denn hier?«, fuhr er sie barsch an. »Hast du etwa gelauscht?«

»Ich? Wo denkst du hin, ich komme gerade aus der Bibliothek.«

Ohne ein weiteres Wort kehrte Rodney ihr den Rücken zu und marschierte mit ausladenden Schritten davon.

Erleichtert stieß sie den Atem aus. Ihr Blick folgte ihm, bis er hinter der nächsten Biegung verschwand. Als sie ihren Weg fortsetzen wollte, sah sie Vater in der Tür des Arbeitszimmers stehen, er musterte sie. Sein Atem ging schwer und sein Gesicht war leicht gerötet.

»Geht es dir gut, Vater?«

»Ja, ja«, antwortete er gereizt und tat es mit einer harschen Handbewegung ab. »Ich mache drei Kreuze, wenn meine Brut endlich unter der Haube ist.« Er ging zurück ins Arbeitszimmer. Ashley folgte ihm unaufgefordert, da er keine Anstalten machte, die Tür hinter sich zu schließen.

Schwerfällig stützte er sich auf den Lehnen ab und ließ sich in seinen Stuhl fallen. Von unten herauf sah er sie an. »Das gilt natürlich auch für dich!«

»Das ist mir klar, Vater.«

Überraschung und Verwirrung spiegelten sich in seinem Gesicht, fast hätte sie über diesen Anblick gelacht.

»Rodney erwähnte bereits, dass es für mich an der Zeit ist. Ich habe nichts dagegen, zu heiraten, sofern es der Richtige ist.« Vielleicht konnte sie den Vater milde stimmen, wenn er wusste, dass sie keineswegs abgeneigt war. »Ich befürchte, ich werde noch ein paar neue Kleider benötigen, schließlich kann eine Dame nicht auf jeder Festlichkeit dasselbe tragen.«

Der verwirrte Ausdruck in seinem Gesicht vertiefte sich. Ashley begann sich unwohl zu fühlen. Er sollte doch erfreut sein, dass sie sich nicht sträubte und bereit war, sich einen Ehemann zu erwählen.

»Du sprichst von deinem Brautkleid? Sei gewiss, zu deiner Hochzeit wirst du ein erstklassiges Gewand tragen und darin aussehen wie eine Prinzessin.«

Ashley schmunzelte nachsichtig. »Das ist gut zu wissen. Doch ich sprach davon, dass zuvor eine entsprechende Garderobe von Vorteil wäre, immerhin gilt es, einen guten Eindruck zu machen. Es wäre für eine Dame überaus peinlich, würde ein Gentleman bemerken, dass meine Kleider nicht mehr dem aktuellen Stil entsprechen.«

Einige Sekunden starrte er sie wortlos an. »Für eure erste Begegnung sollst du ein neues Kleid nach deinen Wünschen bekommen, gib der Schneiderin Bescheid, aber alles Weitere soll dein künftiger Gemahl gefälligst selbst auslegen.«

»Vater, du verstehst nicht …«

Gebieterisch hob er die Hand. »Was soll daran nicht zu verstehen sein?«

»Ich kann nicht auf jeder Veranstaltung dasselbe Kleid tragen.« Mit Engelszungen versuchte sie ihm klarzumachen, worauf es ihr ankam, aber er schien oder wollte es nicht verstehen. Wie sollte sie die Aufmerksamkeit eines Mannes auf sich lenken, wenn sie optisch wie ein unscheinbares Mädchen gekleidet war? Jede Frau hätte es problemlos nachempfinden können, doch er war ein Mann – ein verbohrter alter Mann.

»Was zum Teufel hat Rodney dir erzählt?«, donnerte er plötzlich los.

Ashley blickte ihn irritiert an. Fieberhaft versuchte sie, sich an seinen genauen Wortlaut zu erinnern. Im Grunde hatte er keinerlei spezifische Aussagen gemacht und so endete ihre Antwort in einem wilden Gestammel. Vielleicht war es ein schlechter Zeitpunkt gewesen, ihn auf eine neue Garderobe anzusprechen, nachdem er gerade mit Rodney gestritten hatte.

»Es ist alles geregelt! Du musst dir um deinen künftigen Ehemann keine Gedanken machen, und jetzt will ich nichts mehr davon hören! Falls Rodney dir irgendwelche Flausen in den Kopf gesetzt hat, wird er es bereuen.«

Ashley verstand kein Wort. Was sollte geregelt sein? Ein ungutes Gefühl beschlich sie, sie wollte nachhaken, doch ihr Vater scheuchte sie unerbittlich mit den Worten, er habe Wichtigeres zu tun, aus dem Zimmer.

Um ihn nicht noch mehr aufzuregen, fügte sie sich zähneknirschend, doch seine eigenartigen Worte gingen ihr nicht aus dem Kopf. Vielleicht konnte Rodney zur Aufklärung beitragen, allerdings gefiel ihr nicht, den selbstgefälligen Bruder um Hilfe zu bitten. Warum nur musste sie mit einer solchen Familie gestraft sein?

Wenn sie einmal ihre eigene Familie hätte, würde sie dafür Sorge tragen, dass ihre Kinder in Liebe und Geborgenheit aufwuchsen. Wie schon so oft in ihrem Leben schwelgte sie im Gedenken an glücklichere Tage, als ihre Mutter noch lebte. Sie vermisste sie, obwohl die Erinnerungen an sie im Laufe der Jahre immer mehr verblassten. Ashley seufzte, sie war noch zu klein gewesen, um zu erkennen, wie unglücklich Mutter mit ihrem Dasein gewesen war. Zu ihr und Rodney war sie stets liebevoll und hatte vor ihnen verborgen, wie schlecht es ihr ging. Rodney war vier Jahre älter als Ashley, ob ihm damals etwas an ihrem Verhalten aufgefallen war? Wusste er mehr, als er seinerzeit sagte? Sie und Rodney hatten nach ihrem Tod nie darüber gesprochen. Die Leute hatten sich ohnehin zur Genüge das Mundwerk zerrissen, daher wurde in der Familie über Mutters tragisches Ableben Stillschweigen bewahrt. Vater hatte es stets als einen feigen Akt bezeichnet und verboten, ihren Namen jemals wieder in den Mund zu nehmen. Damit war für ihn die Angelegenheit erledigt gewesen.

Manchmal wenn Ashley sich allein und von aller Welt verlassen gefühlt hatte, hatte sie an sie gedacht und versucht nachzuempfinden, wie Mutter sich gefühlt haben musste. Aber erst als sie älter und reifer wurde, gelang es ihr, ansatzweise zu verstehen, dass das Leben an der Seite eines herz- und lieblosen Ehemannes sie krank gemacht hatte. So arg, dass sie schließlich nur noch einen einzigen Ausweg gesehen hatte – ihrem Leben selbst ein Ende zu setzen. Mit dieser Erkenntnis war auch die Wut gekommen. Wie hatte sie ihr und Rodney so etwas antun können? Sie hatte sie im Stich gelassen.

Ashley war zu aufgewühlt, um sich in ihrem Zimmer auf eine Lektüre zu konzentrieren, also begab sie sich auf den Weg zum Pferdestall.

»So ein ernster Gesichtsausdruck an einem so wunderschönen Tag?«

Ashley zuckte zusammen und fuhr herum. »Bill ... ähm ... Mister Gibson, seien Sie gegrüßt.«

Schmunzelnd näherte er sich.

»Oh, bitte ... Nennen Sie mich ruhig Bill, aus Ihrem

Mund hört mein Name sich sanft und wohlklingend an.«

Sie war so in Gedanken gewesen, dass sie nichts um sich herum wahrgenommen hatte. Wie lange hatte er sie schon beobachtet? Sie ärgerte sich über ihre Achtlosigkeit und seine Worte verwirrten sie.

»Haben Sie eigentlich nichts Besseres zu tun, als sich ständig bei den Ställen herumzutreiben?«, entfuhr es ihr schärfer als beabsichtigt.

Er zog überrascht die Augenbrauen hoch.

Ashley hob ihre Röcke an, und eilte an ihm vorbei.

»Möchten Sie ausreiten, Miss Callahan?«, hörte sie ihn in amüsiertem Tonfall fragen.

»Dachten Sie, ich wollte den Stall ausmisten? Natürlich möchte ich ausreiten!«

Bill Gibson lachte laut auf.

Ashley blieb stehen und drehte sich zu ihm um. Schlagartig wurde ihr gewahr, dass sie sich eigenartig benahm. Es war nicht seine Schuld, dass sie ihn nicht bemerkt hatte. Betreten senkte sie den Blick und verschränkte die Finger vor ihrem Körper. »Verzeihen Sie, ich fürchte, Sie haben mich in einem ungünstigen Moment erwischt.«

Während er auf sie zukam, rief er nach einem Sklaven und befahl ihm, ihre Stute zu satteln. Er blieb unmittelbar vor ihr stehen und blickte sie an. Weil er nichts sagte, sah sie zu ihm auf.

Aus dem Augenwinkel bemerkte sie den Sklaven, der dienstbeflissen den Befehl ausführte.

Wortlos schob Bill Ashley wenige Schritte weiter hinter eine Holzwand, wo Stroh für die Pferde gelagert wurde. »Lassen Sie mich raten, Ärger mit Ihrem Bruder?«

»Nein, mit meinem Vater.« Mit knappen Worten umriss sie das Problem. Zu ihrer Verwunderung zeigte er Verständnis für ihre Situation und pflichtete ihr bei.

»Bleiben Sie unnachgiebig. Sie müssen klipp und klar Ihre Forderung darlegen und dürfen sich auf keine Diskussion einlassen. Hartnäckigkeit ist die einzige Sprache, die die beiden verstehen.«

Ashleys Gemütszustand wandelte sich, es war ein wunderbares Gefühl, sich verstanden zu fühlen. Sie wehrte sich nicht, als er den Arm um sie legte und sie an sich zog. Sein herber männlicher Duft stieg ihr in die Nase und sie schloss erwartungsvoll die Augen, als er Anstalten machte, sie zu küssen. Dieser Kuss war länger und intensiver als beim ersten Mal.

Sie spürte seine Zunge, die ihre Lippen mit sanftem Druck teilte. Nie zuvor war sie auf diese Weise geküsst worden. Es hatte etwas Aufregendes, auch wenn sie stark darauf konzentriert war, was er tat, um es ihm gleichzutun. Sein wohliges Aufstöhnen gab ihr die Bestätigung, dass es ihm gefiel. Im gleichen Moment umfasste seine Hand ihre rechte Brust und begann sie zu massieren. Bill küsste wild ihr Gesicht, dann den Hals und raunte ihr Komplimente ins Ohr. Ein Weilchen ließ sie es geschehen und wand ihren Kopf, doch als sie die Holzwand im Rücken spürte und sein Körper ihr so nahe war, dass ihr keine Bewegungsfreiheit blieb, wurde ihr die Situation unangenehm und sie stieß ihn weg.

»Was ist los?«, zischte er mit Verärgerung in der Stimme.

»Ich denke, meine Stute dürfte gesattelt sein. Verzeihen Sie.« Ashley wagte nicht, ihn anzusehen. Eilig kehrte sie ihm den Rücken zu und stapfte mit wackeligen Knien auf ihre Stute zu, ohne sich noch einmal umzudrehen.

Der wilde Ritt kühlte langsam ihr erhitztes Gesicht, nur die Verwirrung in ihrem Kopf blieb. Sie mochte Bill und würde gern mehr Zeit mit ihm verbringen, mit seiner forschen Art konnte sie jedoch schwerlich umgehen. Weder wollte sie, dass er sie für zickig und unnahbar hielt, noch wollte sie sich wie eine Hure gebärden. Sie war verwirrt und fragte sich, wie sie ihm in Zukunft gegenübertreten sollte. Voll nervöser Unruhe näherte sie sich nach einem ausgedehnten Ritt dem Stall. Mehrere Sklaven gingen ihrer Arbeit nach, sollte sie auf Bill treffen, wäre sie zumindest nicht allein. Statt auf ihn traf sie auf ihren Bruder, er musste kurz vor ihr eingetroffen sein. Ein Sklave hievte gerade seinen Sattel auf den Holzbalken neben der Box, ein anderer begann den Hengst abzureiben.

»Bist du schon wieder mutterseelenallein ausgeritten?«, empfing Rodney sie mit seltsamem Unterton. »Du triffst dich doch nicht etwa mit einem heimlichen Verehrer?«

»So ein Unsinn! Wo sollte ich den bitteschön kennengelernt haben?«

»Wer weiß?« Er erteilte dem Sklaven derbe Anweisungen bezüglich seines Pferdes und wandte sich dann wieder ihr zu. »Eine junge, hübsche Dame, ganz allein und ohne männlichen Schutz, das könnte einen Mann durchaus auf dumme Ideen bringen.«

Ashley verdrehte die Augen. »Erspar mir deine gespielte Besorgnis! Ich kann dir versichern, dass ich kaum einer Menschenseele auf meinen Ausritten begegne.«

»Umso besser! Dann muss ich mir um deine Tugend ja keine Gedanken machen.«

Sein Tonfall missfiel ihr, verärgert funkelte sie ihn an,

was ihn zum Auflachen veranlasste. »Als ob dich meine Tugend interessieren würde«, fauchte sie.

»Na, hör mal?« Amüsiert bugsierte er sie zum Ausgang. »Auch wenn es mir zum Glück erspart bleibt, dich mit unzähligen Gentlemen bekannt zu machen und vernarrte Verehrer von dir fernzuhalten, darf ich mir doch trotzdem um deine Unversehrtheit Gedanken machen, oder nicht?«

Abrupt blieb Ashley stehen und sah ihn an. »Was willst du damit sagen?« Sie konnte zwar darauf verzichten, Herren vorgestellt zu werden, die Rodney als seine Freunde bezeichnete, dennoch verhieß seine Äußerung nichts Gutes.

Sein Grinsen war schlagartig verschwunden, ernst starrte er sie an. Sein Blick sandte einen unangenehmen Schauder ihren Rücken hinab. »Er hat es dir also noch nicht gesagt?«

»Gesagt? Was denn?« Sie konnte nicht verhindern, dass ihre Stimme bebte.

»Herrgott, bist du naiv! Wie, glaubst du, kommst du zu einem Ehemann?«

»Ich bin mir sicher, dass ich ihm auf einer der Festlichkeiten begegnen werde.« Trotzig verschränkte sie die Arme vor der Brust, als Rodney ihre Antwort mit einem höhnischen Lachen quittierte.

»Unser Vater hat weder das Interesse noch die notwendige Kondition für derartige Veranstaltungen, ganz zu schweigen davon, sich mit einer Schar verliebter Gockel herumzuschlagen.«

»Natürlich lässt Vaters Gesundheit das nicht zu, das weiß ich auch«, konterte sie beleidigt, »wozu habe ich dich denn? Als älterer Bruder ist es deine Pflicht ...«

»Glaubst du, ich habe nichts Besseres zu tun, als dein Kindermädchen zu spielen?«, unterbrach er sie aufbrausend. »Ich besuche solche Gesellschaften, um mich zu amüsieren und nicht, um als dein Aufpasser zu fungieren.«

»Aber der Ball bei den Prescotts ...? Du hast gesagt, dass ich mitkommen darf und ...«

»Ich habe nichts dergleichen erwähnt! Ich habe lediglich gesagt, dass ich mich erkenntlich zeigen könnte, wenn du mir in der Angelegenheit Lindsay entgegenkommend zeigst. Von einem Ball war nie die Rede! Da musst du etwas missverstanden haben.«

Seine Worte waren wie ein Schlag ins Gesicht. Energisch versuchte sie, die aufsteigenden Tränen zurückzuhalten. Ihre zunehmende Wut war ihr dabei behilflich.

»Ich habe dir und den Pattersons ein erstklassiges Dinner geboten. Sie waren rundum zufrieden, ist das der Dank für meine Mühen?«

»Du hast bewiesen, dass du als Gemahlin eines Pflanzers tauglich bist. Dein künftiger Gatte wird zumindest in diesem Punkt mit dir zufrieden sein können.«

Sie wollte ihm eine Ohrfeige verpassen, doch Rodney war schneller und packte sie hart am Handgelenk.

Vergeblich versuchte sie, sich aus seinem Griff zu befreien. »Und wie hätte deine Dankbarkeit für meine Mithilfe aussehen sollen, wenn du nie vorhattest, mich mitzunehmen?« Sie war bereits außer Atem, während ihm keinerlei Anstrengung anzumerken war. Resigniert gab sie ihren Widerstand auf und er ließ sie los. Stöhnend rieb sie sich das gerötete Handgelenk. Tränen brannten in ihren Augen und kullerten nun doch ihre Wangen hinab.

»Alles zu seiner Zeit!«, brummte er unbeeindruckt.

»Soll das heißen, Vater hat bereits einen Ehemann für mich ausgesucht?« Panik erfüllte sie. Niemals würde sie sich auf ein derartiges Arrangement einlassen.

Rodney sagte nichts, aber sein beharrliches Schweigen war ihr Antwort genug.

»Wer ist er?« Vergessen war der schmerzende Arm. »Rodney, bitte«, flehte sie. »Du musst mir sagen, was du weißt.«

Rodney seufzte und wich ihrem Blick aus. »Das soll er dir selbst sagen!« Er drehte ihr den Rücken zu und stapfte davon.

Erst jetzt bemerkte sie, dass ihr ganzer Körper zitterte. Plötzlich ergab alles einen Sinn. Das also hatte ihr Vater gemeint. Er hatte ihr Leben längst verplant, so wie er es bisher auch getan hatte. Damals war sie ein Kind gewesen, hatte keine Chance gehabt, sich gegen die Abschiebung ins Internat aufzulehnen, aber jetzt war sie erwachsen, sie würde sich wehren.

Wie hatte sie nur jemals glauben können, dass sie in dieser Familie eine Wahl hatte?

»Miss Callahan, ist alles in Ordnung?« Unbemerkt war Bill Gibson neben sie getreten.

Es war ihr unangenehm, von ihm in dieser Verfassung ertappt zu werden. Rasch wandte sie ihr Gesicht ab, zog ein Taschentuch aus ihrer Rocktasche und trocknete die verräterischen Spuren, wohlwissend, dass er längst bemerkt haben musste, dass sie geweint hatte.

»Nichts ist in Ordnung! Ich habe soeben erfahren, dass man mir einen Ehemann aufzwingen will.« Sie tat einen tiefen Atemzug und straffte sich.

»Nun ...«, begann er zögerlich, »jeder Mann könnte sich

glücklich schätzen, Sie zur Gemahlin zu bekommen.«

»Und was ist mit mir? Darf ich keine Meinung haben? Ich würde mir den Mann gern selbst aussuchen, mit dem ich den Rest meines Lebens verbringen soll.« Verstört blickte sie zu ihm auf und betrachtete seine nachdenkliche Miene.

»Vielleicht sollten Sie sich den besagten Gentleman erst einmal anschauen, bevor Sie sich ein Urteil bilden. Womöglich entspricht er Ihren Vorstellungen.«

Das war nicht das, was Ashley hören wollte. Verärgert stellte sie sich ihm in den Weg. »Vielen Dank auch, für Ihre aufmunternden Worte!«

»Ich meine ja nur.« Auflachend hielt er sie am Arm zurück, als sie die Flucht ergreifen wollte. »Kommen Sie, nehmen Sie mir die Äußerung nicht übel. Sie sind temperamentvoll, nutzen Sie es. Es gibt Mittel und Wege, sich gegen die Entscheidung Ihrer Familie zur Wehr zu setzen und den beiden Herren obendrein eins auszuwischen.«

Ashley hielt in ihrer Bewegung inne. »Und welche?« Abwartend betrachtete sie ihn, er machte einen so überlegenden und selbstsicheren Eindruck. »Würden Sie mir dabei helfen?«

»Kommt ganz darauf an, was Sie mir anbieten.«

Sie verstand nicht, worauf er hinaus wollte, erwartete er Geld? Das ließe sich sicherlich irgendwie arrangieren. In ihrem Kopf überschlugen sich die Gedanken. In jedem Fall musste sie sich jede Option offenhalten.

»Ich werde darüber nachdenken. Wenn Sie mich dann entschuldigen, ich möchte jetzt gern allein sein.«

»Sie wissen, wo Sie mich finden. Ich freue mich stets, Sie zu sehen.«

Ashley erwiderte sein Lächeln und wandte sich ab.

Während sie zum Herrenhaus zurückging, legte sie sich die Worte zurecht, um aus ihrem Vater die Informationen herauszubekommen, die sie benötigte.

Zu ihrem Verdruss hatte er gerade Besuch von seinem Arzt. Ashley wusste, dass er danach in der Regel sehr erschöpft war und sich ausruhen musste. Rodney war nicht im Haus, also verkroch sie sich in ihrem Zimmer, um ihre Gedanken zu sortieren.

Erst am Abend bot sich die Möglichkeit, ihren Vater zu sprechen. Neema hatte ihr verraten, dass er sich im Arbeitszimmer aufhielt.

Zaghaft klopfte sie und wartete angespannt, bis sie die Aufforderung vernahm, einzutreten.

Vater stand vor dem Regal mit den Ordnern und suchte offenbar etwas. Er schien überrascht, anscheinend hatte er mit Rodney gerechnet.

Ashley war sehr um einen ruhigen und höflichen Tonfall bemüht, obwohl sie innerlich kurz davor war, zu platzen. Es fiel ihr schwer, zu tun, als erwecke die Vereinbarung ihr ehrliches Interesse, aber sie musste um jeden Preis erfahren, wen ihr Vater im Auge hatte.

Scharf blickte er sie an und deutete schließlich mit einer Handbewegung an, dass sie sich setzen möge. »Es freut mich, dass du endlich gereift und dir deiner Pflichten bewusst geworden bist.« Er sortierte die zwei Bücher von der Ecke des Schreibtisches ins Regal und setzte sich. »Ich habe bereits vor ein paar Wochen Kontakt mit ihm aufgenommen, leider habe ich noch keine Rückmeldung von ihm erhalten, was mich sehr verwundert.«

Ashley schluckte und verstrickte die Hände auf dem Schoß, streng bemüht, nicht zu ungeduldig zu wirken.

»Vielleicht hat er dein Schreiben nicht erhalten?«

»Oh doch, das hat er, mein Bote ist sehr zuverlässig. Davon abgesehen, dürfte deinem künftigen Gemahl ohnehin die vereinbarte Abmachung zwischen mir und seinem Vater bekannt sein. Wenn er ein Ehrenmann ist, weiß er, was er zu tun hat.«

Der Mann wird also ebenfalls vor vollendete Tatsachen gestellt, schoss es ihr durch den Kopf. Vielleicht war das ihre Chance.

»Ich habe Erkundigungen eingezogen«, fuhr Vater fort. »Seine Plantage läuft hervorragend, was er nicht zuletzt meiner Unterstützung zu verdanken hat. Du wirst einen gut situierten Ehemann bekommen, du solltest mir dankbar sein.«

»Du und sein Vater habt diese Verbindung beschlossen«, hakte Ashley vorsichtig nach, »was, wenn er mich gar nicht will?«

»So ein Unsinn! Du wurdest hinreichend darauf vorbereitet, die Frau eines Pflanzers zu werden, und zudem siehst du ganz passabel aus. Er ist doch nicht blind.« Er wirkte etwas ungehalten. »Ich habe schließlich nicht umsonst all die Jahre das teure Internat bezahlt, meinen Teil der Vereinbarung habe ich erfüllt.«

Ashley biss sich auf die Lippen und versuchte, den aufkommenden Schmerz zu ignorieren. Die ganzen einsamen Jahre im Internat dienten nur dem einen Zweck, sie für diese arrangierte Ehe bereit zu machen. Eine Weile herrschte Schweigen, in dem nur sein schweres Schnaufen zu hören war.

»Hat sich der Vater meines Zukünftigen denn nicht zu der Angelegenheit geäußert?«, fragte sie, weil ihr nichts Gescheiteres einfiel.

Er seufzte lang gezogen. »Arthur ist leider vor einigen Jahren gestorben.«

Arthur? Der Name sagte ihr etwas. Vaters bester Freund hieß Arthur, Arthur Fulgham.

Sie erblasste und betete innerlich, dass es sich nicht um Arthur Fulghams Sohn handeln möge. Ihr Herz begann zu rasen, das wäre der absolute Albtraum.

Mr. Fulgham war ein häufiger Gast auf der Plantage gewesen. Ashley hatte den Mann nie leiden können, sie hatte sich vor ihm gefürchtet. Er hatte etwas Unheimliches an sich, und sie hatte stets zu vermeiden versucht, ihm über den Weg zu laufen. Leider war dies oftmals nicht möglich gewesen. Mit Vorliebe platzierte er sie gern auf seinem Schoß, was ihr ein Gräuel war. Sein nach Tabak riechender Atem und seine knochige Hand auf ihrem Bein verursachten ihr regelmäßig Abscheu und Übelkeit. Einmal hatte er ihr bei dieser Gelegenheit sogar unter das Kleid gefasst und dabei mit seinen nassen Lippen ihr Ohr traktiert. Sie hatte geschrien und sich gewehrt, doch ihrem Vater gegenüber hatte er gesagt, er habe Spaß gemacht und sie lediglich gekitzelt.

Sie war noch ein Kind, aber die Blicke, mit denen er sie bedacht hatte, sowie die anzüglichen Kommentare waren keineswegs einem Kind gegenüber angemessen gewesen. Unmittelbar erschien sein wettergegerbtes Gesicht in ihrer Erinnerung, Fulghams dichte buschige Augenbrauen und die milchigen Augen, deren Blicke ihr noch heute Schauer über den Rücken sandten. Im Seitenprofil hatte seine Nase Ähnlichkeit mit der eines Adlers.

Sie konnte sich noch genau an den Tag erinnern, als sie Arthur Fulgham das letzte Mal gesehen hatte, er hatte mit ihnen den Lunch eingenommen. Anschließend hatte

Vater in seinem Arbeitszimmer einen unangemeldeten Gast empfangen, während sich Mr. Fulgham im Hof die Beine vertrat. Sie, Ashley, hatte auf dem Rasen gesessen und mit ihrer Lieblingspuppe gespielt. Irgendetwas hatte sie veranlasst, dem Mann unbemerkt zu folgen.

Das letzte was sie von Arthur Fulgham sah, war, wie er mit heruntergelassenen Hosen zwischen den gespreizten Schenkeln einer jungen, erbärmlich weinenden Sklavin stand und mit grunzenden Geräuschen immer wieder seinen Unterleib gegen ihren stieß. Der Vorfall und der Anblick seines nackten haarigen Hinterteils hatten ihr noch Wochen später Albträume beschert. Und jetzt sollte sie ausgerechnet mit dem Sohn des Widerlings vermählt werden?

»Arthur? Du meinst nicht etwa Arthur Fulgham?« Sie musste Gewissheit haben.

Vater zuckte leicht zusammen, offenbar schwelgte er gerade in Erinnerungen. Sekundenlang sah er sie mit verwirrtem Blick an, dann hatte er seine Emotion wieder unter Kontrolle. »Wen denn sonst? Er war ein aufrichtiger und korrekter Mann. Zu bedauerlich, dass er nicht mehr miterleben kann, wie unsere Familien zusammenwachsen. Er wäre genau wie ich sehr stolz.«

»Ich kenne seinen Sohn doch überhaupt nicht, Vater!«, begehrte sie auf. Panik erfasste sie. Niemals würde sie diesen Fulgham heiraten, lieber ginge sie ins Kloster.

»Und wenn schon.« Er machte eine unwirsche Handbewegung. »Den Schürzenjäger, der dich auf einem Ball umgarnt, den kennst du schließlich auch nicht.«

»Das ist etwas vollkommen anderes ...«

»Inwiefern?«

Ashley stöhnte und verdrehte die Augen, ging aber auf

seine Frage nicht ein. Vor Aufregung hielt es sie nicht mehr auf ihrem Stuhl. »Ihr habt unsere Vermählung bestimmt, als wir noch Kinder waren. Was habt ihr euch dabei gedacht?«

»Mach mir keinen Ärger, Tochter.« Er stemmte sich aus seinem Schreibtischstuhl. »Es ist beschlossene Sache und daran gibt es nichts zu rütteln! Haben wir uns verstanden? Deine Mutter hat sich feige aus dem Staub gemacht. Ich musste entscheiden, was für dich das Beste ist. Dir wird es gut gehen und du wirst angemessen versorgt sein.«

»Und was macht dich so sicher, dass er sich an eure Absprache halten wird?« Vater würde nicht locker lassen und auf der Heirat bestehen. Ihre vage Hoffnung bestand darin, dass ihr vermeintlicher Bräutigam sich ebenfalls mit Händen und Füßen gegen den Beschluss wehren würde.

Mit drohendem Zeigefinger fuchtelte er in der Luft herum, Ashley zuckte automatisch zurück.

»Wir haben diese Entscheidung keineswegs leichtfertig getroffen. Ich habe Arthur damals eine Menge Geld geliehen, nach dem verheerenden Brand. Er hatte mir schon die Hälfte zurückerstattet, als er schwer krank wurde und die Zahlungen aussetzen musste. Damals haben wir das Arrangement getroffen, zur Sicherung unserer beiden Familien. Ich habe auf die Rückzahlung der restlichen Summe verzichtet, um seinem Sohn den Weg zu ebnen. Er war erst sechzehn Jahre alt, als sein Vater im Jahr darauf starb. Zum Teil habe ich jahrelang den Verwalter bezahlt, der sich um den Erhalt der Plantage gekümmert hat, bis der Junge alt genug war, selbst die Führung zu übernehmen. Dafür kann ich wohl den nötigen

Respekt von ihm erwarten! Er hatte reichlich Zeit, sich die Hörner abzustoßen. Eines Tages muss er ohnehin heiraten, um sich einen Erben zu sichern. Ein echter Fulgham wird zu seiner Verantwortung stehen.« Er schnaufte arg und stützte sich auf dem Schreibtisch ab, während er sich langsam seitwärts auf seinen Stuhl zubewegte und sich mit einem Stöhnen niederließ. Das Gespräch hatte ihn sehr aufgeregt.

Fieberhaft überlegte Ashley, was sie tun konnte, um dieser Zwangsehe zu entgehen, aber kein klarer Gedanke wollte kommen. Zu groß war der Schock.

»Wie soll es nun weitergehen?« Sie musste eine Vorstellung davon bekommen, wie viel Zeit ihr noch blieb.

Eine steile Falte bildete sich auf der Stirn ihres Vaters, als er sie musterte. »Nun, ich werde ihm eine weitere Nachricht zukommen lassen und ihn auffordern, sich persönlich mit mir zu treffen, damit wir die näheren Details besprechen können. Er wird es hoffentlich nicht wagen, mich noch einmal zu ignorieren. Es ist ohnehin eine Unverschämtheit, dass er sich all die Jahre kein einziges Mal gemeldet hat, nach allem, was ich für ihn getan habe.«

»Scheint mir ein gleichgültiges Gemüt zu haben«, spottete Ashley.

Sie erntete einen bösen Blick. »Zumindest hat er einen guten Geschäftssinn bewiesen, daran könnte dein Bruder sich ein Beispiel nehmen, aber der hat ja nur Unsinn im Kopf.« Er nuschelte weitere abwertende Äußerungen vor sich hin, die sich auf Rodney bezogen.

Ashley nutzte die Gelegenheit und bat, sich zurückziehen zu dürfen. Vater brachte keine Einwände dagegen vor und erleichtert verließ sie ihn.

Ausgerechnet Lester Fulgham hatte Vater auserkoren, den Sohn des Teufels. Ob Vater eine Ahnung von den Abgründen seines einstigen Freundes hatte? Sie verwarf den Gedanken rasch wieder. Die beiden Männer waren vom selben Schlag. Sie waren beide gleichermaßen unerbittlich und hartherzig ihren Sklaven gegenüber und ahndeten kleinste Vergehen mit harten Strafen. Die Peitsche war ein beliebtes Werkzeug, die Schwarzen zu züchtigen. Zwar hatte sie nie mitbekommen, dass ihr Dad sich in ebenso schändlicher Weise den weiblichen Sklaven aufgezwungen hatte wie sein Freund, aber das musste nichts heißen. Es kursierten vor einigen Jahren gewisse Gerüchte in dieser Hinsicht. Gelegentlich hatte sie etwas aufgeschnappt, wenn die Sklaven heimlich tuschelten. Es wäre ihr jedoch niemals in den Sinn gekommen, nachzuhaken. Hugh Callahan war mit Sicherheit kein ehrbarer Mann, dennoch war er ihr Vater.

An Lester hatte sie nur magere Erinnerungen, aber das Wenige langte aus, um seinen Charakter einschätzen zu können. Er war bösartig und gefühllos. Nie würde sie sein hämisches Grinsen vergessen, nachdem er ihren Teddy an sich gerissen hatte und ihn so hochhielt, dass sie nicht herankam. Ihr Weinen und Flehen prallten an ihm ab und schließlich, als ihm sein Spiel zu langweilig wurde, hatte er ihr Kuscheltier einfach in die Sickergrube geworfen und war lachend davon gegangen.

Meist war Arthur ohne seine Familie gekommen und manchmal mehrere Tage geblieben.

Aufgeregt marschierte Ashley in ihrem Zimmer auf und ab. Die verrücktesten Ideen schossen ihr durch den Kopf. Sie könnte Lester einen Brief schreiben und ihm unmissverständlich klarmachen, dass er sich die Mühe sparen könne, da sie niemals einwilligen werde, seine Frau zu werden. Sie könnte sich bei ihrem ersten Treffen einfältig, unbeholfen und wenig damenhaft präsentieren, damit ihm die Lust verginge, sich mit ihr abzugeben. Weitere Einfälle in dieser Richtung folgten, die sie allesamt wieder verwarf, da sie keine Garantie boten.

Sie könnte fliehen, doch wohin sollte sie gehen und wovon leben? Es schien sich ihr kein Ausweg aus dieser verzwickten Lage zu offenbaren. Was würde Vater tun, wenn sie sich strikt weigerte, zu welchen Maßnahmen würde er greifen? Sie aus dem Haus werfen und sich selbst überlassen? Auf sein Mitgefühl war nicht zu hoffen, so viel war klar, aber was blieb ihr, um ihrem Schicksal zu entgehen?

Vor lauter Grübeln machten sich Kopfschmerzen bemerkbar. Sie versuchte, ihre angespannten Nerven zu beruhigen, indem sie sich einredete, dass sich Lester Fulgham sicher nicht diktieren ließe, wen er zur Gemahlin nehmen sollte. Er war ein Mann, er besaß ganz andere Möglichkeiten, sich zur Wehr zu setzen. Der Gedanke, womöglich von seinem Auftritt abhängig zu sein, bereitete ihr zusätzlich Sorge. An den Fall, dass er eventuell gar nicht daran dachte, sich gegen die vereinbarte Hochzeit aufzulehnen, wagte sie nicht zu denken. Was, wenn er es als seine Pflicht betrachtete, den letzten Willen seines Vaters zu erfüllen? Wenn er die Ehe mit ihr einging und sie täglich seine Abneigung spüren ließ, während er hinter ihrem Rücken ein lasterhaftes Leben führte? Ein kalter Schauer lief ihren Rücken hinab.

»Nein!« Energisch stieß sie mit dem Fuß auf, soweit würde es nicht kommen! »Verflucht sollst du sein, Lester Fulgham!«

Rodneys Worte fielen ihr wieder ein. Würde er ihr helfen, aber warum sollte er das tun? Sie konnte nicht einschätzen, woran sie bei ihm war, und ob sie ihm trauen durfte. Er tat nichts, um nicht selbst davon zu profitieren, also warum sollte er ihr helfen? Sein einziger Nutzen wäre, dass er dem Vater eins auswischen und seine Macht demonstrieren konnte. Sie dachte eine Weile darüber nach, als ihr klar wurde, dass sie sich lediglich zum Spielball machte.

Resigniert ließ sie sich auf ihr Bett sinken und starrte vor sich hin. Sollte sich alles wiederholen? War es ihr Schicksal, das Dasein in einer ebenso lieblosen Verbindung zu fristen wie einst ihre Mutter?

Sie kämpfte mit den Tränen, als ihr plötzlich der rettende Einfall kam – Tante Tawinia.

Warum hatte sie nicht sofort daran gedacht? Nur sie konnte ihr noch helfen, sie *musste* ihr helfen. Sie hatte die Tante vor vier Jahren das letzte Mal gesehen, doch sie schrieben einander in unregelmäßigen Abständen. Tawinia lebte in Florida, war jedoch viel auf Reisen.

Von neuem Mut beflügelt, sprang sie auf, um ihr einen ausführlichen Brief zu schreiben. Es konnte unter Umständen Monate dauern, bis sie die Nachricht erhielt, wenn sie wieder einmal in fernen Ländern unterwegs war.

Ashley schrieb sich ihren Kummer von der Seele, ohne ein einziges Mal aufzublicken. Am Ende hielt sie drei eng beschriebene Seiten in Händen, die sie in einen Umschlag schob, ohne einen weiteren Blick darauf zu werfen. Seufzend massierte sie die verspannten Finger.

Jesse konnte den Brief an der Poststation abgeben, wenn er wie jeden Mittwoch mit seinem Karren in die

Stadt fuhr, um Besorgungen zu machen und Bestellungen abzuholen.

Tawinia war Mutters ältere Schwester. Sie war eine gefeierte Schauspielerin und hatte an vielen großen Theatern gespielt. Vater machte nie einen Hehl daraus, dass er ihre Art zu leben für schamlos und skandalös hielt. Nach der Beerdigung ihrer Mutter hatte er sie des Anwesens verwiesen und ihr jeglichen Kontakt zu Ashley verboten.

Durch ihren Aufenthalt im Internat konnte er jedoch die Einhaltung des Verbots nicht kontrollieren. Vor vier Jahren hatte die Tante erneut geheiratet und während ihrer Hochzeitsreise einen Abstecher zum Internat gemacht. Hector war ein älterer, sehr warmherziger Mann, der stets zu Späßen aufgelegt war. Ashley mochte ihn auf Anhieb. Vor knapp einem Jahr war er an einem Herzleiden verstorben. Das Schreiben, in dem Tawinia ihr seinen Tod mitteilte, war das letzte, das sie von ihr erhalten hatte. Natürlich hatte Ashley ihr daraufhin einen langen Brief geschrieben und ihr Mitgefühl bekundet, aber keine Antwort erhalten, auch ein weiterer Brief blieb bisher unbeantwortet.

Entschlossen beschriftete sie den Umschlag mit der Adresse und betete innerlich, dass die Tante Rat wusste und ihr sagen konnte, was sie tun solle.

In der Nacht schlief sie unruhig und fühlte sich am nächsten Morgen dementsprechend schlapp.

Ashley bat ihre Sklavin Neema, in Zukunft Augen und Ohren offen zu halten und sie über alles zu informieren, was im Haus vor sich ging, insbesondere, ihr sofort Bescheid zu geben, wenn ihr Vater einen Besucher empfing. Sie musste gewappnet sein. Sollte Lester Fulgham auftauchen, wollte sie es wissen.

Tage verstrichen, ohne dass etwas geschah. Allmählich wurde Ashley wieder ruhiger. Offenbar hatte Lester es nicht eilig, sofern Vaters erneutes Schreiben schon an ihn rausgegangen war.

Dennoch legte Ashley die Hände nicht in den Schoß. Als sich weder Vater noch Rodney im Haus aufhielten, wagte sie sich ins Arbeitszimmer und durchsuchte Aktenschränke und Schubladen nach eventuellen Hinweisen. Irgendwo musste es eine schriftliche Vereinbarung zwischen ihm und Arthur Fulgham geben. Es trieb sie die Idee an, wenn sie so ein Schriftstück fand und vernichtete, fehlte jeglicher Beweis, dass es jemals existiert hatte. Systematisch ging sie die Bücher mit den Jahreszahlen durch, in deren Zeitraum sie die absurde Abmachung vermutete, aber sie fand nichts, was ihr hilfreich sein konnte. Er musste das Dokument an anderer Stelle abgeheftet haben. Fieberhaft überlegte sie, während sie mit geneigtem Kopf an den Geschäftsbüchern entlangging, um die Aufschriften auf den Buchrücken zu lesen. Das eine oder andere zog sie heraus, blätterte es flüchtig durch und schob es zurück an seinen Platz. Die regelmäßigen Zahlungen an das Internat waren fein säuberlich notiert, auch sonstige Ausgaben waren unter dem Unterpunkt »Ashley« aufgeführt, auch wenn sie aufgrund Vaters speziellen Abkürzungen nicht nachvollziehen konnte, wofür die Summen standen.

Die Zeit war rasch verflogen und sie zog es vor, ihre Suche ein anderes Mal fortzusetzen, bevor sie Gefahr lief, dass unerwartet Rodney oder gar Vater hereinplatzten.

Am folgenden Abend stand die Aufführung von *Emilia Galotti* an, zu der Rodney sie notgedrungen mitnehmen musste, um sich vor seiner Auserwählten keine Blöße zu geben. Vor lauter Vorfreude konnte Ashley ihre Aufregung kaum im Zaum halten, während ihr Bruder mehr als einmal seinen Unmut darüber ausließ.

Sie beteuerte betont unschuldig, dass es schließlich nicht ihre Schuld sei, wenn Lindsay darauf bestand, dass sie sie begleitete. Ashley wollte sich ihre gute Laune nicht verderben lassen, auch wenn es sie ein wenig betrübte, dass sie kein angemessenes Kleid besaß.

Neema hatte mit Nadel und Faden und ihren geschickten Händen den Ausschnitt des infrage kommenden Kleidungsstückes angepasst, sodass der Stoff am Busen nicht mehr so spannte, und die verspielten Schleifen entfernt. Das Ergebnis war ganz passabel, zumindest hatte es seinen Kleinmädchenlook verloren.

Falls der modebewussten Lindsay etwas aufgefallen war, so ließ sie es nicht durchblicken. Die Begrüßung war freudig und herzlich, auch das begleitende Paar, Lindsays Cousine und deren Gatte, war überaus freundlich.

Fasziniert verfolgte Ashley die Aufführung, die von einer besessenen Liebe eines Prinzen zu dem bürgerlichen Mädchen Emilia Galotti handelte. Zwischendurch wagte sie gelegentlich einen Seitenblick zu ihrem Bruder, der den aufmerksamen Gentleman mimte, während der Inszenierung aber offenbar mehr Interesse an den anderen Besuchern und deren weiblicher Begleitung zu haben schien.

Während der Pause machten sich die Herren auf, Erfrischungen für die Damen zu besorgen. Ashley und Lindsay traten aus ihrer Loge und gingen ein paar Schritte. Sie diskutierten über das Stück und wechselten höfliche

Begrüßungen mit anderen Damen und Herren, die sich auf der Galerie die Beine vertraten.

»Miss Patterson, welch eine Freude, Sie zu treffen. Gefällt Ihnen das Schauspiel?« Ein attraktiver, überaus charmant wirkender Mann stand plötzlich vor ihnen.

Ashley stellte zu ihrer Verwunderung fest, dass Lindsay mit einem Male sehr unsicher wurde und scheu errötete, während sie seine Frage beantwortete und ihm ihre Begleitung vorstellte.

Er begrüßte sie angemessen, aber es war Ashley nicht entgangen, dass sich seine Miene bei der Erwähnung des Namens Callahan kurz verdunkelte.

Während die beiden sich über die Figuren im letzten Akt unterhielten, musterte Ashley ihn unauffällig. Er war in etwa so groß wie Rodney, machte eine gute Figur und war geschmackvoll gekleidet. Bradley Hanson, wie er sich vorstellte, hatte leicht gewelltes mittelblondes Haar, ebenmäßige Gesichtszüge und ein einnehmendes Lächeln. Sie musste gestehen, dass ihr der Mann außerordentlich gut gefiel. Zu ihrer Enttäuschung nahm er kaum Notiz von ihr. Mr. Hanson hatte unverkennbar nur Augen für Lindsay, sie strahlten förmlich, wenn er sie ansah. Ein Knistern schien in der Luft zu liegen. Ein Knistern, das jäh endete, als die Herren mit den Getränken zurückkehrten.

Rodney hielt sich nicht mit Höflichkeitsfloskeln auf. »Verschwinden Sie, Hanson!«

»Ihnen auch einen wunderschönen Guten Abend, Mister Callahan«, erwiderte Mr. Hanson gelassen, nickte seinem Begleiter grüßend zu und wandte sich an Lindsay. »Miss Patterson, es hat mich gefreut. Ich wünsche Ihnen noch einen angenehmen Abend, genießen Sie die exzellente Aufführung.« Er sprach in besonnenem Ton, wobei er Lindsay geradezu anschmachtete. Unvermittelt straffte er sich. »Miss Callahan, meine Herren«, er machte auf dem Absatz kehrt und entfernte sich.

Rodney blickte ihm mit finsterer Miene hinterher. Sein Begleiter, der Gatte von Lindsays Cousine, hatte den Vorfall mit Argusaugen verfolgt, enthielt sich aber eines Kommentares. Auch Ashley hatte alle Beteiligten genau beobachtet. Lindsays Brustkorb hob und senkte sich im schnellen Rhythmus, sie schien das Aufeinandertreffen der beiden Männer sehr aufgewühlt zu haben. Sie sah beschämt zur Seite und war sichtbar erleichtert, als die Cousine ihre Gesprächspartnerin verabschiedete und sich zu ihnen gesellte. Wortlos betraten sie die Loge und nahmen ihre Plätze ein.

Mitfühlend musterte Ashley die zukünftige Schwägerin. Sie war versucht, etwas Tröstliches zu sagen, fing allerdings einen warnenden Blick ihres Bruders auf und entschied, die Angelegenheit auf sich beruhen zu lassen.

Nachdem sich der Vorhang wieder geöffnet hatte, wagte es Ashley, die anderen Logengäste eingehender zu mustern. Rodney war näher an Lindsay herangerückt, als müsse er sie beschützen, während sein Blick die Logen zu seiner Linken absuchte. Irgendwo dort musste Bradley Hanson sitzen. Lindsays Augen waren zur Bühne gerichtet, dennoch hatte Ashley den Eindruck, dass sie die Szene gar nicht aufnahm. Ihre Cousine Annabelle tuschelte hinter vorgehaltenem Fächer mit ihrem Gatten.

Die Heimfahrt verlief schweigend, nachdem Rodney zuvor gemurrt hatte, dass er lieber noch in den Club gegangen wäre, anstatt sie nach Hause zu begleiten. Es war spät geworden und das gleichmäßige Rumpeln in der dunklen Kutsche ließ sie schläfrig werden. Sie lehnte ihren Kopf gegen die weiche Polsterung und schloss die Augen. Sie träumte davon, dass es Abende wie diesen häufiger in ihrem Leben geben würde, doch am folgenden Tag bestimmte wieder triste Eintönigkeit ihr Dasein.

Drei Tage später bat der Vater sie ins Arbeitszimmer und erkundigte sich, ob sie schon Kontakt zu der Schneiderin aufgenommen habe. Als Ashley verwirrt verneinte, erklärte er, dass er sich darum kümmern und sie herbestellen werde. Er sprach von aktuellen Maßen und einem Satz neuer Kleidung für jeden Anlass.

Ashleys Freude über den unerwarteten Sinneswandel des Vaters währte nur kurz.

»Ich habe es satt, mich zum Narren halten zu lassen«, wetterte er. »Wenn Lester Fulgham mich bis Ende des Monates nicht kontaktiert hat, werde ich ihn persönlich aufsuchen und du wirst mich begleiten!«

Ashley riss erschrocken die Augen auf, wollte er sie denn anpreisen wie ein Stück Vieh? »Vater, das ist peinlich!«

»Ach was!«, wehrte er energisch ab. »Sein Verhalten ist es, was hier peinlich ist, und wenn er dich erst gesehen hat, wird er seine Meinung ändern.«

»Vielleicht solltest du akzeptieren, dass er mich nicht will.« Verärgert sprang sie auf. »Und ich will ihn auch nicht! Ich werde Lester nicht heiraten, niemals!«

»Du undankbares Geschöpf, was weißt du schon vom Leben? Willst du irgendeinen dahergelaufenen Tagelöhner haben und wie ein altes Waschweib enden? Lester kann dir einen gewissen Wohlstand bieten, und du brauchst nichts weiter tun, als ihm das Bett zu wärmen und ihm Nachkommen zu bescheren, das wirst du ja wohl hinbekommen. Also sei gefälligst kein Dummkopf, er ist eine gute Partie, um die dich andere Heiratswillige beneiden werden.«

»Ich werde nur den Mann heiraten, den ich auch liebe, und der wird nicht Lester Fulgham sein!«

Hugh Callahan lachte unfroh auf. »Ach, und das weißt du, bevor ihr euch kennengelernt habt, ja? Das mit der Liebe und dem ganzen Gehabe ist ohnehin nur ein Mythos und hat rein gar nichts mit dem wahren Leben zu tun. *Liebe* sichert dir keinen Wohlstand.« Er betonte das Wort, als sei es etwas Verwerfliches. »Was reg ich mich überhaupt auf? Du tust, was ich dir sage und damit basta! Im Grunde bist du die ganze Mühe gar nicht wert ...«

Seine harten Worte schmerzten, obwohl sie einen solchen Ton gewohnt war.

Schon wenige Tage darauf vergingen die Nachmittage mit Maßnehmen und dem Aussuchen von Stoffproben. Eigentlich wäre das für Ashley ein Grund zur Freude, aber das Wissen, dass Vater es nur genehmigt hatte, um sie Lester zu präsentieren, dämpfte ihr Hochgefühl erheblich. Sie hatte noch immer keinen Plan entwickelt. Um keinen Preis durfte sie mit dem Vater auf diese Reise gehen.

Sie könnte eine Krankheit vortäuschen, überlegte sie, doch wie sie ihn kannte, würde er sich durch eine kleine Unpässlichkeit nicht von seinem Vorhaben abbringen lassen. Es gab gewisse Gewächse, die bestimmte Symptome hervorriefen wie Ausschlag, Erbrechen oder Fieber. Sie kannte sich auf dem Gebiet nicht aus, aber sie wusste, dass einige Sklavenfrauen aus den Hütten Tinkturen herstellten, womit sie ihre Kranken behandelten. Diese Frauen hatten Ahnung, was Auswirkung und Dosierung betraf, schließlich wollte sie nicht Gefahr laufen, sich ernsthaft zu vergiften. Ob sie ihre Sklavin Neema um Hilfe bitten sollte? Aber was war danach? Eine solche Aktion würde ihr allenfalls ein paar Tage Aufschub bescheren. Sie brauchte eine dauerhafte Lösung. Ein übles Gerücht in die Welt setzen, das Lester abschreckte, machte auch keinen Sinn, da es ebenso ernst zu nehmende Kandidaten vertreiben könnte. Die Sorge um ihre Zukunft machte sie verschlossener und raubte ihr nachts den Schlaf. Ihr Zimmer bot ein kleines Refugium, aber das Leben außerhalb dieser vier Wände schien sie mehr und mehr einzuengen und ihr die Luft zum Atmen zu nehmen.

So oft es möglich war, hielt sie sich im Garten auf oder verbrachte die Zeit bei einem Ausritt und traf sich anschließend mit Bill. Inzwischen war er ihr recht vertraut geworden. Er hörte sich ihre Sorgen an, obwohl sich ihr manchmal das Gefühl aufdrängte, dass er ihr Problem nicht wirklich verstand. Er hielt sich diesbezüglich in seinen Äußerungen recht kurz und bedeckt, riet ihr lediglich, ihrem Standpunkt treu zu bleiben. Vielleicht konnte ein Mann, dem alle Freiheiten offenstanden, sich nicht in eine solche Lage hineinversetzen, tröstete sie sich, obwohl sie instinktiv hoffte, dass er sie mit *dem* genialen Plan überraschen würde, der all ihren Kummer mit einem Schlag zunichtemachte.

»Was soll ich tun, wenn mein Vater mich zwingen sollte, ihn zu Lester Fulgham zu begleiten?«, fragte sie ihn direkt, als sie nach ihrem Ausritt neben Bill im Strohlager saß.

»Du machst dir zu viele Gedanken. Warte ab, was passiert. Wenn ich dieser Lester wäre, ich würde mich nicht von einem Freund meines Vaters ins Ehejoch zwängen lassen. Wahrscheinlich hat der Kerl längst seine Anwälte eingeschaltet, um gegen deinen Vater vorzugehen, also entspann dich endlich.«

Ashley seufzte nachdenklich.

»Lass uns nicht die kostbare Zeit mit reden vertrödeln. Ich kann nicht ewig meiner Arbeit fernbleiben, ohne dass jemand nach mir sucht.« Spielerisch begann er sie zu foppen. Sie war kitzelig und versuchte quiekend seinen neckenden Fingern zu entkommen, bis sie schließlich der Länge nach im Stroh landeten. Sogleich war er über ihr und verschloss ihren Mund mit seinen Lippen.

Zögernd schlang Ashley die Arme um seinen Hals und erwiderte seinen Kuss. Schnell wurde er fordernder. Mittlerweile reagierte Ashley nicht mehr so unsicher, wenn Bills forschende Zunge um Einlass bat. Sie spürte, dass ihm gefiel, wie sie parierte.

Mit einem Stöhnen rollte er sich mit dem Oberkörper halb auf sie und schob das Knie zwischen ihren Beinen langsam aufwärts. Für einen Moment versteifte Ashley sich und war gewillt, ihn von sich zu stoßen.

»Alles gut, ich musste nur meine unbequeme Lage ein wenig verändern«, hauchte er ihr ins Ohr und begann ihren Nacken mit Küssen zu bedecken, während seine Hand die Brust massierte.

Ashley schloss die Augen und genoss das angenehme Prickeln, das Bills Berührungen auslösten. Plötzlich keuchte sie erschrocken auf, als sein Mund ihre Brustwarze umschloss. Wie hatte er es fertiggebracht, sie so weit zu entblößen, ohne dass sie es mitbekommen hatte?

Ihr Widerstand war nur von kurzer Dauer, die neuen Emotionen, die auf sie einströmten, weckten ihre Neugier. Er sparte nicht an Komplimenten, lobte ihre weiche, zarte Haut und beteuerte, wie vollkommen sie sei, während er ihr Mieder weiter öffnete. Sie ließ ihn gewähren und ignorierte die Warnung ihres Unterbewusstseins. Erst als seine Hand zwischen ihre Beine glitt und dort verweilte, gebot sie ihm Einhalt. Entschieden schob sie ihn zur Seite.

»Komm schon, du wirst es mögen. Ich verspreche es dir«, keuchte er. Unmittelbar landete Bills Hand erneut an derselben Stelle und begann sie zu reiben. Ihren Einwand versuchte er mit einem Kuss zu ersticken.

Als Nächstes würde er ihren Rock hochzuziehen und ... Der Gedanke brachte Ashley Ernüchterung, sie wehrte sich gegen den harten Kuss und stieß ihn energisch von sich.

»Nein! Bitte ... das dürfen wir nicht!«

Murrend rollte er sich zur Seite, sie schoss in die Höhe und richtete fahrig ihr Oberteil. »Ich sollte jetzt gehen!«

»Was bist du auf einmal so zickig?« Verärgert sprang er auf. »Es hat dir doch gefallen, gib es zu.« Er reichte ihr die Hand und zog sie unsanft auf die Beine. »Glaubst du, ich lasse mich ewig mit ein paar Küssen abspeisen?«

Ashley wusste nicht, wie sie reagieren sollte. Betreten klopfte sie ihre Kleidung ab und vermied es, ihn anzusehen. Unverhofft packte er ihre Hand und presste sie gegen seinen Schritt.

»Spürst du es? Ich bin ein Mann, Ashley.«

Schockiert starrte sie ihn mit aufgerissenen Augen an.

»Ich lass mich nicht zum Narren halten. Seit Wochen machst du mir schöne Augen, machst mich scharf und kneifst dann. Ich bin nicht dein Spielzeug!«

Abrupt ließ er ihre Hand los.

Ashley nutzte die Gelegenheit und stürmte aus dem Stall. Ihr Gesicht glühte vor Scham und ihr Herz pochte, als wolle es zerbersten. Wie hatte ihr zartes heimliches Beisammensein plötzlich eine so radikale Wendung nehmen können? Tränen rannen ihr über das Gesicht. Sie wollte unverzüglich auf ihr Zimmer, sich dort verbarrikadieren und keine Menschenseele mehr sehen.

Aus dem Augenwinkel registrierte sie die fremde Kutsche, die auf dem Hof stand.

Sie hatte bereits die erste Stufe der Treppe erreicht, als die aufgebrachte Stimme ihres Vaters aus dem Salon drang. Den genauen Wortlaut hatte sie nicht mitbekommen, aber es war zweifelsohne ihr Name gefallen.

Ashley hielt in der Bewegung inne und horchte. War es so weit, war Lester Fulgham eingetroffen? Ausgerechnet jetzt? Gehörte ihm die Kutsche? Sie schaute sich um und schlich dann den Gang hinunter, wo sich der Salon befand. Es war nichts mehr zu hören. Rasch versteckte sie sich hinter einem Pfeiler, als sie die Sklavin Tara mit einem Tablett und dem frisch aufgebrühten Tee näherkommen sah.

»Du hättest dein Kommen zumindest ankündigen können«, wetterte Vater gerade, als Tara den Salon betrat.

Außer dem Klappern von Geschirr drang kein Ton aus dem Inneren, nachdem die Tür hinter der Sklavin zugefallen war.

Nervös wartete Ashley im Flur. Tara müsste wissen, um wen es sich bei dem Besucher handelte, doch sie brauchte nicht auf sie zu warten, denn die weibliche Stimme, die ihn laut zurechtwies, nicht so einen Wirbel zu veranstalten, kannte sie genau!

Ungeachtet ihrer momentanen Verfassung und ihres Erscheinungsbildes stürmte sie in den Salon. »Tante Tawinia!«

Tawinia schoss aus ihrem Sessel hoch und die beiden Frauen fielen sich überschwänglich in die Arme.

»Was ist denn mit dir passiert?«, donnerte Vater. »Schau dich mal an, wie du aussiehst. Hast du dich mit den Schweinen auf dem Boden gewälzt?«

»Hugh! Wie redest du mit deiner Tochter?«

Hugh Callahan gab ein missmutiges Knurren von sich und machte eine unwirsche Handbewegung.

Ashley ignorierte ihn, ließ aber zu, dass die Tante sie auf Armlänge von sich schob und in näheren Augenschein nahm. Ihr tadelnder Blick konnte nicht verheimlichen, dass sie über ihr Aussehen ebenfalls nicht erbaut war.

»Ich war ausreiten!«, log sie. Verlegen verbannte sie eine Haarsträhne hinter ihr Ohr. Ihr war bewusst, dass sie furchtbar aussehen musste, doch in diesem Moment war es nicht von Bedeutung. Tawinia hatte ihren Brief erhalten und sich sofort persönlich auf den Weg gemacht, das war alles, was zählte. Glücklich strahlte sie die Tante an und sogar die peinliche Geschichte mit Bill rückte vorerst in den Hintergrund.

»Tara, bitte noch ein Teegedeck für mich.«

»Sehr wohl, Ma'am.«

»Nicht nötig!«, murrte Vater und gab der Sklavin mit entsprechender Handbewegung zu verstehen, dass sie verschwinden solle. »Ich muss mir das Weibergeschnatter nicht antun. Ich bin im Arbeitszimmer! Ashley, du regelst das mit der Unterbringung.« Er schlurfte zur Tür, drehte sich noch einmal um und richtete den Blick auf seine Schwägerin. »Wie lange gedenkst du eigentlich, uns mit deiner Anwesenheit zu beehren?«

»Hugh Callahan, freundlich wie eh und je«, konterte Tawinia gelassen. »Das weiß ich noch nicht, es kommt ganz auf die Situation an.«

Auf seiner Stirn bildete sich eine steile Falte. Kopfschüttelnd vor sich hin brummelnd verließ er den Salon.

Ashley stieß einen freudigen Seufzer aus. »Es ist wundervoll, dich zu sehen. Ich hätte niemals damit gerechnet, dass du dich sofort auf den Weg machen würdest. Vater hat bestimmt fast der Schlag getroffen, als er dich gesehen hat.« Vor Aufregung plapperte sie wild drauf los.

Tawinia lächelte nachsichtig. »Du hattest Glück, meine Liebe, ich saß bereits auf gepackten Koffern. Hätte dein Brief mich zwei Tage später erreicht, wären Monate vergangen, bis ich ihn erhalten hätte.«

Ashley machte sich daran, die Gedecke zu verteilen und den Tee einzugießen.

»Ich war eigentlich auf dem Weg nach South Carolina. Mein verstorbener Mann hat mir in Charleston ein ansehnliches Stadthaus hinterlassen, direkt an der East Battery gelegen, mit Blick aufs Meer. Zum Glück gab es keine Schwierigkeiten, die Passage auf Georgia umzubuchen und einen Teil meines Gepäckes im Hafen einlagern zu lassen, sonst hätte deinen Vater mit Sicherheit der Schlag getroffen.«

Die beiden Frauen lachten.

»Du siehst mitgenommen aus, Kind.« Die Tante wurde ernst. »Und wie ich unschwer erkennen kann, hast du geweint.«

»Das hat einen anderen Grund«, verlegen senkte Ashley den Blick. »Ich möchte im Augenblick nicht darüber reden, verzeih.« Tawinia unterzog sie einer knappen Musterung, respektierte aber ihren Wunsch.

Sie tranken Tee und plauderten angeregt über die lange Zeit, in der sie einander nicht gesehen hatten. Ashley berichtete Geschichten aus dem Internat, von der Abschlussfestlichkeit und der Hochzeit ihrer Freundin. Endlich hörte ihr jemand zu und interessierte sich für ihre Erlebnisse.

Es war Tawinia, die das Thema schließlich wieder auf den dramatischen Brief brachte. Die lockere Stimmung kippte.

»Ich wusste nicht, an wen ich mich sonst wenden sollte. Bitte, Tante Tawinia, du musst mir helfen.« Ashley verschränkte ihre Hände auf dem Schoß ineinander und blickte ihre Verwandte flehend an.

»Ich kann versuchen, mit Hugh zu reden, aber du weißt, wenn er sich etwas in den Kopf gesetzt hat, ist er schwer davon abzubringen.« Tawinia erkundigte sich, ob sich seit dem Brief irgendetwas getan habe.

»Ich verstehe Rodneys Haltung nicht, es kann ihm doch nicht vollkommen gleichgültig sein, was mit dir geschieht. Du bist seine kleine Schwester!« Nachdenklich schlürfte Tawinia ihren Tee. »Ich könnte mir diesen Lester mal anschauen und ihm ein wenig auf den Zahn fühlen. Glaub mir, ich finde heraus, wie der Mann gestrickt ist.«

Das würde die Tante bestimmt, sie war nicht umsonst eine gefeierte Schauspielerin und hatte an vielen großen Theatern gespielt. Sie besaß ein besonderes Gespür, konnte die Menschen besser einschätzen und beurteilen. So leicht würde man Tawinia nicht täuschen können. Doch es ging nicht um irgendeinen Heiratskandidaten, es ging hier um Arthur Fulghams Sohn. Mit Nachdruck machte Ashley diesen Aspekt der Tante klar.

»Bei deinem Vater verkehrten einige seltsame Vögel, die er seine Freunde nannte ...« Sie tippte sich abwesend mit dem Zeigefinger gegen die Lippen. »Dieser Arthur ist nicht etwa der mit der komischen Hakennase?«

»Genau der!«

Ashley gewann den Eindruck, als wäre die Tante plötzlich eine Spur bleicher geworden.

»Das ändert einiges. In der Tat, ein widerwärtiger Geselle!«

Warum ausgerechnet Arthur Fulgham Tawinia im Gedächtnis geblieben war, fragte Ashley nicht nach, doch sah sie ihre Chance. »Dann kannst du verstehen, dass ich unmöglich hinnehmen kann, dass Dad mich mit seinem Sohn verheiraten will. Ich werde in dieser Ehe ebenso todunglücklich werden, wie meine Mum in ihrer. Willst du, dass ich wie sie enden soll?«

»Um Himmelswillen, Ashley!«, schockiert sah die Tante sie an. »Wie kannst du so etwas sagen? Du weißt, dass ich mir nie verziehen habe, nicht da gewesen zu sein, als meine Schwester mich brauchte. Ich war damals gerade für ein Gastspiel in New York. Hätte ich geahnt, dass sie so weit gehen würde, sich das Leben zu nehmen ...« Abrupt brach sie ab. Eine schwerwiegende Stille hing im Raum.

»Misses Fulgham hingegen war auch nicht zu beneiden«, sinnierte Tawinia, »aber sie war mental wesentlich stärker als Mayleen. Eine bemerkenswerte Frau, deine Mutter mochte sie. Mayleens Freitod hat sie sehr bestürzt. Ich unterhielt mich auf der Trauerfeier eine Weile mit ihr. Lebt Misses Fulgham eigentlich noch?«

Gleichgültig zuckte Ashley mit den Achseln. Eine Weile hingen beide ihren Gedanken nach.

»Dir ist schon klar, dass ein Ehemann für deine Zukunft das Beste ist? Wenn ich deinen Vater überzeugen soll, von dieser unsinnigen Vereinbarung Abstand zu nehmen, werden wir ihm zumindest einen anderen adäquaten Herrn vorstellen müssen. Hast du jemanden im Auge?«

Bedauernd schüttelte Ashley den Kopf.

»Also gut, ich werde mir etwas überlegen.« Tawinia war von der Reise ein wenig erschöpft, sie beendeten das Gespräch. Sie ließ sich von Ashley das Gästezimmer zeigen; die Sklaven hatten das Gepäck bereits hinaufgebracht.

Beim Dinner trafen sie einander wieder, dieses Mal war auch Rodney anwesend.

Vater war schweigsam und widmete sich stur dem Abendessen, als säße er allein am Tisch, während Tawinia und Rodney angeregt über seine Heiratspläne plauderten.

Ashley beobachtete die beiden. Rodney konnte mitunter sehr gesprächig sein, es schien, als genieße er die Aufmerksamkeit um seine Person.

Es war ein angenehmes Gefühl, nicht die einzige Frau an der Tafel zu sein. Für einen Moment ertappte sich Ashley bei der Frage, wie es wäre, würde ihre Mum noch leben. Wehmütig betrachtete sie die Tante. Tawinia war acht Jahre älter als ihre Mutter. Sie war immer noch eine sehr attraktive Frau, die von ihrer Figur her durchaus mit den Damen von Ashleys Generation mithalten konnte. Nur die kleinen Fältchen an Augen und Mund verrieten ihr fortgeschrittenes Alter, und wenn man genau hinsah, konnte man die ersten grauen Haare entdecken.

In den nächsten drei Tagen geschah nichts Aufregendes. Tawinia legte Blumen am Grab ihrer Schwester nieder und verbrachte mehrmals längere Zeit mit dem Vater im Arbeitszimmer, während Ashley den Besuch der Schneiderin und die Anprobe über sich ergehen lassen musste. Die neuen Teile sahen zwar schick aus, aber sie hätte gern das eine oder andere Detail anders gehabt, doch das vom Vater streng bemessene Budget ließ die gewünschten Änderungen nicht zu. Ashley war nervös und angespannt. Die Anwesenheit der Tante gab ihr zwar Sicherheit, dennoch ließ die nicht durchblicken, was bei ihren Unterredungen mit dem Vater herausgekommen war. Sie müsse Geduld haben, hatte Tawinia nur gesagt.

Es reizte Ashley zu einem Ausritt, um den Kopf wieder frei zu bekommen, doch die Furcht, auf Bill zu treffen, hielt sie davon ab. Was hatte sie sich bloß dabei gedacht? Sie konnte nur hoffen, dass er in seinem gekränkten Stolz nicht Rodney gegenüber etwas fallen ließ. Die Konsequenzen, die sie dann zu erwarten hätte, mochte sie sich gar nicht ausmalen.

Auch Lindsay beschäftigte ihre Gedanken. Sollte sie den Dingen ihren Lauf lassen oder sich einmischen? Wäre sie eine Intrigantin, wenn sie ihr steckte, dass Rodney es nur auf ihre Mitgift abgesehen hatte? Sie konnte sich die warmherzige Lindsay schwerlich als Rodneys Gemahlin vorstellen.

Wenn sie, Ashley, die auf diesem Anwesen in Pembroke geboren war, sich hier schon nicht zuhause fühlte und unglücklich war, wie musste sich dann erst eine Fremde fühlen, noch dazu an der Seite eines Mannes, der sie nicht liebte? Lindsay war in einer liebevollen Familie aufgewachsen, sie könnte daran zugrunde gehen.

Ashley wagte es nicht mal, Tawinia in dieser Angelegenheit um Rat zu fragen. Durfte sie ihrem Bruder derart in den Rücken fallen? Anderseits, was tat er, um ihr in ihrer ausweglosen Situation zu helfen? Sie entsann sich seiner zweideutigen Worte: *alles zu seiner Zeit ...*

Sie musste es genau wissen, sie war es leid, untätig herumzusitzen. Spontan machte sie sich auf, ihn zu suchen. Sie fand ihn in der Bibliothek. Er hatte es sich in dem breiten Ohrensessel am Fenster bequem gemacht und las in einem Buch.

Ohne Umschweife kam sie zur Sache. »Ich brauche deine Hilfe. Ich kann Lester Fulgham nicht heiraten!«

Ungläubig starrte er sie eine Weile an, als erwarte er, dass sie ihm gleich mitteilen würde, einen Scherz gemacht zu haben. Betont langsam legte er sein Buch beiseite, ohne sie aus den Augen zu lassen.

»Das wird Dad gar nicht gefallen«, brummte er.

»Das ist mir egal. Bitte hilf mir, du bist mein Bruder.«

»So, so, du willst ihn also nicht. Kannst du mir auch verraten, wie du dir dein weiteres Leben vorstellst, ohne einen Ehemann an deiner Seite? Hat Tawinia dir den Floh ins Ohr gesetzt?«

»Was? Nein, natürlich nicht!« Sie wollte auf keinen Fall, dass die Tante in Verdacht geriet. Mit Inbrunst erinnerte sie ihren Bruder an die Besuche der Fulghams und zählte alle Begebenheiten auf, die ihr auf die Schnelle einfielen, nur den Vorfall mit der Sklavin ließ sie aus. Mehrfach war Arthur wegen seines rauen Tons, ausfallender oder schlüpfriger Bemerkungen herausgestochen, insbesondere, wenn er dem Alkohol zugesprochen hatte.

Rodney hörte sich ihre Klagen an, ohne sie zu unterbrechen. An seinem Gesichtsausdruck war nicht abzulesen, wie er darüber dachte.

»Du kannst nicht ernsthaft wollen, dass ich Teil dieser Familie werde.« Flehend sah sie ihn an.

Mit auf dem Rücken gekreuzten Händen ging er zum Fenster hinüber und blickte hinaus. Endlose Sekunden verstrichen.

»Du kannst beruhigt sein, Lester Fulgham wird nicht kommen«, sagte er schließlich und wandte sich ihr wieder zu. »Er denkt gar nicht daran, sich zu verheiraten. Der Mann genießt sein Leben ... und die Frauen, wenn du verstehst, was ich meine. Er ist ein Schürzenjäger, so einer denkt nicht im Traum daran, sich an eine Einzige zu binden.«

Ashley war von seiner Aussage so überrascht, dass sie einen Moment brauchte, um ihre Frage zu formulieren. »Woher willst du das wissen?«

»Ich habe ihn aufgesucht und mit ihm gesprochen.«

»Du hast *was*?« Nun war sie vollkommen perplex. »Wann?«

»Schon vor einer Weile. Vaters Schreiben interessiert ihn nicht im Mindesten, er lässt sich auch nicht unter Druck setzen. Lester vertritt eine klare Haltung, die da lautet, dass er dich unter gar keinen Umständen vor den Traualtar führen wird. Er will dich nicht! Zufrieden?«

Erleichtert stieß Ashley den Atem aus. Er wollte sie nicht, sie konnte sich glücklich schätzen, trotzdem stellte sich kein Hochgefühl ein, als sie sich die Bedeutung vor Augen führte. »Wie hat Vater auf diese Ablehnung reagiert?«

»Er hat keine Ahnung, dass ich Lester kontaktiert habe.«

»Aber warum?« Ashley verstand sein Gebaren nicht. »Wir müssen es ihm sofort sagen.«

»Wir schon gar nicht!« Sein Ton verschärfte sich. »Und du wirst es ihm auch nicht auf die Nase binden, sonst kannst du meine Hilfe vergessen.«

Verständnislos sah sie ihn an und versuchte vergebens in seinem Gesicht zu lesen. »Aber ... aber Dad gedenkt, mit mir dorthin zu reisen, wie ...«

»Das wird ihm auch nicht weiterhelfen. Lester Fulgham lässt sich nicht manipulieren. Vater würde sich nur unnötig blamieren und sich zum Gespött aller machen. Das werde ich zu verhindern wissen. Und jetzt entschuldige mich, ich möchte gern das Kapitel zu Ende lesen.« Abrupt wandte er ihr den Rücken zu und nahm wieder in dem Sessel Platz.

Unschlüssig blieb Ashley eine Weile stehen, sie wusste nicht, was sie von der Geschichte halten sollte, außerdem hatte sie noch unzählige Fragen. Entschied aber, ihren Bruder vorerst nicht weiter mit ihrer Neugier zu behelligen.

Sie war froh, dass Lester sie nicht zur Gemahlin wollte, dennoch drängte sich ihr die Frage auf, ob er wohl außer der Vereinbarung noch andere Gründe hatte, sie zurückzuweisen. Kritisch betrachtete sie in ihrem Zimmer ihr Gegenüber im großen Standspiegel. Sie war so vertieft, dass sie das Eintreten ihrer Tante nicht bemerkte.

»Du bist sehr hübsch, lass dir von niemandem etwas anderes einreden.« Schmunzelnd trat Tawinia näher. Ashley ging nicht weiter darauf ein und schnitt sogleich ihr Gespräch mit Rodney an. Während sie erzählte, wurde ihr klar, dass Vater nichts ausrichten konnte, solange Lester Fulgham sich weigerte. Vereinbarung hin oder her, die Ehe würde nicht zustande kommen. Ihre Erleichterung spiegelte sich in ihren Worten wider.

Tawinia hörte gelassen zu, teilte aber zu Ashleys Enttäuschung ihre Euphorie nicht.

»Verstehst du nicht?«, hakte sie nach. »Solange Lester Fulgham bei seiner Haltung bleibt, kann die Eheschließung nicht stattfinden. Natürlich wird Vater außer sich sein, aber er wird Lester kaum mit vorgehaltener Waffe zum Jawort zwingen.«

»Ja, ja, ich habe dich sehr wohl verstanden, Kind«, bestätigte die Tante kaum hörbar und machte einen gedankenverlorenen Eindruck. »Irgendetwas stimmt hier nicht, so viel ist sicher.«

Ashley dachte kurz über die schwerwiegende Äußerung nach. »Du meinst, Rodney hat mir einen Bären aufgebunden, um mich in Sicherheit zu wiegen?«

»Nicht unbedingt ... Entweder ist er Manns genug, für dich Partei zu ergreifen, oder er ist es nicht, aber sein derzeitiges Vorgehen ergibt für mich keinen Sinn. Mein Gefühl sagt mir, dass mehr hinter der ganzen Sache steckt, als wir ahnen.«

Nach der Ernte wurde die Stimmung im Haus gelöster, selbst Vater erfreute sich bester Laune. Am Morgen waren die letzten Ballen der diesjährigen Baumwolle nach Savannah gebracht und auf ein Frachtschiff nach England verladen worden. Schon am Hafen hatte man das Ereignis mit den Nachbarn umliegender Plantagen begossen. Rodney wirkte daher bereits am frühen Nachmittag angetrunken.

Auf der Plantage wurde der Abschluss fröhlich weitergefeiert. Die Aufseher, unter ihnen auch Bill, waren mit von der Partie, auch zwei Nachbarn waren mit ihren Arbeitern bei ihnen eingekehrt, bevor sie den Weg zu ihren eigenen Plantagen fortsetzten. Die Küchensklaven hatten für die Gäste Schnittchen vorbereitet. Die Feldsklaven hatten einen freien Tag und genossen das Ende der Baumwollsaison auf ihre Weise.

Ashley kam nicht umhin, für eine angemessene Bewirtung der Gäste zu sorgen, sodass sich ein Zusammentreffen mit Bill nicht vermeiden ließ. Sie spürte, dass er sie genau beobachtete, war aber bemüht, ihm nicht mehr Aufmerksamkeit zu widmen, als den anderen anwesenden Herren.

Bill war akkurat und sauber gekleidet, selbst seine Stiefel waren poliert. Sie musste zugeben, dass er eine stattliche Erscheinung war und in diesem Aufzug keineswegs wie ein einfacher Aufseher wirkte. Unwillkürlich musterte sie ihn verstohlen. Es hatte schöne und aufregende Momente zwischen ihnen gegeben, aber auch peinliche und höchst beschämende. Ausgerechnet bei diesem Gedanken trafen sich ihre Blicke. Hastig wandte Ashley sich um und wäre beinahe gegen einen anderen Herrn, der zur Plantage der Hansens gehören musste, zusammengeprallt. Die angetrunkenen Männer johlten und machten ihre Witze.

Ihr schoss die Röte in die Wangen und sie beeilte sich, den Salon zu verlassen.

»Was war das eben?« Tawinia war ihr gefolgt und sah sie mit strenger Miene an.

»Was meinst du?« Sie gab die Unwissende, konnte die Nervosität in ihrer Stimme aber nicht vermeiden.

»Versuch nicht, mir etwas vorzumachen. Ich habe Augen im Kopf. Sag mir nicht, du hast dich diesem Möchtegern-Don-Juan hingegeben?«

»Tante Tawinia!« Entsetzt starrte sie sie an. »Selbstverständlich nicht! Was denkst du von mir?«

Ihre Reaktion schien die Tante zu überzeugen. Trotzdem war sich Ashley bewusst, dass sie nicht darum herumkommen würde, ihr die ganze Geschichte zu berichten. Sie begann bereits, sich ihre Worte zurechtzulegen, während Tawinia sie sacht in die Bibliothek bugsierte. Umso überraschter reagierte sie, als die Tante ihr auftrug, die Sklavin Neema zu bitten, Ashleys Reisetasche zu packen.

»Sag ihr, sie soll darüber Stillschweigen bewahren. Der Zeitpunkt ist gerade ausgesprochen günstig. Ich werde deinem Vater heute Abend eröffnen, dass du mich für einige Tage nach Atlanta begleiten wirst, wo wir dich ordentlich mit Garderobe ausstaffieren werden.«

»Das wird Dad niemals gestatten.«

»Oh ja, das wird er! Der alte Geizkragen wird froh sein, nicht selbst die Kosten für weitere Kleider und Roben tragen zu müssen. Die von ihm genehmigten Stücke waren zwar ein guter Ansatz, doch bei Weitem nicht ausreichend, zudem er nur die günstigen Stoffe zur Auswahl zugelassen hat. Der Mann hat keine Ahnung, was eine junge Dame heutzutage benötigt.«

Ashley war so überrascht, dass ihr die Worte fehlten. Stürmisch umarmte sie die Tante. Die Aussicht, mit Tawinia durch die Geschäftsstraßen zu flanieren, versetzte sie in ein Hochgefühl und rückte alle Sorgen vorerst in den Hintergrund. Sie war so aufgeregt, dass sie in der Nacht kaum Schlaf fand.

Tawinia hatte recht behalten, Vater hatte zwar gemurrt, aber letztlich seine Einwilligung gegeben.

Ashley trug eines der Kleider, die die Schneiderin zwei Tage zuvor geliefert hatte. Die Kutsche stand im Hof bereit, das Gepäck war aufgeladen. Tawinia unterhielt sich mit dem schwarzen Kutscher.

Vater hatte sich ohne ein Wort der Verabschiedung nach dem Frühstück zurückgezogen. Rodney hingegen war übellaunig und ließ ein paar unangebrachte Kommentare fallen, die sich auf sie und Lester Fulgham bezogen. Es passte ihm offensichtlich nicht, dass Tawinia sie unter ihre Fittiche nahm.

Ashley ließ es wortlos über sich ergehen und verdrängte das aufkommende schlechte Gewissen. Vermutlich hatte sie es ihm zu verdanken, dass Lester die Vereinbarung ablehnte. Vielleicht konnte sie es wieder gutmachen, indem sie ihrem Bruder ein kleines Geschenk mitbrachte. Ihre gute Laune an diesem Tag wollte sie sich durch seine Sticheleien auf keinen Fall verderben lassen.

Vor lauter Aufregung plapperte sie unentwegt, nachdem sich das Gefährt in Bewegung gesetzt hatte. Tawinia quittierte ihren Redefluss lediglich mit Schmunzeln.

Irgendwann wurde Ashley gewahr, dass sie sich ebenso aufführte wie die affektierten Mitschülerinnen aus dem Internat, die ihr stets ein Graus gewesen waren.

»Entschuldige, Tante«, sagte sie kleinlaut, biss sich auf die Lippen, blickte zu Boden, dann aus dem Fenster und blieb still. Von Tawinia vernahm sie ein amüsiertes Glucksen, dann nichts mehr. Nach einer Weile kam Ashley die Aussicht eigenartig vor, sie beugte sich nach vorn, um besser sehen zu können.

Der fünfzig Fuß hohe Obelisk aus weißem Marmor, den ihre Augen in einiger Entfernung zu ihrer Linken ausmachten, war eindeutig das Nathanael Greene Denkmal im *Johnson Square*, benannt nach einem herausragenden General des Amerikanischen Unabhängigkeitskrieges. Verwirrt sah sie Tawinia an, doch die hatte die Augen geschlossen und döste friedlich.

Die Kutsche bog bald darauf nach rechts ab, in Kürze würden sie den *Colonial Park Cemetery* passieren, den Friedhof, auf dem neben Greene auch Archibald Bulloch, erster Präsident Georgias, und Button Gwinnett, ein Unterzeichner der Unabhängigkeitserklärung, begraben lagen, sowie zahlreiche Verlierer von Duellen und mehr als siebenhundert Opfer der Gelbfieberepidemie von 1820.

Sie befanden sich eindeutig nicht auf dem Weg nach Atlanta, denn die Stadt lag in entgegengesetzter Richtung. Sie waren in Savannah!

Verblüfft blickte sie ihre Tante an, die in dem Moment die Augen öffnete, als die Kutsche durch ein Schlagloch fuhr.

»Es ist alles in Ordnung«, beruhigte Tawinia sie. »Ich sagte dir doch, dass mein restliches Gepäck im Hafen von Savannah eingelagert ist. Das ist natürlich nicht unbegrenzt möglich.«

»Verstehe, aber das ist ein gewaltiger Umweg. Allein von Savannah bis Augusta sind es mehr als einhundert Meilen und weiter bis Atlanta sind es bestimmt noch mal einhundertfünfzig. Wir werden unterwegs in einem Gasthof nächtigen müssen.«

»Das wird nicht nötig sein. Ich muss bloß die Sache mit meinem Gepäck klären, da könnte es unter Umständen ein paar Schwierigkeiten geben, alles Weitere ist geregelt. Wir werden eine entspannte Reise haben.«

Ashley beäugte die Tante skeptisch, die Fahrt ließ sich unmöglich an einem Tag schaffen. »Werden wir die Postkutsche nehmen?«

Inzwischen näherten sie sich dem Hafenbereich und Tawinia gab ihr keine exakte Auskunft, wiederholte lediglich ihre vorherige Antwort, während sie hektisch in ihrem Handgepäck nach dem Aufbewahrungsschein kramte.

Es herrschte reges Treiben, der Geräuschpegel stieg und die typischen Gerüche eines jeden Hafens lagen in der Luft.

Offenbar hatte kurz zuvor ein Passagierschiff angelegt. Etliche Kofferträger waren damit beschäftigt, das Gepäck ihrer Herrschaften auf die wartenden Kutschen aufzuladen.

Nur im Schritttempo bahnte sich ihr Gefährt durch die Menschenmassen und kam schließlich in einer Haltezone zum Stehen. Der Kutscher war ihnen beim Ausstieg behilflich. Ashley streckte sich und blickte sich neugierig um, während die Tante ihm genaue Anweisungen erteilte, wie mit dem Gepäck zu verfahren sei.

»Du wartest hier und rührst dich nicht von der Stelle, ich muss dort hinüber und mein Gepäck auslösen.« Tawinia wies auf einen Schalter in der hinteren Ecke. Ashley nickte verwundert. »Ach, und wenn du mit dem Abladen fertig bist, erkundige dich, wann die nächste Postkutsche Richtung Augusta abfährt«, wies die Tante den Kutscher an, bevor sie an einer aufgeregt schwatzenden Personengruppe vorbei zum Schalter lief.

Ihr Handgepäck fest umklammernd, ließ Ashley den

Blick schweifen. Was genau hatte die Tante vor? Es kam ihr seltsam vor, dass sie unbedingt ihr komplettes Reisegepäck mitnehmen wollte. Sie erinnerte sich, dass Tawinia einmal nebenbei erwähnte, sie könne die Verwahrung bis zu zwei Monaten in Anspruch nehmen. Warum tat sie es dann nicht? Aus Höflichkeit hatte Ashley die Frage zurückgehalten, aber mittlerweile brannte sie ihr auf der Zunge. Ungeduldig huschte ihr Blick immer wieder zum Schalter, an dem Tawinia mit ihrem Gegenüber, der ihren Augen verwehrt blieb, offenbar heftig diskutierte.

Es kam ihr wie eine Ewigkeit vor, bis sie endlich zurückkehrte.

Im selben Moment kam der Kutscher angelaufen. »Die Postkutsche nach Augusta haben Sie knapp verpasst. Die nächste geht erst in einer Stunde, Ma'am. Soll ich das Verladen Ihrer Gepäckstücke in Auftrag geben?«

»Nicht nötig, darum kümmere ich mich selbst.«

»Wie Sie meinen, Ma'am.«

Verblüfft sah Ashley dem Schwarzen nach, wie er auf seinen Bock kletterte und die Kutsche sich langsam in den Verkehr einreihte.

»Würdest du mir bitte verraten, was wir jetzt machen, Tante?«, fragte Ashley leicht gereizt.

Sie standen mit ihren Taschen und Koffern deplatziert im Weg, sodass Passanten einen Bogen um sie schlagen mussten. Ein paar Personen hatten sie deshalb schon eigenartig angesehen, während sie gewartet hatte.

Tawinia lächelte selbstsicher, doch zu einer Antwort kam sie nicht.

»Sind das die restlichen Sachen, von denen Sie sprachen, Ma'am?«, fragte der Mann, der ihr gefolgt war.

»Ganz recht, Mister.«

Ashley verdrehte die Augen und beobachtete, wie der ältere Mann zwei Jünglingen ein Zeichen gab, die sich daraufhin das Gepäck schnappten und davoneilten. Unruhig tippelte sie mit dem Fuß. Der Mann notierte etwas auf einem Schriftstück, überreichte es Tawinia und wünschte abschließend eine angenehme Überfahrt.

Endlich wandte die Tante sich wieder an sie. »Wir müssen dort entlang!«

»Warum hast du mir nicht gesagt, dass wir den Seeweg bis Augusta nehmen?« Sie wusste, der Savannah River war nur bis Augusta schiffbar.

»Ich hoffe, du bist nicht allzu sehr enttäuscht, dass wir nicht nach Atlanta fahren.«

»Nicht? Aber …« Jetzt verstand sie gar nichts mehr. Bemüht, vor lauter Verwirrung mit dem forschen Schritt der Tante mitzuhalten, bombardierte sie sie mit einer Salve Fragen.

Plötzlich stoppte Tawinia. »Das ist sie, die Georgina.« Sie wies auf einen imposanten Raddampfer. »Es wird uns nach Charleston bringen. Wir werden in meinem Stadthaus wohnen, von dem ich dir erzählt habe.«

»Wir fahren nach South Carolina?« In Ashleys Kopf überschlugen sich die Gedanken.

»Sehr wohl! Ich habe hinreichend mit deinem Vater über diese arrangierte Ehe diskutiert. Der Mann ist störrisch und uneinsichtig und besteht vehement darauf, dass die Ehe geschlossen wird. Ich konnte nicht verhindern, dass meine kleine Schwester mit einem Mann verheiratet wurde, den sie nicht gewollt hatte, aber ich werde zu verhindern wissen, dass dir, mein Kind, das gleiche Unrecht geschieht. Auch in South Carolina werden zum Abschluss der Baumwollsaison rauschende Bälle gegeben. Es wäre gelacht, wenn es uns nicht gelingen sollte, einen passenden Ehemann für dich zu finden.«

Ashley konnte kaum glauben, was gerade mit ihr geschah. Träumte sie? Wie in Trance folgte sie der Tante den Strom jener, die sich auf das Schiff begaben.

»Du hättest mir sagen können, dass wir in Wirklichkeit nach Charleston reisen. Ich hätte bestimmt nichts verraten«, erklärte Ashley kleinlaut, nachdem sie bereits eine Weile unterwegs waren.

»Ich weiß, doch wo bliebe denn da die Spannung?« Tawinia griente überlegen, wurde aber gleich wieder ernst. »Hugh wähnt uns in Augusta oder Atlanta und wenn er irgendwann realisiert, dass etwas nicht stimmt, könnte ich mir durchaus vorstellen, dass er uns Rodney hinterherschickt. Der Kutscher, den er sicherlich aufspüren wird, wird bestätigen, dass ich ihn gebeten habe, sich nach der Postkutsche zu erkundigen. Bis sie begriffen haben, dass wir uns gar nicht mehr in Georgia befinden, werden wir hoffentlich schon einen entscheidenden Schritt weiter sein und einen netten Gentleman gefunden haben, der um deine Hand anhalten möchte.« Beruhigend legte sie die Hand auf Ashleys und lächelte zuversichtlich.

»Aber hätte ich gewusst, wohin die Reise geht, hätte ich Neema gebeten, mehr Sachen einzupacken.«

»Liebes, mach dir keine Gedanken. Ich habe mir erlaubt, die Maße deiner Schneiderin nach Charleston zu schicken, dort sind die Damen bereits damit beschäftigt, dir wunderschöne Kleider zu fertigen, mit denen du der Blickfang auf jedem Ball sein wirst. Natürlich fühlte sich deine Schneiderin gekränkt, nicht selbst jene Stücke fertigen zu dürfen, aber ich habe die Dame für die Aushändigung deiner Maße großzügig entlohnt.«

Das alles war so aufregend, dass Ashley noch immer der Kopf schwirrte, dabei hatte sie sich doch nach mehr Trubel und Aufmerksamkeit verzehrt. Nur langsam entspannte sie sich ein wenig und war überrascht, wie bekannt ihre Tante immer noch war. Mehrere Herrschaften sprachen sie auf dem Dampfer an und waren verzückt, die große Schauspielerin Tawinia Deluca leibhaftig zu treffen. Dass sie inzwischen Lennox hieß, schien niemand zu wissen.

Die Überfahrt gestaltete sich zu einer sehr angenehmen und unterhaltsamen Reise.

Das letzte Mal war sie als kleines Mädchen in Charleston gewesen, sie hatte nur vage Erinnerungen daran; damals lebte ihre Mum noch.

Es war spät am Abend, als sie das Charlestoner Stadthaus erreichten. Trotz des aufregenden Tages war Ashley kein bisschen müde. Neugierig schaute sie sich im Haus der Tante um, es war größer, als sie angenommen hatte. Die stilvolle Einrichtung zeugte von einem guten Geschmack und Liebe zum Detail, alles passte harmonisch zusammen und selbst die Dekoration war perfekt auf die jeweilige Räumlichkeit abgestimmt.

Die Sklaven hatten einen duftenden Kräutertee und einen leichten Imbiss vorbereitet. Eigentlich war sie von dem Mahl auf dem Schiff noch gesättigt, doch die kleinen Häppchen sahen zu verführerisch aus.

Inzwischen hatte sie erfahren, dass Tawinia in South Carolina viele liebenswerte Freundschaften pflegte, und es für sie kein Problem darstellte, Einladungen für die begehrten Veranstaltungen zu ergattern. Selbst die sympathische Mrs. Sutten, deren Bekanntschaft sie auf dem Schiff machten, hatte begeistert erklärt, sich darum zu kümmern, dass ihnen weitere Einladungen ins Haus flattern würden. Offenbar verfügte die offenherzige Dame über etliche Kontakte.

Mitternacht war längst vorüber, als sie sich schließlich zur Ruhe begaben. Wider Erwarten fiel Ashley relativ schnell in einen tiefen, traumlosen Schlaf.

Als sie am nächsten Morgen erwachte, musste sie sich zuerst orientieren, wo sie war. Nachdem ihr bewusst wurde, dass sie sich in Charleston befand, sprang sie voller Elan aus dem Bett, eilte zum Fenster und zog schwungvoll die dicken Samtvorhänge auf.

Fasziniert blickte sie auf die East Battery hinunter, in der schon mehrere Passanten unterwegs waren. Würde sie hier ihren Traummann finden? War er womöglich einer derer, die gerade unter ihrem Fenster vorbei gingen oder ritten? Sie wurde nachdenklich, was, wenn sie keinen geeigneten Gentleman fand? Immerhin war sie so gut wie mittellos, ihr Vater würde sich nach allen Regeln der Kunst weigern, sie mit einer angemessenen Mitgift auszustatten – erst recht nach dieser hinterlistigen Flucht. Die Lüge würde er niemals verzeihen. Obwohl sie dankbar war, dass die Tante sich so für sie einsetzte, stimmte die ganze Situation sie dennoch traurig. Sie fühlte ein schlechtes Gewissen aufkommen, den Vater so zu hintergehen, aber was war ihr anderes übrig geblieben? Es ging immerhin um ihr Leben und ihre Zukunft. Sie verdrängte die Gedanken und beschloss, sich über Vaters Reaktion nicht mehr den Kopf zu zerbrechen, solange sie sich in South Carolina befand. Hier konnte er ihr nichts anhaben, und Tante Tawinia war schließlich auch noch da.

Charleston war eine herrliche Stadt. Doppelstöckige Veranden mit korinthischen Säulen bildeten einen Kontrast zu auffallend schmalen Häusern, die nur ein bis zwei Fenster breit waren, da die Grundsteuer nach der Häuserbreite bemessen wurde, wie die Tante erklärte. Magnolien, Azaleen und Kamelien blühten um die Wette und zahlreiche üppige hölzerne Portale wurden von Glyzinien umrahmt.

Ashley konnte sich kaum sattsehen. Wenn ihr Zukünftiger aus Charleston käme, sie könnte sich durchaus vorstellen, hier zu leben.

Am dritten Tag waren sie zu einer Abendgesellschaft eingeladen. Die Gäste waren überwiegend ältere Damen in Tawinias Alter, alle aus der Charlestoner gehobenen Gesellschaft, und am Ende kehrten sie mit zwei vielversprechenden Einladungen heim.

Die erste große Festlichkeit, die Ashley besuchen durfte, fand zwei Tage später statt, dreißig Meilen von Charleston entfernt. Die Plantage gehörte einem Cousin von Tawinias verstorbenem Gatten. Walter Lennox befand sich zwar im betagten Alter, aber sein Sohn Jason und dessen Gemahlin Caitlin richteten den Ball aus, außerdem hatte Jason noch einen jüngeren unverheirateten Bruder. Er und seine ebenfalls ledigen Freunde tummelten sich gern auf derartigen Veranstaltungen, wie Tawinia ihr augenzwinkernd mitteilte.

Ashley war so aufgeregt, dass sie schon in der Nacht davor kaum schlafen konnte. Tags zuvor waren die ersten drei Kleider geliefert worden. Alle waren sie aus exquisiter Seide und mit einem wunderschönen raffinierten Dekolleté gefertigt. Für den Anfang entschied sie sich für das mintfarbene Abendkleid, das mit schwarzem Samt abgesetzt war. Es gab nicht so viel vom Brustansatz preis wie die beiden anderen Modelle. Dennoch fühlte sie sich zum ersten Mal in ihrem Leben wie eine richtige Lady und konnte nicht aufhören, sich vor dem großen Ankleidespiegel zu drehen. Die Sklavin Ebru hatte ihr das Haar frisiert und dabei besonderes Geschick bewiesen. Sie hatte ihr Haar in viele einzelne Strähnchen zerteilt, toupiert und locker mit Haarnadeln am Hinterkopf fixiert, sodass sich ein voluminös verzweigtes Geflecht ergab.

Es war ein seltsam beklemmendes Gefühl, da Ashley außer der Tante niemanden von den zahlreichen Gästen kannte, die zum Teil in Grüppchen beisammenstanden und angeregt plauderten. Sie fühlte sich von jedermann begutachtet, die jungen Damen blickten verhalten und abschätzend, die Herren eher neugierig.

Tawinia stellte sie den Gastgebern vor, die sie herzlich begrüßten und ihr ein wenig ihrer Nervosität nahmen. Scott Lennox, der jüngere Bruder, bot sogleich an, sie herumzuführen und mit anderen Gästen bekannt zu machen, während sich Tawinia mit ihren Verwandten unterhielt.

Der Ballsaal füllte sich rasch und es dauerte nicht lange, bis die Musiker zum Tanz aufspielten. Fasziniert sah Ashley den Tanzenden zu, während sie unbewusst mit dem Fuß den Takt tippte.

Ihren ersten Tanz absolvierte sie mit dem Gastgeber, seine Gemahlin befand sich in bereits sichtbaren Umständen und pausierte nach dem Eröffnungstanz.

»Siehst du, deine Sorge war unbegründet«, empfing Tawinia sie amüsiert, »man verlernt die Schrittfolge nicht so leicht, da die Musik ins Blut übergeht.«

Ashley antwortete mit einem befreiten Lachen, um gleich darauf mit dem Bruder im Tanzgetümmel zu verschwinden. Auch Tante Tawinia hatte mit einem älteren Herrn das Tanzparkett betreten, sie schienen sich angeregt zu unterhalten.

Ashley fand den Abend wundervoll, nie hätte sie geglaubt, mal erschöpft vom Tanzen zu sein. Dankbar nahm sie die erfrischende Limonade an, die Steve Flowers ihr brachte, und tat einen kräftigen Schluck. Sie fühlte sich erhitzt und ihre Füße machten sich in den neuen Schuhen schmerzhaft bemerkbar. Suchend hielt sie Ausschau nach der Tante, sie tanzte gerade mit einem jungen Mann, mit dem Ashley auch schon getanzt hatte.

»Wollen wir kurz etwas frische Luft schnappen?«, fragte Mr. Flowers und wies auf die offenstehende Terrassentür.

Die Aussicht auf eine kühle Brise war zu verlockend, so stimmte sie ohne Bedenken zu. Tief sog sie die erfrischende Nachtluft ein. Der Himmel war sternenklar, bewundernd blickte sie zum Firmament.

»Ist Ihnen wirklich nicht kalt?«, fragte Mr. Flowers besorgt.

»Nein, ganz und gar nicht«, entgegnete Ashley lachend und ging auf die Brüstung zu. Der sich darunter ausbreitende Garten war mit Lampions notdürftig erhellt. Aus einiger Entfernung war ein Kichern zu hören, anscheinend hatten sich ein paar Gäste weiter hinausgewagt.

Er trat neben sie und sie unterhielten sich über den Ball. Steve Flowers war unsicher und ein wenig ungeschickt, das machte ihn sympathisch. Beim Walzer war er ihr zweimal beinahe auf die Füße getreten, was ihm schrecklich peinlich gewesen war. Es war auch sein erster offizieller Ball, wie er freimütig gestand – sie hatten eine Gemeinsamkeit. Ashley mochte den drahtigen jungen Mann auf Anhieb. Sie musste immer noch schmunzeln, wie er auf seinen Nachnamen *Flowers* angespielt hatte, im Bestreben, ihr ein Kompliment zu machen. Sein Vergleich mit der Blume war etwas missglückt, hatte aber die Befangenheit sofort gelöst. Bei jedem Gentleman, der auf sie zugekommen war, hatte sie zu Beginn eine Angespanntheit verspürt, die sich zwar beim Tanz oder während eines Gespräches größtenteils gelegt hatte, doch nie vollkommen verschwand. Sie schrieb es der Tatsache zu, dass es ihr erster Ball war, und sie sich bemühte, alle Regeln der Etikette einzuhalten, um nichts Falsches zu tun oder zu sagen. In Gegenwart von Steve Flowers fühlte sie sich von diesem Druck befreit. Sie verstanden sich ausgezeichnet, als wären sie alte Freunde.

Nach einer Weile traten weitere Personen auf die Terrasse hinaus und sie entschieden sich, wieder hineinzugehen. Unmittelbar in der Tür versperrte ihnen ein Mann im dunklen Abendanzug den Durchgang.

Der Fremde nahm keine Notiz von Mr. Flowers und ignorierte seine freundliche Bitte, sie vorbeizulassen. Mit stoischer Miene starrte er Ashley an.

Ashley, die sich bei ihrem Begleiter eingehakt hatte, wich automatisch einen Schritt zurück.

»Ich muss doch sehr bitten, Mister«, beschwerte sich Flowers. »Sie erschrecken die junge Dame.«

Der Mann betrachtete ihn mit einem knappen abschätzenden Blick von Kopf bis Fuß, zog einen Mundwinkel süffisant nach oben und richtete sein Augenmerk erneut auf Ashley. »Wenn Sie sich mit jedem x-beliebigen Herrn auf die Terrasse zurückziehen, wird Ihnen Ihr makelloser Ruf nicht lange erhalten bleiben, Miss. «

»Was erlauben Sie sich? Das ist eine Unverschämtheit, ich habe die Dame in keiner Weise bedrängt oder belästigt«, wetterte Flowers.

Der Unbekannte trat einen Schritt zur Seite, ohne Ashley aus den Augen zu lassen. Mr. Flowers nutzte die Gelegenheit, sich an ihm vorbeizuschieben.

Ashley war von der Situation so überrascht, dass sie kein einziges Wort herausbrachte und den Unbekannten nur perplex ansehen konnte. Mr. Flowers bugsierte sie von der Terrassentür fort und erregte sich über die Dreistigkeit des Mannes, bis ihm aufging, dass man vor einer Dame nicht fluchte.

»Ich bitte um Verzeihung, Miss Callahan.«

»Ich bitte Sie, Sie haben ja vollkommen recht«, pflichtete sie ihm bei. Erleichtert atmete sie aus und riskierte einen Blick – der Mann war verschwunden. Suchend wanderten ihre Augen durch den Ballsaal, aber sie konnte ihn nirgends entdecken.

Stattdessen eilte Tante Tawinia auf sie zu. »Kind, wo bist du gewesen?«

»Oh, wir standen da vorn«, antwortete sie schnell, bevor Mr. Flowers etwas sagen konnte. Sie wies in entgegengesetzter Richtung der Terrasse. »Mister Flowers war so freundlich, mir eine Erfrischung zu besorgen.« Nach den mahnenden Worten des Fremden wollte sie nicht, dass der liebenswerte Steve Flowers sich noch vor ihrer Tante rechtfertigen musste.

Tawinia musterte ihn mit erhobenen Augenbrauen.

Falls sie die kleine Lüge durchschaut hatte, zeigte sie es zumindest nicht.

Im Augenwinkel behielt Ashley die Tür im Blick. Irgendwann musste der Mann ja wieder hereinkommen, falls er auf die Terrasse hinausgegangen war. Sie hatte immer noch weiche Knie von der Begegnung. Er hatte sie so intensiv angesehen, dass es ihr durch und durch gegangen war und sie kaum in der Lage gewesen war, die Augen von ihm abzuwenden. Wer war er, und warum war er ihr zuvor nicht aufgefallen? Sie war sicher, dass er sich nicht auf das Tanzparkett begeben hatte, ein so überaus attraktiver Mann wäre ihr trotz der vielen Paare nicht entgangen. Hatte er sie womöglich schon länger beobachtet?

Auch beim späteren Büfett konnte sie ihn nirgends ausmachen. Zwei Herren und ein älteres Ehepaar hatten sich zu ihr und Tawinia gesellt.

Mr. Flowers bediente sich großzügig an den Leckereien und machte spaßige Gesten, sodass ihr ein Kichern entwich.

Tawinia folgte ihrem Blick und sah sie dann missbilligend an. Während sie auf die Äußerung des Herrn zu ihrer Linken einging, arrangierte sie es geschickt so, dass Ashley die Sicht auf Mr. Flowers verdeckt war.

An dieses Vorkommnis anknüpfend folgte eine Ansprache von Tawinia, als sie ihr Zimmer für die Nacht aufsuchten. »Du solltest dich von diesem jungen Gentleman fernhalten. Vergiss nicht, warum wir hier sind. Du brauchst einen Ehemann und Mister Flowers kommt definitiv nicht in Betracht, der ist ja noch ein halbes Kind.«

»Er ist im selben Alter wie ich«, protestierte Ashley.

»Eben!«

Natürlich kam ihr bei Steve Flowers nicht der Gedanke an einen Ehekandidaten, sie fand ihn nett, sympathisch und unkompliziert. Das versuchte sie, der Tante verständlich zu machen.

Tawinia sah sie eine Weile prüfend an und lenkte dann das Thema auf andere Gentlemen, mit denen sie getanzt und oder sich lediglich unterhalten hatte. Ashley musste feststellen, dass sie ein wachsameres Auge auf sie hatte, als es den Anschein gehabt hatte. Anscheinend war ihr nur der kleine Ausflug auf die Terrasse entgangen.

Am nächsten Tag nach dem Lunch ging es zurück nach Charleston. Dort wurde bereits kurz nach ihrer Ankunft ein riesiges Blumenbukett geliefert. Ashley war überwältigt.

»Es steckt eine Karte drin, Mistress«, machte Ebru sie aufmerksam und wirkte ganz aufgeregt.

Vorsichtig fingerte Ashley die Karte heraus und öffnete sie. Sogleich fiel ihre freudige Miene in sich zusammen. Der opulente Strauß war ausgerechnet von Gilbert Perkins. Der Mann war ihr unangenehm aufgefallen, ohne dass sie exakt begründen konnte, warum. Sie hatte sich eine Weile mit ihm unterhalten und auch mit ihm getanzt. Sein Auftreten hatte etwas Einschüchterndes an sich, zudem hatte er kein einziges Mal gelächelt. Zwar war seine Wortwahl galant und freundlich, aber er stellte unzählige Fragen, gezielte Fragen zu ihrer Person, sodass ihr Unterbewusstsein sie zur Vorsicht mahnte. Im Grunde war sie froh gewesen, ihn nach dem Tanz loszuwerden.

»Gilbert Perkins ... alle Achtung!« Tawinia schaute ihr über die Schulter.

»Du kennst ihn?«

»Nicht persönlich«, wehrte Tawinia ab und schlürfte ihren Tee. »Mister Perkins ist ein einflussreicher Mann, sehr engagiert und geachtet in der Politik, besitzt eine ansehnliche Plantage weiter nördlich und verschifft seine erwirtschaftete Baumwolle mit eigenen Dampfschiffen.«

Überrascht zog Ashley die Augenbrauen hoch. Dass ein so bedeutender Mann offenkundig Interesse an ihr zeigte, damit hätte sie nicht gerechnet. Die auf der Karte erwähnte Theateraufführung weckte zwar ihre Neugier, aber in Euphorie verfiel sie deshalb nicht. Wenn sie ehrlich war, ärgerte es sie sogar, dass sie aufgrund seiner großzügigen Aufmerksamkeit nun in der Pflicht stand, wenn sie ihn nicht beleidigen wollte.

Sie rief sich sein Antlitz vor Augen. Gilbert Perkins war zwar sehr vermögend und nicht auf eine Mitgift angewiesen, doch er musste längst jenseits der dreißig sein. Er war groß und kräftig. Sein dunkles glattes Haar trug er mit einem Hauch Pomade in Form gelegt. Aufgefallen war ihr, dass sein Profil von der Stirn bis zur Nasenspitze eine Linie bildete.

»Du siehst nicht begeistert aus«, sagte Tawinia trocken.

Ashley räusperte sich, und bemerkte, dass sie noch immer die Karte anstarrte. Hastig legte sie sie aus der Hand und überlegte, wie sie der Tante ihr Verhalten verständlich machen sollte.

»Ich finde, du solltest dem Gentleman die Chance geben, einander besser kennenzulernen. Er wäre zumindest eine gute Partie, gegen den nicht einmal dein Vater etwas vorbringen könnte.«

»Ja, schon ...« Sie lächelte schwach. »Findest du nicht, dass er zu alt für mich ist?«

»Alt genug, um ernste Absichten zu hegen, anstatt auf Abenteuer aus zu sein.«

Skeptisch starrte Ashley zu Boden.

»Sei unbesorgt, es handelt sich nicht um den Hochzeitstermin, sondern um einen Theaterbesuch. Solltest du nach dem Abend immer noch der Überzeugung sein, dass er nicht der Richtige für dich ist, sehen wir eben weiter.«

Ashley seufzte und schwieg dazu. Sie glaubte, Enttäuschung aus ihren Worten herausgehört zu haben.

»Ich befürchte, es wird schwieriger als erwartet, für dich den passenden Ehemann zu finden«, murmelte Tawinia, während sie zum Sessel schritt und sich niederließ.

Leicht schuldbewusst blickte sie die Tante an. Nachdenklich nahm die von ihrem Tee einen bedächtigen Schluck.

»Hast du jemals bereut, keine eigenen Kinder zu haben?« Ashley wusste nicht, warum sie plötzlich auf diese Frage kam. Vielleicht, weil sie insgeheim Tawinias selbstbestimmtes, unabhängiges Leben bewunderte.

Überrascht sah die Tante sie an. »Warum sollte ich?«, sie stellte die Tasse auf den Tisch zurück. »Ich kann mich nicht beklagen, mein Leben war aufregend und erfolgreich. Ich habe nichts vermisst.« Sie seufzte dennoch schwer. »Auch wenn mein Vater mir niemals verziehen und den Kontakt zu mir abgebrochen hat.«

Ashley konnte sich kaum an ihren Großvater erinnern, er starb, als sie noch ein kleines Mädchen war.

»Ich denke, er wollte um jeden Preis verhindern, dass

meine kleine Schwester mir nacheifert, und hat sie deshalb so früh verheiratet. Er hat mir zudem jeglichen Umgang mit ihr verboten, aber es ist ihm nicht gelungen, uns voneinander zu trennen. Wir haben uns regelmäßig gesehen, sehr zum Missfallen deines Vaters. Er war der Meinung, ich hätte einen schlechten Einfluss auf Mayleen, danach haben wir uns heimlich getroffen. Aber unsere Treffen wurden immer seltener, ich hatte so viele Engagements, ich war die meiste Zeit des Jahres auf Reisen.«

»Hat Großmutter denn nie versucht, Kontakt zu dir aufzunehmen?«

Tawinia schnaubte. »Meine Mutter hätte niemals die Entscheidungen ihres Gatten infrage gestellt, geschweige denn, irgendetwas hinter seinem Rücken getan.«

»Er hat sie unterdrückt, sodass sie keine eigene Meinung hatte.«

Tawinia dachte eine Weile darüber nach. »Im Prinzip schon, er war sehr bestimmend. Dennoch haben sie eine intakte und nach außen harmonische Ehe geführt. Ich kann mich nicht erinnern, dass es jemals ernsthaften Streit zwischen ihnen gegeben hat. Auch als Vater war er streng, aber es hat Mayleen und mir nie an etwas gemangelt.«

»Du bist zu beneiden, du triffst deine eigenen Entscheidungen, musst dich nicht mit einem Ehemann herumplagen und kannst das Leben genießen.«

»Na hör mal, was sind denn das für Töne? So einfach, wie es sich anhört, ist es auch wieder nicht.«

Ashley seufzte niedergeschlagen. »Wie soll ich jemals wissen, wer der Richtige für mich ist?«

Sie musste an Lindsay denken, die in Rodney einen ehrenwerten und liebenden Gentleman sah, und an Bill, der ihre zarten Gefühle so schwer verletzt hatte.

»Mach dich nicht verrückt, Liebes.« Aufmunternd tätschelte Tante Tawinia ihre Hand.

Die Damen genossen den späten Nachmittag bei einem Bummel durch die Geschäftsstraßen und betrachteten die Schaufenster, ohne einen der Läden zu betreten. Der Rückweg führte sie über die East Battery. Eine leichte Brise wehte vom Meer heran. Ashley hielt ihr Gesicht dem Windhauch entgegen und sog den salzigen Geruch in sich auf. Der Spaziergang verhalf ihr zu einer gewissen Entspanntheit, sodass sie sich nach dem Dinner auf ihr Zimmer zurückzog, noch etwas las und schließlich in einen tiefen Schlaf versank.

Für den kommenden Abend stand eine kleine Soiree auf dem Programm. Für Ashley nichts von besonderem Interesse. Aber die Teilnahme sollte ihnen die Chance verschaffen, auf den öffentlichen Pflanzerball geladen zu werden, denn die offiziellen Karten waren längst ausverkauft, wie Tawinia erklärt hatte.

Der Ball fand in dem Exchange Gebäude statt, das sich am Ende der Broad Street befand, unweit vom Stadthaus der Tante. Im Erdgeschoss waren das Postamt und die Zollstation untergebracht, der Ballsaal befand sich in der zweiten Etage des Walmdachgebäudes. Selbst George Washington war dort bereits Gast gewesen, als er während seiner Südtournee 1791 Charleston besuchte.

Viele Herrschaften aus South Carolina, aus entfernteren Gegenden oder umliegender Staaten reisten speziell für diesen Abend nach Charleston. Das Planters Hotel, das größte Hotel der Stadt, in dem die Gäste vorzugsweise nächtigten, war zu dem jährlich stattfindenden Ereignis schon Monate im Voraus ausgebucht. Nirgendwo sonst war die Möglichkeit größer, alleinstehende Herren anzutreffen, da viele diese Veranstaltung nutzten, um neue Kontakte und Geschäftsbeziehungen zu knüpfen.

Ashleys Erwartungen an einen langatmigen Abend sollten sich nicht erfüllen, sie lernte die zwei Jahre ältere Elaine kennen, die Enkelin ihrer Gastgeber. Mit ihr verstand sie sich auf Anhieb. Schnell fanden sie heraus, dass sie zum Teil zu denselben Veranstaltungen eingeladen waren. Es hatte etwas Beruhigendes, zu wissen, wenigstens ein bekanntes Gesicht in der Masse anzutreffen. Wie Elaine ihr aufgeregt zuraunte, gab es da wohl schon einen gewissen Gentleman, dem sie ein besonderes Interesse entgegenbrachte. Nach der Verköstigung zogen sich die beiden jungen Damen zurück und Elaine plauderte aus dem Nähkästchen, was tänzerische Fähigkeiten oder besondere Eigenschaften und Macken gewisser Gentlemen betraf.

Auch über Gilbert Perkins wusste Elaine das eine oder andere zu berichten, doch nichts, was Ashleys instinktive Ablehnung des Mannes fundierte. Anscheinend war er ein eher unauffälliger und zurückhaltender Herr, der zwar von vielen Damen heiß begehrt, aber nie negativ in Erscheinung getreten war.

Der Abend mit Gilbert Perkins nahte schneller, als Ashley lieb war. Dennoch freute sie sich auf die Inszenierung. Sie befand sich in einem Wechselbad der Gefühle, insgeheim hoffte sie, an Mr. Perkins etwas Schlechtes zu finden, um ihn als Kandidaten ausschließen zu können. In ihrer Nervosität war sie überaus dankbar, dass Tante

Tawinia an ihrer Seite war. Mr. Perkins war ein perfekt gekleideter Gentleman, höflich und zuvorkommend. Der Geruch eines markanten Rasierwassers stieg ihr in die Nase.

Alle Aufmerksamkeit wurde aber Tawinia zuteil, die sofort als *die* Tawinia Deluca erkannt und von Darstellern wie Besuchern gleichermaßen umgarnt wurde. So wurde der Gang zur Loge zu einem Bad in der Menge, in der sie und Mr. Perkins nur Statisten waren.

Ashley war ganz froh darum, nicht im Mittelpunkt zu stehen, das gab ihr die Zeit, sich für den Abend an der Seite ihres Verehrers zu wappnen. Verstohlen betrachtete sie ihn aus dem Augenwinkel. In seinem Gesicht war keine Gefühlsregung erkennbar. Majestätisch stand er da und musterte die Herrschaften, die Tawinia belagerten, gelegentlich kam ihm ein steifer Gruß über die Lippen. Auf ihn schien die Berühmtheit ihrer Tante keinerlei Eindruck zu machen. Nachdem sie ihre Plätze in der Loge eingenommen hatten, kam es zu einer förmlichen Unterhaltung mit ihm, die immer wieder unterbrochen wurde durch Personen, die er im Publikum entdeckte und die ihm freundlich zum Gruße zunickten.

Zumindest scheint er von allen geachtet zu sein, dachte Ashley.

»Hätten Sie Interesse, sich einmal mein Anwesen und die Plantage anzuschauen, Miss Callahan?«, fragte Mr. Perkins unverhofft.

Ashley schnappte nach Luft wie ein Fisch auf dem Trockenen, seine Direktheit überforderte sie. Hektisch suchte sie nach einer unverfänglichen Antwort und war dankbar, dass sich in dem Moment der Vorhang zum ersten Akt öffnete.

»Ich bin sicher, Sie haben ein wundervolles Anwesen, Mister Perkins«, flüsterte sie, da das allgemeine Gemurmel bereits verstummt war. Gespannt blickte sie zur Bühne, sie spürte, dass Mr. Perkins sie von der Seite musterte.

Ashley hatte das Buch von Jane Austen gelesen, das die Vorlage für die Darbietung war. Tawinia raunte ihr gelegentlich Erläuterungen über die Darsteller zu oder wies auf einige hin, mit denen sie schon auf der Bühne gestanden hatte – Schauspieler, die zu ihrer Zeit noch in kleinen unbedeutenden Nebenrollen besetzt waren. Gierig saugte Ashley die Hintergrundinformationen auf, während sie hingerissen die Aufführung verfolgte. Ihren Begleiter vergaß sie darüber.

Erst in der großen Pause, als die Gäste in die Flure strömten, sich gegenseitig in ihren Logen einen Besuch abstatteten oder sich einfach nur die Beine vertraten, wurde sie sich wieder seiner Präsenz bewusst.

»Möchten die Damen eine kleine Erfrischung?«, fragte er höflich.

Ashley war noch in dem Zauber des Stückes gefangen. »Ein wunderbarer Gedanke«, entgegnete sie eine Spur zu überschwänglich.

Für einen winzigen Moment glaubte sie, ein kleines Zucken seiner Mundwinkel beobachtet zu haben. Gedankenvoll sah sie ihm nach, wie er sich schneidig einen Weg durch den überfüllten Gang bahnte. Es fiel ihr schwer, den Mann einzuschätzen.

»Gratulation! Sie haben sich zielbewusst einen der wohlhabendsten Männer herausgepickt.«

Ashley fuhr erschreckt herum und blickte in das Gesicht eines Mannes, der sie feindselig anstarrte.

»Was erlauben Sie sich? Sie kennen mich doch überhaupt nicht.«

»Sie sind eine durchtriebene, berechnende Person.«

»Wie bitte?«

Fassungslos wich sie einen Schritt zurück.

Wie kam der Mann dazu, sie derart zu beleidigen? In ihrem Hirn überschlugen sich die Gedanken. Handelte es sich um eine Verwechslung? Sie hatte ihn sogleich erkannt. Es war derselbe, der sie auf dem Ball der Lennox an der Terrasse angesprochen hatte. Was wollte er von ihr? Verwirrt blickte sie sich nach ihrer Tante um. Tawinia stand keine zwei Meter von ihr entfernt, vertieft in eine Unterhaltung mit einer älteren Dame. Sie war, wie Ashley erleichtert feststellte, bereits auf die Situation aufmerksam geworden.

»Gibt es ein Problem, Mister?«

»Nein, ganz und gar nicht.« Langsam wanderte sein Blick von ihr zu Tawinia. »Guten Abend, Misses Lennox, verzeihen Sie, ich habe lediglich etwas klargestellt.«

Er warf einen letzten abwertenden Blick auf Ashley und machte dann auf dem Absatz kehrt.

Ashley war bleich geworden und ein leichtes Zittern bemächtigte sich ihrer.

»Ashley, wer war das?«, fragte die Tante entsetzt.

»Ich ... ich weiß es nicht«, stammelte sie, immer noch von seinem Auftritt schockiert.

»Woher kennst du ihn?« Tawinia würde nicht locker lassen.

»Ich kenne ihn nicht! Ich habe auf dem Ball einmal mit ihm getanzt«, entgegnete sie und hoffte, die Tante würde sich mit der Antwort begnügen.

Zwischen ihren Augenbrauen bildete sich eine steile

Falte. »Seltsam. Ich kann mich nicht erinnern, diesen Herrn gesehen zu haben.«

Eine Vertiefung der Angelegenheit erübrigte sich, da Mr. Perkins mit den Erfrischungen zurückkehrte. Ashley zwang ein Lächeln auf ihre Lippen und war bemüht, sich das soeben Erlebte sich nicht anmerken zu lassen.

Der Gedanke daran ließ sie aber auch während der weiteren Vorstellung nicht los. Sie konnte sich keinen Reim auf sein seltsames Verhalten machen. Ging es tatsächlich um sie oder hatte der Unbekannte ein Problem mit Mr. Perkins? Hatte sie womöglich einer anderen Dame den Platz an Perkins Seite streitig gemacht, und er versuchte, die Ehre der Lady zu verteidigen? Zu dumm, dass sie keine Möglichkeit hatte, sich zu erklären.

Ashley bemühte sich, sich auf die Vorstellung zu konzentrieren und den Theaterbesuch trotz des peinlichen Zwischenfalles zu genießen.

Der Applaus war überwältigend, als die Darsteller noch einmal die Bühne betraten, nachdem der Vorhang gefallen war.

»Und wie sieht es mit Ihren Heiratsplänen aus, Miss Callahan? Ich hoffe doch sehr, dass wir keine *Emma* nötig haben, die uns verkuppeln muss?«, fragte Mr. Perkins und bezog sich damit auf das Stück.

»Ähm ...« Ashley hielt mitten in der Bewegung inne und schaute ihn verblüfft an. War es das, wonach es sich anhörte? Mit hochgezogenen Augenbrauen blickte er sie erwartungsvoll an. Eine verlegene Röte schoss ihr ins Gesicht. »Es war ein wundervoller Abend, Mister Perkins, wir wollen doch nichts überstürzen, nicht wahr?«, antwortete sie mit aufgesetztem Lachen, als würde es sich um einen Scherz handeln. Hilfesuchend schielte sie zu ihrer Tante, aber die hatte davon nichts mitbekommen, sie war noch auf die sich verbeugenden Darsteller konzentriert und überschüttete sie mit Beifall.

»Im Übrigen haben Sie meine Frage von vorhin noch nicht beantwortet«, raunte er ihr nun ins Ohr. Er sah sie nicht an, während er wieder in den Applaus einfiel. »Nun, Miss Callahan?«, hakte er nach, als sie wenig später die Loge verließen.

»Oh, in nächster Zeit stehen sehr viele Einladungen auf dem Programm. Natürlich interessiert mich Ihr Anwesen, aber ich fürchte, allzu bald kann ich Ihrem Angebot nicht nachkommen.«

»Verstehe!«

Sie biss sich auf die Lippen und wagte nicht, ihn anzusehen. Offenbar hatte sie ihn beleidigt, obendrein erntete sie einen fragenden Blick von Tawinia.

Mr. Perkins schwieg verbissen. Im Foyer ergaben sich noch diverse Gespräche mit anderen Besuchern. Während sie und Tawinia sich mit einem Pärchen unterhielten, beobachtete sie aus den Augenwinkeln, wie Mr. Perkins von zwei Damen, die ein paar Jahre älter als Ashley schienen, heftig umgarnt wurde. Die Rothaarige ging sogar noch einen Schritt weiter und schmiegte sich lasziv an ihn, worauf er jedoch nicht einging und sie sanft beiseiteschob. In diesem Moment trafen sich ihre Blicke. Ertappt drehte Ashley sich weg und gab vor, sich auf das Gespräch zu konzentrieren.

»Es ist nicht das, wonach es aussah«, meldete er sich Augenblicke später an ihrer Seite zurück.

Ashley schenkte ihm nur ein Lächeln, weil sie nicht wusste, wie sie reagieren sollte.

»Hören Sie, Miss Callahan …« Er schob sie unauffällig

einige Schritte von ihren Gesprächspartnern fort. Sie spürte Tawinias Blicke im Rücken. »Ich will ganz offen sein, Miss Callahan. Ich bin auf der Suche nach einer Gemahlin. Viel zu lange habe ich dieses Thema vor mich hergeschoben, aber ich bin jetzt sechsunddreißig, da wird es langsam Zeit. Ich bin auf keine entsprechende Mitgift angewiesen und Gott bewahre mich vor jenen Frauen, die nur darauf aus sind, sich um jeden Preis einen wohlhabenden Bräutigam zu angeln. Sie, Miss Callahan, machen auf mich einen natürlichen und ehrlichen Eindruck, und obendrein sind Sie sehr hübsch und begehrenswert. Ich kann Ihnen versichern, dass ich Sie als meine Gemahlin stets mit Achtung und Respekt behandeln werde. Sie würden Ihre Entscheidung nicht bereuen, das versichere ich Ihnen.«

Ashley war hin- und hergerissen. Seine Offenheit beeindruckte sie, nur kannte sie ihn so gut wie gar nicht.

Er schien ihre Zweifel korrekt zu deuten. »Verzeihen Sie, ich wollte Sie nicht vor den Kopf stoßen, ich wollte nur sichergehen, dass Sie wissen, woran Sie bei mir sind. Selbstverständlich hat es keine Eile, wenn Sie es wünschen, werden Sie genügend Zeit haben, mich besser kennenzulernen.«

»Ich danke Ihnen für Ihre offenen Worte, Mister Perkins. Das weiß ich sehr zu schätzen.«

Der Anflug eines Lächelns huschte über sein Gesicht. Hatte sie ihn womöglich doch falsch eingeschätzt? Er wechselte zu einem unverfänglicheren Thema, worüber sie sehr erleichtert war.

Während der Heimfahrt in der Kutsche löcherte Tawinia sie ununterbrochen mit Fragen, bis Ashley ihr gestand, was Mr. Perkins zu ihr gesagt hatte.

»Das ist doch wundervoll«, begeistert klatschte Tawinia in die Hände. »Und? Sag schon, was hast du ihm geantwortet?«

Ashley druckste herum. »Was hätte ich denn sagen sollen?« In Verteidigungshaltung sah sie die Tante an. »Ich war vollkommen überrumpelt! Im Grunde hat er keine Antwort erwartet, er wollte, dass ich über seine Ambitionen Bescheid weiß.« Nachdenklich senkte sie den Blick auf ihre Hände.

»Hm, damit ist ja noch nichts verloren. Du wolltest auf keinen Fall diesen Lester Fulgham ehelichen ... nun, er ist nicht Lester Fulgham! Mister Perkins scheint mir ein aufrichtiger Mann zu sein, der nicht lange um den heißen Brei herumstreicht. Das muss nichts Schlechtes sein. Du solltest sein Angebot nicht leichtfertig ablehnen.«

Ashley fühlte sich miserabel. In einer Hinsicht hatte die Tante recht, aber Perkins Worte waren bar jeglicher Emotion gewesen. Er hätte genauso gut über ein Baumwollgeschäft reden können. Ob er sich immer so verhielt? Auch an diesem Abend hatte sie ihn nicht lächeln gesehen. War er überhaupt zu Gefühlen fähig? Sie kam aus dem Grübeln nicht heraus. In jedem Fall war er eine Alternative zu Lester Fulgham, das stand fest. Bliebe ihr nur die Wahl zwischen den beiden Kandidaten, würde sie natürlich Gilbert Perkins den Vorzug geben. Noch wollte sie sich nicht geschlagen geben, noch wartete auf sie ein ganzer Stapel an Einladungen zu diversen Veranstaltungen, womöglich bot sich ihr unverhofft eine andere Option.

Der nächste Ball fand schon zwei Tage später statt. Ashleys Kleid war ein Traum aus roséfarbener Seide mit weißer Spitze und einem herzförmigen Dekolleté. Ihren schlanken Hals zierte eine weiße Perlenkette aus Tawinias Schmuckschatulle.

Ashley wusste, dass Steve Flowers ebenso wie Elaine Turner anwesend sein würden, so freute sie sich ganz besonders auf den Abend. Einige Gäste erkannte sie sogleich, da sie auch auf dem Ball der Lennox gewesen waren. Elaine kam in Begleitung ihres Bruders und seiner Gemahlin. Sie trafen fast zeitgleich mit ihr und Tawinia ein. Aufgeregt tuschelten sie, während im Ballsaal die allgemeine Begrüßungsrede sowie die üblichen Ansprachen, die diesjährige Baumwollernte betreffend, abgehalten wurden.

»Da ist er.« Aufgeregt wies Elaine auf einen schlanken, gut aussehenden Gentleman. »Das ist Dave Sheridan. Sieht er nicht umwerfend aus?«

Als hätte er gewusst, dass gerade von ihm die Rede war, sah er in dem Augenblick in ihre Richtung und ein Strahlen überzog sein Gesicht. Elaine quiekte vor Freude und ein leuchtender Schimmer blitzte in ihren Augen.

Kaum hatte die Musik zum Tanz aufgespielt, stand er vor ihr, um sie aufs Parkett zu führen.

Schmunzelnd sah Ashley den beiden nach. Sie ergaben ein wundervolles Paar. Es war nicht zu übersehen, dass die beiden etwas füreinander empfanden, es knisterte förmlich.

Sie hingegen musste sich mit Steve Flowers begnügen, aber das störte sie nicht. Während sie tanzten, schwatzte er ohne Unterlass. Sie amüsierte sich köstlich und musste ihn schließlich ermahnen, weniger zu reden und mehr auf seine Schritte zu achten.

Steve Flowers errötete in peinlicher Verlegenheit und versuchte, sich mit einer forschen Drehung zu retten, was wiederum Ashley aus dem Takt brachte. Zum Glück nahte das Ende des Musikstückes, prustend vor Lachen gingen sie von der Tanzfläche.

Sie mochte seine natürliche, ungekünstelte Art. Sie lachten und schäkerten miteinander, bis Ashley aufging, dass sein munteres Geplauder langsam in Avancen überging. Sofort hielt sie inne. Sie durfte nicht zulassen, dass er sich womöglich Hoffnungen machte.

»Hören Sie, Mister Flowers, ich mag und schätze Sie sehr, aber ...«

»Ich mag Sie auch sehr, Miss Callahan«, unterbrach er sie freudig.

»Nein, Sie verstehen nicht ...«

Er machte erneut Anstalten, sie zu unterbrechen, doch sie machte ihm mit entsprechender Geste klar, sie ausreden zu lassen. Sie holte tief Luft.

»Ich bin nach South Carolina gekommen, um baldmöglich einen Ehemann zu finden. Ich habe keine andere Wahl, sonst wird mein Vater mich zwingen, den Mann zu heiraten, den er für mich auserkoren hat.« Das war noch milde ausgedrückt.

Steve Flowers Gesicht nahm einen ernsten Ausdruck an, er ließ sich mit der Antwort Zeit. »Es war nicht nur dahin gesagt, ich mag Sie wirklich. Sie sind unvoreingenommen und offenherzig. Ich denke, die Dame, die einst meine Gemahlin wird, sollte wie Sie sein. Aber zum gegenwärtigen Zeitpunkt fühle ich mich für eine Ehe nicht bereit, bitte verstehen Sie das nicht falsch.«

Ashley schmunzelte. »Das weiß ich! Ich möchte ungern Ihre Gefühle verletzen, bitte verstehen Sie einfach meine

Situation. Es ist amüsant und erheiternd mit Ihnen, Sie bringen mich zum Lachen und lenken mich kurzzeitig von meinen Sorgen ab, aber ich kann es mir nicht leisten, mein Ziel aus den Augen zu verlieren.«

Betretenes Schweigen breitete sich zwischen ihnen aus.

»Gegen eine ganz normale Freundschaft wäre aber nichts einzuwenden, oder?« Endlich sah er sie wieder an.

»Nein, absolut nicht.« Erleichtert atmete Ashley auf.

»Also abgemacht, Freunde!« Er grinste sie an und reichte ihr kameradschaftlich die Hand.

»Freunde!«

»Es gibt da ein paar unverfrorene Schürzenjäger. Von denen solltest du dich fernhalten. Ich werde sie dir zeigen, sobald einer von ihnen auftauchen sollte«, begann er den ersten freundschaftlichen Ratschlag. Automatisch fiel er dabei in die vertraute Anrede. »Was ist eigentlich mit dem betreffenden Herrn, mit dem dein Vater dich verheiraten will?«

Ashley berichtete ihm in wenigen Sätzen die Geschichte um Lester Fulgham und wie sie nach South Carolina gekommen war.

»Das heißt, du musst jederzeit damit rechnen, dass dein Vater auftaucht und dich fortschleift?«

»Im Prinzip schon, sollte er herausfinden, dass wir statt nach Atlanta nach Charleston gereist sind. Aber wahrscheinlicher wäre es, dass mein Bruder erscheint.«

»Zu dumm, dass ich ihn nicht kenne und dich notfalls warnen könnte.«

Ashley seufzte. »Ja, das sind die Nachteile, mit denen eine Frau zu kämpfen hat. Als Mann hat man es wesentlich leichter im Leben.«

Steve schnaubte. »Da muss ich dich leider enttäuschen.

Als jüngster Spross von vier Kindern hat man es alles andere als einfach.«

Erstaunt sah Ashley ihn an, sie entdeckte Schmerz in seinen Augen. Gleichermaßen war sie erstaunt, wie erwachsen er mit einem Mal wirkte.

»Ja, ich habe eine ältere Schwester und zwei Brüder. Mein ältester Bruder leitet die Plantage, nachdem unser Vater etwas gebrechlicher geworden ist, und der andere macht demnächst seinen Abschluss in West Point. Mein Vater wollte natürlich, dass ich ebenfalls nach West Point gehe, aber Soldat zu werden ist nicht das, was mir vorschwebt.«

»Und was schwebt dir vor?«, fragte sie interessiert.

Er grinste. »Ich kann gut mit Zahlen. Ich helfe diversen Herren bei ihrer Buchführung und verdiene mir dadurch etwas Geld. Mein Vater denkt nämlich, wenn er mir den Geldhahn zudreht, käme ich von allein angekrochen, aber da irrt er sich.«

»Ich finde das sehr mutig. Wie steht es mit deinen Geschwistern, halten sie zu dir?«

»Edwin habe ich nur einmal gesehen, seit er in der Militärakademie ist und Greg hat mit der Plantage genug um die Ohren.«

»Und wie ist die Beziehung zu deiner Schwester?«

»Ja, meine Schwester …« Er unterbrach, um den Gruß zweier Herren zu erwidern, die an ihnen vorbeischritten. »Sie hat vor einem halben Jahr geheiratet, einen gut situierten Advokaten, seitdem hält sie sich für was Besonderes.« Plötzlich gab er ein Stöhnen von sich und verdrehte die Augen. »Wenn man vom Teufel spricht …«

Sie folgte seinem Blick. Ein Pärchen hielt eingehakt genau auf sie zu.

Ashley stach sogleich die auffällige Ähnlichkeit ihrer Gesichter ins Auge, nur das Haar der Schwester war dunkler.

»Steve? Was machst *du* hier?«

»Ich schätze, dasselbe wie du. Ich besuche einen Ball.«

»Das sehe ich selbst!« Ihr Blick glitt argwöhnisch an Ashley hinab, während Steve sich gezwungen sah, die Herrschaften miteinander bekanntzumachen.

»Callahan? Der Name sagt mir gar nichts.«

»Das muss es auch nicht«, entgegnete Ashley prompt.

Während Mrs. Henders schockiert nach Luft schnappte, hörte sie Steve neben sich belustigt grunzen.

Sein Schwager erwies sich im Vergleich als freundlich und erkundigte sich zumindest nach seinem Befinden. Er war einige Jahre älter als seine Gattin. Die Herren wechselten ein paar Worte.

»Entschuldige, meine Schwester hat manchmal eine komische Art«, erklärte Steve nach der Begegnung.

Die Musiker hatten die erste Pause eingelegt. Die Gäste standen in Grüppchen zusammen und unterhielten sich. Ashley und Steve schlenderten nebeneinander her, während er noch ein paar Eigenheiten seiner Familie zum Besten gab.

Mit einem Mal verharrte Ashley und zupfte aufgeregt an Steves Ärmel. »Kennst du den Mann dort?« Sie nickte mit dem Kopf in die Richtung.

Er zog die Augenbrauen zusammen. »Das ist doch der komische Vogel, der dich auf dem Ball der Lennox beleidigte und meinte, ich hätte dich belästigt.«

»Ja, ich weiß, aber wer ist er ?«

Steve besah sich den Herrn intensiver. »Keine Ahnung. Er muss von außerhalb sein.«

Ashley ließ sich die Enttäuschung nicht anmerken. Wenigstens war Gilbert Perkins an diesem Abend nicht anwesend.

»Lass uns dort entlanggehen«, schlug Steve vor, »dann müssen wir nicht an dem Kerl vorbei.«

Just in dem Moment, als sie die Richtung wechselten, fing sie den Blick des Unbekannten auf. Eine nervöse Unruhe stieg in ihr hoch, was wollte der Fremde von ihr? Sie bildete sich ein, dass er genau wusste, wo sie sich gerade befand. Wie lange hatte er sie und Steve schon beobachtet? Sollte sie die Tante um Hilfe bitten?

Tawinia hielt bereits in Begleitung einer etwa gleichaltrigen Dame auf sie zu. Ashley konnte an ihrem Blick ablesen, dass sie nicht erbaut war, sie schon wieder in Begleitung von Steve Flowers zu sehen. Auch Steve schien das aufgefallen zu sein, da er sich unmittelbar nach der Begrüßung entschuldigen ließ.

»Wir sehen uns später«, raunte er Ashley zu, bevor er sich augenzwinkernd entfernte.

Angeregt unterhielt sie sich mit Tawinia und Mrs. Godwin, einer alten Freundin der Tante.

Nachdem die Musiker wieder zu spielen begannen, füllte sich die Tanzfläche rasch. Auch Ashley musste nicht lange auf eine Tanzaufforderung warten. Sie genoss das Tanzen und erfreute sich der zahlreichen Komplimente, die ihr zuteilwurden.

Sie tanzte gerade mit Elaines Schwarm Dave Sheridan, als sie ihren Unbekannten ebenfalls auf der Tanzfläche entdeckte. Er schwebte ausgerechnet mit Elaine über das Parkett, das konnte unmöglich ein Zufall sein. Verstohlen musterte sie ihn. Wie es schien, war er ein ausgezeichneter Tänzer.

»Der Gentleman, mit dem Elaine gerade tanzt, kommt mir irgendwie bekannt vor. Wie war noch gleich sein Name?«

Mr. Sheridan sah ebenfalls in die Richtung. »Tut mir leid, der Mann ist mir unbekannt, den habe ich nie zuvor gesehen.« Er und Elaine warfen sich bewundernde Blicke zu, sodass zwangsläufig ihr unbekannter Tanzpartner auf sie beide aufmerksam wurde.

Na, das hat ja wunderbar funktioniert, fluchte Ashley innerlich.

Als die Musik ausklang, ließ sich nicht vermeiden, dass beide Paare aufeinandertrafen. Ashley sah demonstrativ in die andere Richtung und ignorierte den Mann, als wäre er nicht anwesend. Ihre Hoffnung, dass er sich daraufhin entfernen würde, erfüllte sich nicht, denn Elaine stellte sie einander vor. Jetzt wusste Ashley zumindest seinen Namen, er hieß John Fletcher.

Sie überlegte, aber ein Fletcher war ihr nicht in Erinnerung, weder seitens ihres Vaters noch aus der Bekanntschaft Rodneys. Warum also war er ihr gegenüber so feindselig? Sie versuchte nach wie vor, ihn zu ignorieren. Während die Männer eine Unterhaltung begannen, zog Elaine Ashley zur Seite.

»Ist das nicht aufregend?«, flüsterte sie. »Mister Fletcher hat mich während des Tanzes permanent nach dir befragt. Er hat alles wissen wollen.«

Schockiert sah Ashley sie an. »Und was hast du ihm erzählt?«

»Was sollte ich ihm groß erzählen? Ich habe ihm gesagt, dass wir uns selbst erst seit ein paar Tagen kennen. Er schien etwas enttäuscht, aber er wollte unbedingt, dass ich euch miteinander bekannt mache.«

»Woher kennst du den Mann?«

»Ich kenne ihn nicht. Er hat sich mir auch erst vorgestellt, als er mich um den Tanz bat«, antwortete Elaine und schien nichts Merkwürdiges daran zu finden.

Ihre Begegnung im Theater spulte wieder vor Ashleys innerem Auge ab.

»Warum machst du so ein zerknirschtes Gesicht?«, hakte Elaine verwundert nach. »Er sieht doch umwerfend aus. Na ja, nicht so wie mein Dave ...« Sie blickte über die Schulter zu ihrem Liebsten und lächelte seufzend. »... aber dennoch ist Mister Fletcher ein sehr attraktiver Mann und du gefällst ihm offenbar.«

Auch Ashley sah sich um. Die Männer bedienten sich gerade an alkoholischen Getränken, die die umhergehenden Sklavinnen auf ihren Tabletts anboten. Attraktiv war er, daran gab es keinen Zweifel, aber was führte er im Schilde?

Elaines Schwägerin stieß mit einer Freundin zu ihnen. Ashley beschloss, die Gelegenheit zu nutzen, um sich zu entschuldigen. Doch Mr. Fletcher kam ihr zuvor und bat um den nächsten Tanz.

»Oh, das tut mir leid, aber ich wollte mich gerade auf die Suche nach meiner Tante begeben«, entgegnete sie kühl, ohne ihn anzusehen, denn sie hatte überhaupt kein Verlangen, mit ihm zu tanzen. »Wenn Sie mich dann bitte entschuldigen würden.« Sie fuhr herum und versuchte, zu entkommen.

Wieder war Mr. Fletcher schneller. »Wie Sie sehen, müssen Sie Ihre Tante nicht suchen.«

Gelassen wies er zur Saalmitte, wo Tawinia gerade mit einem schlanken grauhaarigen Herrn die Tanzfläche betrat.

Ashley fluchte insgeheim, offenbar überließ der Kerl nichts dem Zufall. Abwartend verharrte er neben ihr. Sie musste sich geschlagen geben, wollte sie kein Aufsehen erregen.

»Bitte, wie Sie wünschen!«, zischte sie verärgert. »Wenn Sie mich danach in Ruhe lassen.«

Er lachte amüsiert, als habe sie einen Scherz gemacht, während sie zu tanzen begannen. »Das kann ich leider nicht versprechen, Miss Callahan.«

Endlich wagte sie es, ihm direkt ins Gesicht zu sehen. »Ich denke, ich bin in Ihren Augen eine durchtriebene und berechnende Person? Das waren doch Ihre Worte, wenn ich mich recht entsinne?«

Schuldbewusst wich er ihrem Blick aus. »Ja, und dafür möchte ich mich aufrichtig entschuldigen. Ich war voreingenommen und unbeherrscht. Bitte verzeihen Sie mir. Es wird nie wieder vorkommen.« Während er sprach, hatte sie die Gelegenheit sein ebenmäßiges Gesicht zu mustern. Ihr Blick blieb an seiner wohlgeformten vollen Unterlippe hängen, deren feine symmetrische Linien sie faszinierten. Unverhofft sah er sie wieder an, ihre Augen trafen sich. Zu ihrer eigenen Verwunderung war sie gewillt, ihm die Reue abzukaufen, doch so einfach sollte er nicht davonkommen.

»Ach, und Sie sind der Ansicht, mit einer banalen Entschuldigung könnten Sie Ihre Äußerung zurücknehmen?«

»Ich dachte, Sie sind eine jener Damen, die sich nur Gentlemen mit dem größtmöglichen Vermögen an den Hals werfen.«

»Erlauben Sie mal!« Abrupt blieb Ashley stehen und funkelte ihn erbost an.

Sie war entschlossen, ihn auf dem Parkett stehenzulassen, aber Mr. Fletcher vereitelte den Versuch.

»Ich bitte Sie, Miss Callahan, Sie wollen gewiss kein Aufsehen erregen.« Er schmunzelte und seine Stimme klang sanft und volltönend.

Vorsichtig blickte Ashley sich um; in der Tat waren schon mehrere Paare auf sie aufmerksam geworden. Nein, unangenehm aufzufallen, das konnte sie sich nicht leisten, auch fing sie einen warnenden Blick ihrer Tante auf. Sie zwang sich zu einem Lächeln und fügte sich zähneknirschend ihrem Schicksal.

»Wenn Sie auf Mister Perkins anspielen, so habe ich mich ihm keineswegs *an den Hals geworfen.* Er hat mir ein riesiges Blumengebinde zukommen lassen und mich ins Theater eingeladen. Es wäre ja wohl im höchsten Maße unhöflich, ihm nach dieser Aufmerksamkeit eine Abfuhr zu erteilen.« Noch während sie sprach, wurde ihr bewusst, dass sie dabei war, sich zu verteidigen. Sie schuldete ihm keinerlei Erklärung!

»Lassen Sie uns erst mal diesen Tanz genießen«, schlug er vor und führte sie in eine elegante Drehung.

Bis zum Ende des Stückes hatte sie sich nicht nur gefangen, es hatte ihr sogar Vergnügen bereitet. Er war wirklich ein ausgezeichneter Tänzer, das musste sie unumwunden zugeben. Mit ihm hatte sie das Gefühl, sie würde in seinen Armen schweben, obwohl sie schon mit mehreren talentierten Gentlemen getanzt hatte.

Kaum hatte er sie von der Tanzfläche geleitet, stand Tawinia vor ihnen. »Ist alles in Ordnung, Kindchen?« Argwöhnisch musterte sie Mr. Fletcher.

»Seien Sie unbesorgt, Misses Lennox. Ich habe mich bei Ihrer Nichte für mein Fehlverhalten am Abend der Theateraufführung entschuldigt. Es war ein Missverständnis, für das ich mich auch bei Ihnen entschuldigen möchte.«

Tawinias Blick wanderte misstrauisch zwischen Ashley und Mr. Fletcher hin und her. Ashley schwieg, ihr war die ganze Situation höchst unangenehm.

»Nun gut, dann betrachte ich den Vorfall als erledigt. Ich hoffe, in Zukunft werden Sie sich zu benehmen wissen, Mister ...?«

»Fletcher, John Fletcher, Ma'am.«

»Sie werden meine Nichte nie wieder beleidigen, habe ich Ihr Wort, Mister Fletcher?«

»Selbstverständlich!« Er vollführte eine elegante Verbeugung.

»Seien Sie gewiss, dass ich Sie im Auge behalten werde.«

Mr. Fletcher nickte verstehend.

Tawinia zog Ashley zur Seite. »Es ist nicht meine Art, mich wie eine Glucke aufzuführen, die dir nicht von der Seite weicht, ich vertraue darauf, dass du weißt, was du tust. Vielleicht solltest du dich von ihm fernhalten, denn irgendeinen Grund muss es ja geben, warum er dich im Theater so angegangen ist.«

»Tawinia, meine Liebe, du warst so schnell verschwunden.« Der grauhaarige schlanke Herr tauchte hinter ihnen auf. »Ich dachte, wir nehmen noch eine Erfrischung an der Bar.«

»Entschuldige Henry, ich musste zuvor etwas klären.« Die Tante setzte ihr umwerfendes Lächeln auf. »Ich denke, eine Erfrischung wäre genau das Richtige.«

Freudestrahlend bot der Mann ihr den Arm und Tawinia hakte sich bei ihm ein. Nicht, ohne ihr und Mr. Fletcher noch einen warnenden Blick zuzuwerfen.

Ashley sah ihnen nach. Sie mochte ihre Tante sehr und war dankbar für den Freiraum, den sie ihr ließ. Ihr waren andere Damen aufgefallen, die ihre jungen Schützlinge mit Adleraugen bewachten und darauf bestanden, dass die Herren der Schöpfung die Dame nach jedem Tanz wieder brav bei ihnen ablieferte.

»Eine Erfrischung täte uns ebenfalls gut, was meinen Sie?«

Ashley war längst aufgefallen, dass die anderen jungen Damen ihm die ganze Zeit schmachtende Blicke zuwarfen. Im Übrigen interessierte es sie, was wirklich zu seinen Worten geführt hatte. Tawinia hatte recht, es musste einen Grund geben. Erst als die kühle Limonade ihre Lippen berührte, merkte sie, wie durstig sie war. Gierig nahm sie ein paar kräftige Schlucke.

Mr. Fletcher lächelte nachsichtig. Er hatte ein charmantes, einnehmendes Lächeln.

»Sie sprachen von einem Missverständnis, wie darf ich das verstehen?« Spielerisch drehte sie das Glas in ihrer Hand, während sie ihn herausfordernd ansah.

»Ich sagte bereits, ich war einem Irrtum aufgesessen.« Er bedachte sie mit einem intensiven Blick, der sie nervös zu machen begann. Mit einem ähnlichen hatte er sie damals auf der Terrasse angesehen. Keinesfalls wollte sie sich etwas anmerken lassen, so gab sie vor, sich für die anderen Gäste zu interessieren. Sie bemerkte, dass Steve sie vom gegenüberliegenden Ende des Saales beobachtete, ebenso wie zwei Herren, die nur wenige Meter von ihnen entfernt standen und offenbar gerade über sie sprachen. Die beiden lächelten und nickten ihr freundlich zu. Einer von ihnen war ein Mr. Haines, wenn sie sich recht erinnerte. Auch registrierte sie die drei jungen Damen, die um Fletchers Aufmerksamkeit buhlten und plötzlich zu kichern begannen. Beim Seitenblick auf ihn stellte Ashley fest, dass er sie mit einem aufreizenden Grinsen bedachte.

In der nächsten Sekunde begegneten sich ihre Blicke, und wider Willen errötete Ashley.

»Ich würde vorschlagen, wir vergessen jenen Abend, als hätte es ihn nicht gegeben.«

»Richtete sich Ihre Abneigung womöglich gegen Mister Perkins?« Ashley bohrte weiter.

»Wie kommen Sie darauf?« Unverhofft kam er näher, zu nahe. Ihr Atem beschleunigte sich. Unsicher blickte sie um sich, es schien niemandem aufzufallen. Die Tanzfläche leerte sich, da die Melodie gerade ausklang. »Ich habe Sie auf dem Ball bei Lennox gesehen und war sofort von Ihnen hingerissen«, raunte er ihr ins Ohr. Sie spürte seinen warmen Atem und erschauerte. »Sie sind eine wunderschöne Frau, ich denke, das wissen Sie, aber so manche attraktive Frau hat leider einen hinterlistigen Charakter.«

Verblüfft sah sie ihn an. »Sie scheinen ja keine gute Meinung von der Damenwelt zu haben.«

Zwei Grazien schritten gemächlich an ihnen vorbei, wobei ihm eine von ihnen verschwörerisch zuzwinkerte.

»Oh, das sehen Sie vollkommen falsch«, feixend blickte er den beiden nach und richtete sein Augenmerk dann wieder auf sie.

»Wie mir scheint, besitzen Sie bereits einen gewissen Ruf, Mister Fletcher«, sagte sie sarkastisch und nahm einen weiteren Schluck aus ihrem Glas.

Er lachte amüsiert auf. »Mag sein, aber Sie sind doch nicht etwa eifersüchtig?«

»Selbstverständlich nicht!«, empörte sie sich. Sie konnte nicht verhindern, dass sie erneut errötete. Innerlich fluchte sie. Was hatte er nur an sich? Hastig führte sie ihr Glas zum Mund, doch es waren nur noch wenige Tropfen darin.

Sogleich orderte Mr. Fletcher Nachschub und schob ihr das Getränk mit einer Verbeugung zu. Ashley hatte das Gefühl, im Boden versinken zu müssen. Vor Situationen wie diesen hatte sie sich immer gefürchtet. Sie spürte, wie sich die Röte vertiefte. Beim Versuch, seinem Blick auszuweichen, begegnete sie erneut dem von Mr. Hains und erwiderte sein Lächeln.

Die ersten Gäste kehrten mit beladenen Tellern vom Büfett zurück. Ashley sah dies als Gelegenheit, ihrer peinlichen Lage zu entkommen. Dass er sie begleitete, nahm sie in Kauf, zumindest war sie währenddessen nicht gezwungen ihn anzusehen. Eigentlich verspürte sie keinen Hunger, auch wenn die Speisen vortrefflich angerichtet waren. Um den Schein zu wahren, belegte sie ihren Teller mit zwei köstlich aussehenden Häppchen, als Mr. Haines neben ihr erschien und ihr einen Tipp gab, was sie unbedingt probieren müsse.

Zur gleichen Zeit drängte sich Mr. Fletcher an ihre Linke und schlug die Pastete in Aspik vor, griff sogleich danach und biss herzhaft hinein.

Etwas verwirrt schaute sie zu ihm auf.

Kauend und mit einem Schalk in den Augen begegnete er ihrem Blick. Wieder wurde ihr bewusst, wie unglaublich attraktiv er war. Ashley musste sich bemühen, ihn nicht anzustarren und zwang sich, ihre Augen abzuwenden. Trotzig entschied sie sich für den Vorschlag von Mr. Haines.

Haines war einen halben Kopf kleiner als Fletcher, aber immer noch größer als Ashley. Er war schlank und weniger muskulös und machte dennoch eine gute Figur. Haines war auf eine andere Weise attraktiv. Während sie sich mit ihm weiter über das Büfett unterhielt, tauchten die beiden Grazien auf, entdeckten Flechter und nahmen ihn in Beschlag. Diejenige, die ihm zuvor zugezwinkert hatte, schien keinerlei Hemmungen zu haben. Obsessiv flirtete sie ihn an, und während sie über seine Reaktionen affektiert kicherte, berührte sie ihn jedes Mal wie zufällig.

Schockiert beobachtete Ashley die Szene. Die Frau schien mindesten fünf Jahre älter als sie zu sein. Ihr Mieder war so eng geschnürt, dass der Verdacht aufkam, dass ihre Brüste ihm bei der kleinsten unbedachten Bewegung ins Gesicht springen mussten.

Angewidert wandte sie den Blick ab. Wie konnte ein Mann sich nur von so einer schamlosen Person angesprochen fühlen? An der Seite von Haines verließ sie den Büfettraum. An der Tür drehte sie sich noch einmal um, prompt begegnete sie seinem Blick.

Hatte er enttäuscht ausgesehen, oder hatte sie sich das nur eingebildet?

*

Vorsichtig öffnete er die Augen, sein Kopf dröhnte. Die rotgeblümten Vorhänge im Zimmer kamen ihm fremd vor. Schlaftrunken rieb er sich übers Gesicht und versuchte sich zu erinnern, wo er sich befand. Ein Blick auf die schlafende Frau neben ihm ließ seine Erinnerung schlagartig zurückkehren. Gloria! Irgendwie war alles schiefgelaufen, innerlich fluchend schwang er die Beine aus dem Bett, stützte die Ellbogen auf den Oberschenkeln ab und barg den Kopf in seinen Handflächen. Er hatte nicht vorgehabt, auf die Avancen der jungen Witwe einzugehen, aber sie hatte ihm die Aussicht auf eine ausschweifende Nacht geboten. Erneut rieb er sich mit den Händen übers Gesicht. Als er ein Geräusch hinter sich vernahm, drehte er sich um. Gloria hatte ihre Position verändert, aber sie schlief nach wie vor tief und fest. Es war an der Zeit, seine Sachen zusammenzusuchen und zu verschwinden, bevor sie erwachte. Nichtsdestotrotz war es eine sensationelle Nacht gewesen, in der er voll auf seine Kosten gekommen war.

Gloria war mit einem Mann verheiratet gewesen, der fast doppelt so alt war, und vor einem knappen Jahr an einem Herzleiden dahingeschieden war.

Während er nach seinen Sachen suchte, die im Eifer des Gefechts im ganzen Zimmer verstreut lagen, kam ihm wieder Ashleys Anblick vor Augen. Ihr vorwurfsvoller Blick schmerzte immer noch, er seufzte. Sie war so unschuldig. Normalerweise hatte er mit solchen Damen nichts am Hut, es gab einfachere Wege, sein Leben zu genießen. Warum gerade sie ihn nicht losließ, konnte er sich nicht erklären. Ein Blick in ihre Augen, und er war verloren gewesen. Wahrscheinlich hatte er in letzter Zeit zu viel gearbeitet, und dieses Symptom war eine Folge davon. Sobald sein Kopf wieder klar war, würde auch die Gefühlsverwirrung nachlassen.

Wo zum Teufel hatte er nur seine Weste gelassen? Suchend sah er sich um, und fluchte unterdrückt.

Systematisch ging er den gestrigen Ablauf durch. Im Flur war es zu ersten Intimitäten gekommen. Sie hatten sich stürmisch geküsst, er hatte sie gegen die Wand gepresst und sich an ihr gerieben. Dort hatte sie ihn unbeherrscht von der Weste befreit, ihm das Hemd aus dem Hosenbund gezerrt und ihre Hände unter dem Stoff auf seine nackte Haut geschoben.

Noch einmal warf er einen Blick auf Gloria, die im Schlaf seltsame Geräusche von sich gab, dann verließ er leise ihr Schlafzimmer, nachdem er sich vergewissert hatte, dass er all seine persönlichen Sachen aus diesem Zimmer an sich genommen hatte. Im Flur griff er sich die Weste, die mitten im Gang lag, und verließ das Haus der Witwe.

Es war nicht die feine Art, sich heimlich aus dem Staub zu machen, das wusste er, aber er hatte das Gefühl, es schnüre ihm die Kehle zu, wenn er länger als notwendig dortbliebe. Kurz schloss er die Augen, atmete befreit durch, und setzte sich in Bewegung. Er winkte die nächste freie Droschke heran und ließ sich zu seiner Unterkunft kutschieren.

Mrs. Hagman musterte ihn überrascht, als sie ihn erblickte. »Das muss ja ein rauschender Ball gewesen sein, wenn Sie jetzt erst zurückkehren. Haben Sie denn ...«

»Kann ich noch ein Frühstück bekommen, Ma'am?«, unterbrach er sie. Sein Magen knurrte und ihm war keineswegs nach einer Unterhaltung zumute.

»Natürlich, ich werde mich sofort darum kümmern.«

»Und einen starken Kaffee! Haben Sie vielen Dank.«

Abwesend schaute er Mrs. Hagman hinterher, wie sie in Richtung Küche eilte, ließ sich resigniert im Gastraum nieder und starrte vor sich hin. Welcher Teufel hatte ihn nur geritten? Er hätte an diesem verfluchten Kerl dranbleiben sollen, statt seine Zeit in Charleston zu vergeuden und einer Spur zu folgen, die ihm keine Antworten lieferte. Die Idee war von vornherein Schwachsinn gewesen. Anstatt auf eigene Faust nachzuforschen, hätte er die ganze Angelegenheit seinem Anwalt überlassen sollen, der hätte alles Wesentliche geklärt. Der Mann hat immer gute Arbeit geleistet und seine Interessen auch in dieser Angelegenheit zu seiner Zufriedenheit vertreten.

Er stöhnte und fuhr sich mit der Hand durchs Haar. Er war lediglich für den Schutz seiner Familie und dem dazugehörigen Hab und Gut verantwortlich. Was hatte es ihn zu interessieren, in welche kuriosen Machenschaften dieser Mistkerl verwickelt war? Vermutlich hatte er sein Geld beim Pokern, durch Pferdewetten oder illegales Glücksspiel verloren. Es war nicht sein Problem, warum hatte er seine Nase da hineinstecken müssen?

Jetzt saß er in Charleston fest und hatte ein weitaus größeres Problem, ein Problem in Gestalt einer atemberaubenden Frau. Wie sollte es nun weitergehen?

Mrs. Hagman kehrte mit einem großen, schwer beladenen Tablett zurück und baute ein ansehnliches Frühstück vor ihm auf. »Der Kaffee ist extra stark, so wie Sie es gewünscht haben, mein Herr«, mitfühlend lächelnd goss sie ihm ein.

Er lobte sie und bedankte sich herzlich für ihre Mühen. Stolz über so viel Anerkennung, schoss der gestandenen Frau eine leichte Röte ins Gesicht. Schmunzelnd widmete er sich dem Kaffee und entspannte sich allmählich wieder. Jeremy hatte auf der Plantage alles im Griff, darauf konnte er sich verlassen. Er könnte also guten Gewissens noch einige Tage in Charleston bleiben. Immerhin gab es hier hinreißende Damen, die nur darauf warteten, von ihm verwöhnt zu werden, Frauen wie Gloria.

Unweigerlich tauchte Ashleys Antlitz vor ihm auf und vertrieb die sündige Erinnerung an die Witwe.

War Ashley so verzweifelt, dass sie einen Antrag von Gilbert Perkins annehmen würde? Dass sie hier war, um nach einem Ehemann zu suchen, hatte sein geschultes Auge sofort erkannt. Außerdem hatte er zufällig ein paar Wortfetzen des Gespräches zwischen ihr und der Tante mitbekommen. Er kannte Perkins nicht persönlich, wusste nur, dass er ein einflussreicher Mann und eine Größe im Baumwollgeschäft war. Allerdings konnte er sich, in Verbindung mit diesem Namen, an einen Skandal erinnern, den er mitbekommen hatte, da er sich seinerzeit gerade in Charleston aufgehalten hatte. Es musste etwa drei Jahre zurückliegen. Damals ging das Gerücht um, dass Gilbert Perkins anders orientiert wäre und sich regelmäßig heranwachsende Sklavenjungen ins Bett holen würde. Was tatsächlich an der Geschichte dran war, vermochte er nicht zu beurteilen. Fest stand, dass einer seiner ehemaligen Aufseher, den Perkins wegen Unzuverlässigkeit und ständiger Trunkenheit gefeuert hatte, dieses Gerede in Gang gesetzt hatte – angeblich aus Rache für den Rauswurf.

Für ihn war Ehe bislang kein Thema gewesen, er suchte nicht nach einer Gemahlin. Irgendwann müsste er sich zwar auch mit diesem Gedanken anfreunden, um für einen Erben zu sorgen. Ginge es nach seiner Mutter, wäre der Zeitpunkt längst gekommen, aber er war jung, gesund und kräftig, sodass er keine Eile sah.

Er stieß ein zischendes Geräusch aus. Und doch hatte er sich ihr genähert und sogar mit ihr getanzt, er spielte mit dem Feuer. Sie gehörte nicht zu jenen Frauen, mit denen man sich vergnügte und dann weiterzog.

Nach der Nacht mit Gloria hätte er angenommen, nicht mehr an sie denken zu müssen, aber das Gegenteil war der Fall. Vielleicht sollte er einfach seine Sachen zusammenpacken und abreisen, zurück zur Plantage, dann würde er Ashley Callahan niemals wiedersehen.

Nach dem Frühstück beschloss er, einige Sachen in der Stadt zu erledigen. Wenn er schon mal hier war, könnte er wenigstens den Aufenthalt sinnvoll nutzen und ein paar geschäftliche Beziehungen auffrischen.

Gestärkt und motiviert verließ er seine Herberge. Die Luft an diesem Septembermorgen war angenehm mild und es wehte ein leichter ablandiger Wind. Mr. Sparks war nicht im Hause gewesen, so hatte er ihm eine Nachricht hinterlassen, dass er zurzeit in der Stadt sei und wo er erreichbar wäre. Lässig schlenderte er deshalb über den Markt, der zu dieser Stunde recht belebt war.

Mit einem Mal sah er sie. Was hatte sie auf dem Markt zu suchen, wo in der Regel nur die Unter- und Mittelschicht verkehrte? Sie hielt sich an einem Stand mit frischem Obst und Gemüse auf, die Marktfrau reichte ihr etwas zum Probieren. Neben ihr wartete eine Sklavin, die sichtlich zu ihr gehörte, sie trug einen breiten Korb unter dem Arm. Ashley wirkte ausgelassen und unbefangen. Er vernahm ihr glockenhelles Lachen, während sie mit dem Finger auf einige Angebote wies. Die Marktfrau wog etwas ab, das anschließend im Korb der Sklavin landete, danach schlenderten sie weiter. Ashley trug nur einen kleinen Hut, ihr prachtvolles Haar fiel unter der Krempe wellenförmig ihren Rücken hinab. Der Mund wurde ihm trocken bei dem Gedanken, seine Hände in ihrer Mähne zu vergraben.

Er folgte ihr in gebührendem Abstand, beobachtete schmunzelnd, wie sie an einem Stand Tücher und Hüte betrachtete. Sie diskutierte mit der Sklavin und drapierte dann vergnügt ein geblümtes Tuch um den Hals der Mulattin. Sie schien ein gutes Herz zu haben, er seufzte. Offenbar hatte Ashley das Tuch für die junge Sklavin erworben, denn die beiden ungleichen Frauen bummelten weiter.

Drei Burschen standen plötzlich vor ihr, sie bauten sich im Halbkreis vor ihr auf und drängten die Schwarze unsanft beiseite. Er war in Alarmbereitschaft. Sie sahen nicht wie Gentlemen aus, trugen Arbeitskleidung und ihre Körperhaltung verhieß nichts Gutes. Der Mittlere von ihnen tatschte Ashley an.

»Verschwindet, ihr Halunken«, fuhr sie den Mann an und versetzte ihm einen gezielten Stoß gegen die Brust. Sie wirkte nicht verängstigt, das überraschte ihn. Die Sklavin versuchte, ihre Herrin aus der Gefahrenzone zu ziehen, wurde aber von dem rechten Kerl achtlos zur Seite gestoßen, sodass sie gegen einen älteren Herrn prallte. Jetzt reichte es ihm, er eilte zu ihr. Inzwischen hatte sich eine resolute Marktfrau eingemischt und der angerempelte Herr drohte den Burschen mit seinem Gehstock. Zwei weitere Männer waren aufmerksam geworden, sie warnten die Wagemutigen scharf und schienen bereit, einzugreifen. Die drei lachten überzogen über die Ermahnung, offenbar waren sie schon zu dieser frühen Stunde betrunken.

»Habt ihr was mit den Ohren?«, ging er auf die Worte der beiden Helfer ein. Beschützend legte er seinen Arm um Ashley. »Verschwindet, bevor ich euch Beine mache!«

»Mister Fletcher?«

Mit großen runden Augen sah sie über ihre Schulter zu ihm auf.

»Stets zu Diensten, Miss Callahan«, scherzte er.

Für einen kleinen Moment trafen sich ihre Blicke. Es war, als würde ein wohliges Gefühl seinen Körper durchströmen. Er hätte in diesen Augen versinken und die Welt um sich vergessen können.

Ein blöder Spruch der Betrunkenen brachte ihn wieder in die Spur. »Habe ich mich etwa unklar ausgedrückt?«, hakte er scharf nach.

Abwehrend hob der Mittlere seine Hände. »Ist ja gut, Mister, wir wollten nur etwas Spaß haben. Wir sind schon weg.«

Verkniffen blickte er dem Trio nach und bedankte sich dann bei den beiden aufmerksamen Gentlemen, die daraufhin ebenfalls ihren Weg fortsetzten.

»Alles in Ordnung mit Ihnen, Miss Callahan?«, fragte die besorgte Sklavin.

»Es geht mir gut, danke Ebru. Ähm ... Sie können mich jetzt loslassen, Mister Fletcher.«

»Natürlich!« Da war sie wieder, die scheue, verunsicherte Ashley. Er räusperte sich. »Sie sollten vorsichtiger sein, wie Sie erleben durften, sind nicht nur Gentlemen unterwegs.«

»Vielen Dank für Ihre Belehrung, aber ich denke, ich war zu keiner Zeit in Gefahr. Wir befinden uns auf einem belebten Marktplatz.« Sie sah ihn dabei nicht an.

Er musste zugeben, dass er von ihrer Reaktion ein wenig enttäuscht war, doch er ließ es sich nicht anmerken. »Haben Sie noch etwas zu erledigen, dann würde ich mich freuen, Sie begleiten zu dürfen.«

»Das ist nicht nötig, wir wollten gerade gehen, haben Sie vielen Dank, Mister Fletcher.«

»Ich muss noch die Kräuter und die übrigen Zutaten besorgen, die Sule mir aufgetragen hat«, flüsterte die Sklavin Ashley zu.

»Mach ruhig, deine Herrin ist bei mir sicher«, antwortete er schnell.

Unsicher sah sie zwischen ihm und Ashley hin und her. Bestätigend nickte Ashley schließlich und er hatte Mühe, ein siegreiches Grinsen zu verbergen.

Steif schritt sie neben ihm her, den Blick gesenkt. Warum war sie so gehemmt in seiner Gegenwart? Sie war nicht wie die anderen Damen, selbst jene, die gezielt auf der Suche nach einem Gemahl waren, verhielten sich anders. Ashley versuchte nicht mal, zu kokettieren und seine Aufmerksamkeit auf sich zu lenken. Einige heiratswillige Damen hätten ihn gern eingefangen. Sie signalisierten ihm Interesse; die einen scheu und unbeholfen, sie erröteten permanent, andere himmelten ihn für jedermann offensichtlich an, aber keine war wie Ashley.

Er sprach von dem Ball, auf dem sie beide gewesen waren, über die Gäste und das Büfett und hoffte, die angespannte Atmosphäre zwischen ihnen zu lockern.

»Werden Sie auch auf dem Ball im Exchange anzutreffen sein, Miss Callahan? Der Ball hat eine langjährige Tradition und ist ein besonderes Ereignis. Er findet am kommenden Samstag statt. Sind Sie schon einmal in diesem Saal gewesen? Er ist eine Augenweide.«

»Ich hörte davon, aber zuvor bin ich noch auf einer anderen Veranstaltung zu Gast.«

»Darf ich fragen, wo, Miss Callahan?«

»Warum möchten Sie das wissen?«

»Weil ich mich sehr freuen würde, wieder mit Ihnen tanzen zu dürfen.«

Sie schluckte und er bemerkte, wie sie ihre Unterlippe mit den Zähnen malträtierte.

»Ich weiß den Namen der Gastgeber nicht mehr, tut mir leid. Meine Tante hat das alles organisiert. Wissen Sie, ich bin nicht von hier.«

»Das dachte ich mir schon, lassen Sie mich raten, Sie sind aus Georgia?«

Endlich sah sie ihn kurz an. »Ja.«

»Ich bin zurzeit aus geschäftlichen Gründen ein paar Tage in der Stadt«, log er. »Meine Plantage liegt einige Meilen weiter westlich. Charleston ist eine schöne Stadt und immer eine Reise wert. Was halten Sie von einem gemeinsamen Ausritt, ich zeige Ihnen die Stadt und die Umgebung.«

»Ich fürchte, ich habe für derartige Vergnügungen keine Zeit.«

Sie blieben stehen und warteten, während Ebru an einem Stand etwas besorgte.

»Warum habe ich das Gefühl, dass Sie mir bewusst ausweichen?«

»Tu ich doch gar nicht«, protestierte sie und sah ihm ins Gesicht. Sie hatte wunderschöne Augen, die in der Farbe von Bernstein schimmerten. Errötend wich sie ihm aus. Etwas war in ihrem Blick, das war ihm nicht entgangen.

»Ich habe auch kein Problem damit, Ihnen ein riesiges Blumenarrangement zu schicken, wie Mister Perkins es getan hat, dann müssen Sie mein Angebot annehmen, sonst wäre das unhöflich, nicht wahr?«, feixte er triumphierend.

»Sie sind gemein!«, tadelte sie ihn, wobei sie den amüsierten Unterton nicht verbergen konnte.

»Ich muss zugeben, man hat mir schon vieles auf den Kopf zugesagt, aber niemals, dass ich *gemein* sei.« Endlich schien der Knoten zwischen ihnen zu platzen, sie konnten beide über ihr Geplänkel lachen.

»Hören Sie, ich möchte Sie gerne wiedersehen, Miss Callahan.« Während er das sagte, wurde ihm bewusst, dass er das wahrhaftig wollte.

Sie sah ihn verständnislos an, studierte ausgiebig sein Gesicht, als könne sie darin lesen. Am liebsten hätte er sie in die Arme genommen und an sich gedrückt.

»Ich bezweifle, dass das eine gute Idee ist ...«

»Warum?«

Er setzte seinen ganzen Charme ein, von dem er wusste, dass er die Wirkung auf Frauen nicht verfehlte. Respektvoll griff er nach ihrer Hand und hauchte einen ergebenen Kuss auf ihren Handrücken. Verlegen schaute sie hastig nach rechts und links, ob jemand davon Notiz nahm, dann lächelte sie ihn scheu an.

»Ihr Anblick erfreut mein Herz und beflügelt meine Gedanken.« Er ließ sie nicht aus den Augen, während er das sagte. Sein Unterbewusstsein begehrte auf, warnte ihn, aber er ignorierte die innere Stimme. Ashley reizte ihn, und er wollte herausfinden, warum. Er konnte immer noch einen Rückzieher machen, solange er sie nicht um ihre Jungfräulichkeit brachte. Sie schmunzelte und ihre Augen leuchteten verräterisch. Zum ersten Mal bemerkte er ihre zarten Grübchen.

»Also gut, einverstanden, Mister Fletcher.«

Erst als ihre Sklavin hinter ihr verkündete, jetzt alles beisammen zu haben, schien sie zu bemerken, dass sie ihn immer noch ansah. Sie entzog ihm rasch die Hand und wandte den Blick ab. Er begleitete sie bis zum Stadthaus. Ihre Unterhaltung auf dem Weg hatte einen unverfänglichen Charakter und war weniger verkrampft.

Er blickte ihr nach, als sie auf die Haustür zuging. Als die Sklavin im Inneren verschwunden war, drehte sich Ashley noch einmal zu ihm um und lächelte verschmitzt.

Nachdem die Tür ins Schloss gefallen war, stieß er kraftvoll die Luft aus und entfernte sich rasch. Nur zäh setzte sein rationales Denken wieder ein. Er musste umgehend seine Mutter und auch Jeremy informieren, und ihnen mitteilen, wo er im Notfall zu erreichen wäre. Er konnte nur hoffen, dass es während seiner Abwesenheit nicht zu unangenehmen Zwischenfällen gekommen war. Auf dem Weg zum Postamt überlegte er, ob es sinnvoll wäre, einen Detektiv anzuheuern, der sich um die Angelegenheit kümmerte, während er hier in Charleston weilte und keine Ahnung hatte, ob der Hitzkopf soweit gehen würde, ihm die Gesetzeshüter auf den Hals zu schicken.

Er hatte sie erkannt, das stand fest. Er fluchte leise vor sich hin. Im Prinzip konnte er sich eine Liebelei zum gegenwärtigen Zeitpunkt gar nicht erlauben. Aber wenn er sich nun von Ashley distanzierte, wäre er vielleicht für weitaus Schlimmeres verantwortlich.

Nach dem Ball am Samstag würde er gehen müssen, länger konnte er unmöglich bleiben. Nachdenklich starrte er zur zweiten Etage des Börsenhauses empor, nachdem er das Postamt verlassen hatte. Er schlug einen Bogen um das Gebäude, dort, an der Nordseite des Exchange fanden üblicherweise die Sklavenauktionen statt, so auch am heutigen Tag.

Die Auktion war in vollem Gange. Das Angebot war vielfältig, von etwa zwölfjährigen Kindern bis zu Greisen war alles vertreten, darunter auch viele junge und kräftige Burschen, die sich für die Feldarbeit eigneten und besonders begehrt waren bei den Bietern.

Schon nach kurzer Zeit entdeckte er ein paar Schwarze, die sein Interesse weckten. Er reihte sich in die Anzahl der Bieter ein, als die entsprechenden Sklaven an der Reihe waren. Für eine Weile war er in seinem Element, und dachte weder an seine momentanen Schwierigkeiten noch an Ashley.

*

Tawinia fühlte sich ein wenig abgeschlagen und klagte über leichte Kopfschmerzen. Sie hatte sich hingelegt, um bis zum Abend wieder bei Kräften zu sein. Ashley fühlte sich schuldig, dass es der Tante nicht gut ging, immerhin hetzte sie ihretwegen von einer Veranstaltung zur nächsten.

Heute war der Ball bei Mrs. Sutten, der netten Dame, die sie auf der Überfahrt kennengelernt hatten. Ashley hatte immer davon geträumt, auf allen Bällen der Umgebung zu tanzen, sich wie eine Prinzessin zu fühlen und von vielen netten jungen Männern umschwärmt zu werden. Doch jetzt sah sie missmutig aus dem Fenster, hinunter auf das Treiben in der East Battery und hatte keine klare Meinung mehr zu alldem. Die Suche nach einem Ehemann frustrierte sie allmählich, außerdem lief ihnen langsam die Zeit davon.

Sie hatte schon diverse Herren kennengelernt und viele Aufmerksamkeiten und Einladungen erhalten. Alles wäre einfacher gewesen, hätte sie nicht den Druck, dass einer von ihnen um ihre Hand anhielt. Was, wenn Vater oder Rodney inzwischen herausgefunden hatten, dass sie belogen worden und bereits wutschnaubend auf der Suche nach ihr und ihrer Tante waren? Was würde dann aus ihr werden?

Sie war nicht so zuversichtlich wie Tawinia. Wenn es ihnen nicht gelänge, in Charleston jemanden für sie zu finden, dann würde sie Ashley in ihre Wahlheimat nach Florida mitnehmen, hatte Tawinia gesagt. Die Tante bemühte sich wirklich sehr, auch hatte sie ihr gute Ratschläge gegeben, wie sie den Gentlemen gegenüber auftreten solle, weil ihr aufgefallen war, dass sie sehr schüchtern wirkte, was bei denen nicht so gut ankam. Die Herren würden daraus schließen, dass sie eine überbehütete Tochter sei, um die man lieber einen Bogen machte.

Sie versuchte, sich die Tipps zu Herzen zu nehmen, aber sie konnte nichts dafür, dass sie unsicher war und nicht wusste, wie sie mit den Komplimenten umgehen sollte. Und auf das Erröten hatte sie leider keinen Einfluss. Ihr bislang einziger Versuch, offensiver zu sein, war gründlich danebengegangen und so peinlich, dass sie der Tante den Vorfall verschwiegen hatte. Es ging um Mr. Butchers, den sie auf dem ersten Ball kennengelernt hatte und recht sympathisch fand. Sie hätte ihn durchaus als Kandidat in Betracht gezogen. Zuerst hatten sie gelacht und gescherzt, und als er sie gefragt hatte, warum sie nach South Carolina gekommen war, hatte sie wahrheitsgemäß geantwortet, dass sie einen Ehemann finden müsse. Daraufhin hatte er sie schockiert angesehen und gemeint, dass er sich gewiss kein Kuckucksei unterschieben ließe. Dann hatte er sie abwertend von Kopf bis Fuß gemustert, den Schnitt ihres Kleides gelobt und war ohne ein weiteres Wort gegangen. Erst viel später hatte sie verstanden, welch absurde Schlussfolgerung er gezogen hatte.

Selbstverständlich war sie noch Jungfrau! Unweigerlich kam ihr die Erinnerung an den Aufseher Bill Gibson. Zum Glück hatte sie ihm rechtzeitig Einhalt geboten. Sie konnte nur hoffen, ihm nie wieder über den Weg zu laufen.

Tawinia hatte ihr des Weiteren den Rat gegeben, sich mehr auf die Männer über dreißig zu konzentrieren, da die eher auf Freiersfüßen wandeln würden. Schließlich war das ein Alter, in denen sich die Gentlemen bewusst wurden, dass es an der Zeit war, für Nachkommen zu sorgen.

Ashley seufzte, sie konnte sich nicht vorstellen, mit einem Mann verheiratet zu sein, der wesentlich älter als sie war. Sie träumte immer noch von einem starken Helden, der ihr Herz im Sturm eroberte und ihr die Welt zu Füßen legte. So, wie es in vielen Romanen geschrieben stand, die sie mit Hingabe verschlungen hatte. Er musste kein Prinz sein und auf einem weißen Pferd daherkommen, aber er sollte attraktiv sein und ihr Herz dazu verleiten, Purzelbäume zu schlagen. Der Einzige, der zumindest optisch ihren märchenhaften Träumereien nahekam, war der gut aussehende John Fletcher. Er konnte charmant sein, aber er hatte auch eine Art an sich, die es ihr schwermachte, den Mann einzuschätzen. Er schaffte es, sie ständig aus dem Konzept zu bringen, sodass sie sich in seiner Gegenwart wie ein kleines dummes Ding fühlte.

Natürlich war ihr der Name ihrer heutigen Gastgeber nicht entfallen, sie hatte bewusst gelogen, um zu verhindern, dass er ebenfalls auf dem Ball aufkreuzte.

Tawinia war auf dem Weg zu den Suttens guter Laune, ihre Kopfschmerzen hatten sich offenbar verflüchtigt.

Nun betraten sie den Festsaal und als Ashley sich umblickte, bedauerte sie es fast, Mr. Fletcher angeschwindelt zu haben. Sie rief sich zur Ordnung, es langte, dass sie ihn am Samstag auf dem Ball im Börsenhaus antreffen würde, und dann war da seine Einladung zum Ausritt beziehungsweise einer Kutschfahrt durch Charleston, die noch ausstand.

Die quirlige Mrs. Sutten begrüßte sie, führte sie herum und machte sie mit einigen Herrschaften bekannt, unter anderem mit den beiden Marshall-Söhnen, die in direkter Nachbarschaft zu den Suttens wohnten. Warren Marshall, der Ältere der beiden Brüder, zeigte sogleich großes Interesse an Ashley und nahm sich ihrer an. Er bedachte sie mit Komplimenten und untermalte sie mit Zitaten berühmter Dichter. Sie schmunzelte über die dick aufgetragenen Worte und gab sich beeindruckt, aber wenn sie ehrlich war, hätte sein Bruder Maurice ihr mehr zugesagt. Der hatte nur vielsagend gelächelt, als wüsste er, was nun folgte, nämlich, dass Warren sie gnadenlos vollquatschte. Wenigstens erwies er sich als guter Tänzer.

Im Laufe des Abends bekam sie auch Gelegenheit, mit Maurice zu tanzen, er tanzte ebenso gut wie sein Bruder, hatte aber ein ruhigeres Wesen und war ein angenehmerer Gesprächspartner. Im Gegensatz zu Warren verfügte er über einen natürlichen Charme und hatte es nicht nötig, sich zu profilieren.

Von Tawinia erfuhr Ashley, dass Mrs. Sutten ihr gesteckt hatte, Warren Marshall suche nach einer Ehefrau. Seine liebe Mutter sei schon ganz verzweifelt, dass er immer noch nicht die Richtige gefunden habe. Ashley zog eine säuerliche Miene. Jetzt war ihr klar, warum Mrs. Sutten sie zu dem Ball eingeladen hatte. Sie hoffte, ihre Nachbarin in dem Vorhaben, ihren Ältesten unter die Haube zu bringen, zu unterstützen.

»Was machst du denn für ein Gesicht?«, nörgelte Tawinia. »Misses Sutten sagt, dass die Plantage der Marshalls ganz ansehnlich ist, und er etwa einhundertfünfzig Sklaven sein Eigen nennt. Das ist doch nicht zu verachten.« Sie kam verschwörerisch noch einen Schritt näher. »Mal ehrlich, Ashley, unattraktiv ist er wahrlich nicht. Übrigens möchte Misses Marshall dich gerne kennenlernen.«

Ashley verdrehte die Augen. »Muss das denn sein?«, murrte sie. *Was interessierte sie Warrens Mutter?*

»Nun sieh bitte nicht alles von vornherein schwarz«, theatralisch seufzend fuhr Tawinia sich mit der Hand über die Stirn. Offenbar hatte die Tante erneut Kopfweh, also setzte Ashley ein falsches Lächeln auf und fügte sich in ihr Schicksal. Sie spürte bereits Mrs. Marshalls musternden Blick auf sich, während sie auf sie zugingen.

Die kritische Miene der korpulenten Frau wechselte in ein breites Lächeln, nachdem sich Ashley vorgestellt hatte. »Sehr, hübsch! So ein ebenmäßiges Gesicht und dieses wunderschön glänzende Haar, wirklich sehr hübsch.«

Ashley bedankte sich höflich, obwohl sie sich gerade wie eine Zuchtstute auf einer Pferdeschau vorkam. Tapfer ließ sie das Geplapper der Dame über sich ergehen, in dem sie alle Vorzüge ihres Ältesten in den Himmel lobte.

»Ich sah Sie beide vorhin miteinander tanzen. Ach Gott ...«, sie seufzte bühnengerecht. »Sie waren so ein wundervolles Paar. Ich habe sofort gesehen, dass mein Sohn total hingerissen von Ihnen ist, Miss Callahan. Ich kenne meinen Jungen, aber was die Wahl der zukünftigen Misses anbetrifft, macht er sich das Leben nur unnötig schwer. Ein kleiner Schubs in die richtige Richtung kann manchmal ganz sinnvoll sein.« Sie grinste verschwörerisch und kicherte über ihre eigenen Worte.

Von Warren Marshall selbst war keine Spur zu entdecken. Wahrscheinlich waren solche peinlichen Auftritte seiner Mutter nichts Neues für ihn und er hatte längst die Flucht ergriffen.

Maurice hingegen entdeckte sie mit einem Glas in der Hand neben zwei weiteren Gentlemen, vertieft in ein Gespräch. Kein Wunder, dass er ein ruhigeres Familienmitglied war, spottete Ashley im Geheimen, wahrscheinlich kam er neben Mutter und Bruder kaum zu Wort. Sein Blick schweifte umher und traf den ihren. Sie schenkte ihm ein höfliches Lächeln und gab dann weiter vor, interessiert seiner Mutter zu lauschen.

Es erschien Ashley wie eine Ewigkeit, bis sie Mrs. Marshall den Rücken kehren konnte.

»Du bist sehr anspruchsvoll«, raunte die Tante ihr zu, während sie anschließend an der Tanzfläche entlangschlenderten. »Ich bin mir nicht sicher, ob du dir damit einen Gefallen tust.«

Ashley antwortete nicht. Sie wusste selbst nicht, was mit ihr los war und warum ihr heute alles aufs Gemüt schlug. Warren war ein gut aussehender Mann und sicher eine ausgezeichnete Partie, aber wie konnte sie einem Mann ihre Gunst erweisen, wenn sie schon jetzt den Bruder interessanter fand?

Sie griff nach einem Glas Champagner und nahm einen kräftigen Schluck, obwohl sie erst im Beisein von Mrs. Marshall eines getrunken hatte, das auch nicht ihr erstes an diesem Abend gewesen war. War sie wirklich so anspruchsvoll, wie die Tante meinte? Ashley zog sich aus der Menge zurück, nachdem Tawinia von einem Ehepaar in Beschlag genommen wurde. Egal, wo sie auftauchten, es gab überall Menschen, die sie kannten oder solche, die sie als *die Deluca* identifizierten. Sie war auf jeder Veranstaltung ein gern gesehener Gast und blieb nie lange allein.

»Ich hoffe, meine Mutter hat Ihnen nicht die gute Laune verdorben?«

Maurice Marshall stand plötzlich an Ashleys Seite, sie hatte ihn gar nicht kommen sehen und war leicht zusammengezuckt. Sie lächelte schmal.

»Sie wissen, warum Ihre Mutter mich sprechen wollte?«

»Ich kann es mir denken. Es ging um Warren, habe ich recht?«

Ashley nickte und nippte an ihrem Champagner, sie sahen einander nicht an. »Ist Ihr Bruder nicht imstande sich selbst um eine Gemahlin zu bemühen?«

Sie hörte Maurice neben sich amüsiert schmunzeln. »Im Prinzip schon, doch Warren ist im letzten Monat dreißig geworden, daher möchte unsere Mutter den Prozess gern beschleunigen. Sie wünscht sich möglichst bald einen Erben, immerhin gehören wir Marshalls zu den alteingesessenen Familien hier, und sie möchte natürlich, dass es dabei bleibt, wenn Sie verstehen?«

Ashley bedachte ihn mit einem kurzen Seitenblick. »Wie ist Ihr Bruder denn so?«

Maurice räusperte sich. »Nun ... ähm, Pflanzer zu sein liegt ihm im Blut, er ist sehr gewissenhaft und ein würdiger Nachfolger unseres Vaters.«

Sie ließ seine Worte auf sich wirken. Was brachte es ihr, wenn die Mutter Warren zu einer Heirat drängte, die er womöglich gar nicht wollte? Oder Mrs. Marshall und Tawinia sie beide überzeugen mussten, eine Ehe einzugehen? Was war dann mir ihrer freien Entscheidung? Die Verbindung wäre ebenso arrangiert wie jene, die Vater und der alte Fulgham im Auge hatten.

»Was ist mit Ihnen, wie stehen Sie zum Thema Ehe?«

Maurice lachte. »Selbstverständlich möchte ich einmal heiraten und Vater vieler Kinder werden, aber zum Glück bedrängt mich niemand. Ich kann meine Entscheidung treffen, wann immer ich es für richtig erachte.«

Als sich ihre Blicke trafen, bemerkte sie das amüsierte Funkeln in den Augen und das Schmunzeln auf seinen Lippen. Ihr wurde gewahr, wie ihre Formulierung geklungen haben musste, und sie spürte, wie ihr eine tiefe Röte ins Gesicht schoss. Hastig wandte sie den Blick ab und leerte ihr Glas. Zu ihrer Erleichterung kam just in dem Augenblick ein Sklave mit einem Tablett vorbei. Sie tauschte ihr Glas gegen ein volles und trank sogleich, um ihn nicht ansehen zu müssen.

»Sie müssen ja nichts übers Knie brechen, Miss Callahan. In ein, zwei Jahren ist es für Sie immer noch früh genug, ans Heiraten zu denken.«

»Mag sein, aber leider habe ich diese Zeit nicht.« Ashley hatte sich wieder gefangen. »Mir bleiben vielleicht drei Wochen, ansonsten will mein Vater mich mit dem

Sohn seines einst besten Freundes verheiraten, einem unsympathischen und widerwärtigen Gesellen.«

»Verstehe!« Maurice war ernst geworden. »Das ist in der Tat ein Problem.«

Warren hatte sie entdeckt und bahnte sich vom anderen Ende des Saales durch die Tanzenden einen Weg zu ihnen.

»Warren ist kein schlechter Mensch«, bekräftigte er. Ihre Blicke trafen sich erneut, dieses Mal war es jedoch Maurice, der auswich. »Urteilen Sie nicht vorschnell.«

Hatte er enttäuscht geklungen oder bildete sie es sich nur ein, weil sie wünschte, dass er enttäuscht wäre? Er verabschiedete sich überstürzt und ließ sie mit seinem Bruder allein.

»Meine Mutter plant schon unsere Hochzeit.« Warren lachte überzogen und musterte sie übertrieben von Kopf bis Fuß, als sähe er sie in diesem Augenblick zum ersten Mal. »Na ja, hübsch sind Sie ja. Es könnte mich schlimmer treffen, was meinen Sie?«

»Sehr charmant!«, zischte Ashley.

»Meine Mutter liegt mir schon seit einiger Zeit in den Ohren, dass ich mich vermählen solle. Dieses Mal ist sie wahrlich über das Ziel hinausgeschossen. Sehen Sie es ihr nach, sie meint es nicht böse.« Sein Blick heftete sich auf ihr Dekolleté. »Aber ich muss zugeben, meinen Geschmack treffen Sie definitiv, Miss Callahan. Sie sind eine Augenweide.« Er trat näher an sie heran.

Ashley spürte seine Hand an ihrem Rücken und wusste nicht, wie sie sich verhalten sollte. Um sich zu beschäftigen, leerte sie ihr Champagnerglas. Das edle Getränk wie Tafelwasser zu genießen, zeigte bereits Wirkung. Sie war in South Carolina, um einen Ehemann zu finden, damit sie nicht an Lester Fulgham geriet, alles lief nach Plan, warum nur fühlte sie sich dann so furchtbar? Das Bild von John Fletcher erschien vor ihrem inneren Auge, wie schon einige Male an diesem Abend.

»Ich gebe zu, ich lasse mich ungern an die Kette legen«, redete Warren weiter, »aber wer weiß, vielleicht sind Sie mein Schicksal. Warum lassen Sie uns das nicht herausfinden? Gewähren Sie mir einen weiteren Tanz, Miss Callahan?«

Bevor Ashley reagieren konnte, zog er sie aufs Tanzparkett. Hilflos blickte Ashley sich um, sie entdeckte Mrs. Sutten neben Mrs. Marshall, die heftig tuschelten und in ihre Richtung schauten. Ashley spürte Tränen in die Augen steigen. Am liebsten wäre sie von der Tanzfläche geflohen, doch das hätte Gerede nach sich gezogen. Zu allem Übel spielte das Orchester ein besonders langsames Musikstück, das vor allem die älteren Herrschaften oder verliebte Paare auf die Tanzfläche zog. Warren Marshall war ein guter Tänzer, doch er zog sie näher an sich, als es der Anstand gebot. Ashley wagte nicht zu protestieren, da sich die Auswirkung des Alkohols, trotz der gemäßigten Drehungen, nicht ignorieren ließ. Sie konzentrierte sich auf ihre Füße und war froh, als die Musik ausklang.

Warren wollte sie zu ihrer Tante geleiten, aber Ashley brauchte dringend frische Luft, sie musste wieder einen klaren Kopf bekommen. Mit einer fadenscheinigen Entschuldigung ließ sie ihn stehen und eilte, so rasch es ohne aufzufallen möglich war, zum nächsten Ausgang.

Die Terrasse war leer und die Temperatur angenehm kühl. Tief sog sie die wohltuende Abendluft in ihre Lungen. Ihr Umfeld drehte sich leicht, als befände sie sich noch beim Tanz. Augenscheinlich hatte sie einen Schwips, von dem die Tante nicht unbedingt erfahren musste. Das erinnerte sie an ihren ersten Abstecher auf die Terrasse, damals, zusammen mit Steve Flowers. Und nachdem sie wieder den Ballsaal betraten, war sie ihm das erste Mal begegnet, John Fletcher. Die Art, wie er sie angesehen hatte, war ihr noch lebhaft in Erinnerung, der intensive Blick, als würde er direkt in ihre Seele blicken ...

»Fühlen Sie sich nicht wohl, Miss Callahan?« Warren Marshall war ihr auf die Terrasse gefolgt. Er klang ernstlich besorgt.

»Es geht mir gut, haben Sie vielen Dank. Ich brauche nur ein wenig frische Luft«, erwiderte sie höflich, lächelte, und wandte ihm wieder den Rücken zu. Sie hoffte, er würde sich mit der Antwort begnügen und gehen, aber er dachte nicht daran. Ihr Griff um die Balustrade verstärkte sich, als er plötzlich so dicht hinter ihr stand, dass sie seinen Atem im Nacken spürte. Fast zeitgleich spürte sie seine Hände an ihrer Taille.

»Ich kann verstehen, dass Sie durcheinander sind«, hörte sie ihn sagen. »Es tut mir leid, dass meine Mutter Sie in diese Situation gebracht hat, und ich fürchte, ich habe mit meinem Verhalten ebenfalls dazu beigetragen.«

Erstaunt blickte sie über ihre Schulter, da war nichts mehr von seiner Überheblichkeit. Hatte sie sich in ihm getäuscht? Sie konnte sein Gesicht in der dunklen Ecke kaum erkennen. Ashley konnte später nicht sagen, wie er es geschafft hatte, sie so geschickt zu drehen, dass sie ihm zugewandt war. Dann spürte sie seine Lippen auf ihren. Sie wollte sich wehren, aber zu ihrem eigenen Erschrecken tat sie nichts. Sie schlang ihm die Arme um den

Hals und ließ zu, dass er sie küsste. Es war aufregend wie einst mit dem Aufseher Bill. Erst als ein Pärchen kichernd und albernd auf die Terrasse stolperte, wurde sie sich ihrer Handlung bewusst.

Vorsichtig, aber bestimmt schob sie ihn von sich.

»Wir sollten das nicht tun«, flüsterte sie aus Angst, die beiden könnten sie hören.

Sie drängte sich an ihm vorbei, zurück in den Ballsaal. Zu ihrer Erleichterung folgte er ihr nicht. Unverzüglich suchte sie ihre Tante auf, schützte Unwohlsein vor und bat darum, sofort gehen zu wollen.

Tawinia war überrascht und zeigte sich besorgt, stellte aber zum Glück nicht allzu viele Fragen.

»Ich habe es mit dem Champagner wohl etwas über- trieben«, versuchte Ashley zu erklären, nachdem sich die Kutsche in Bewegung gesetzt hatte. Tatsächlich fühlte sie plötzlich eine leichte Übelkeit.

»So was in der Art habe ich mir fast gedacht«, tadelte Tawinia streng.

Ashley lehnte den Kopf gegen die weich gepolsterte Kopfstütze und gab vor zu schlafen, um dem Vortrag der Tante zu entgehen.

An diesem Abend sank sie sofort in einen tiefen Schlaf, kaum dass sie sich in ihr Bett gelegt hatte.

Am Morgen war Ashley etwas flau im Magen, aber nach- dem sie ein kleines Frühstück zu sich genommen hatte, fühlte sie sich besser. Da Tawinia heute länger schlief, hatte sie ausreichend Zeit, den Ballabend Revue passie- ren zu lassen.

Vor sich hin sinnend verglich sie Gilbert Perkins mit Warren Marshall. Was sollte sie tun? Nach über einer

Stunde war sie keinen Schritt weiter. Sie beschloss, eine Entscheidung zu verschieben, und entschied spontan, endlich den Brief ihrer Freundin Prudence zu beantworten. Inzwischen musste das frisch vermählte Paar längst von ihrer Hochzeitsreise zurückgekehrt sein.

Ashley schrieb, wie aufregend es in Charleston sei und schwärmte von den Veranstaltungen, die sie besucht hatte, verlor aber kein Wort über Lester Fulgham oder jene Gentlemen, die sie zwischenzeitlich kennengelernt hatte.

An diesem Tag lag nichts an, Tawinia verfolgte eigene Pläne und hatte am Nachmittag zwei Damen gleichen Alters zum Tee geladen. Ashley hatte ihren Brief mittlerweile beendet und beschloss, ihn sogleich zum Postamt zu bringen. Aus dem kleinen Salon drang eifriges Geschnatter, sie schmunzelte, als sie daran vorbeiging. Sie wollte nicht stören, immerhin hatte die Tante die ganze Zeit ihre eigenen Pläne hintangestellt.

So machte sich Ashley allein auf den Weg, entgegen Tawinias Anordnung, immer jemanden dabeizuhaben, wenn sie das Haus verließ. Zudem war Ebru wegen der Gäste ohnehin nicht abkömmlich.

Es herrschte reger Betrieb in den Straßen. Sie war mit Tawinia oft genug am Postamt vorbeigefahren und kannte den Weg. Zielstrebig marschierte sie los. Rund um das Gebäude war ein riesiger Andrang, etliche Lieferanten waren vorgefahren und die Männer schleppten unermüdlich Fässer, Kisten und andere Behälter hinein. Morgen würde im zweiten Stock der große Pflanzerball stattfinden, bei dem sie auch zu Gast sein würde. Von außen sah es wenig eindrucksvoll aus.

In Gedanken versunken blickte sie nach oben, als sie aus dem Postamt trat.

»Der Eindruck täuscht«, raunte ihr jemand ins Ohr.

Ashley zuckte zusammen und fuhr herum. »Mister Fletcher! Was machen Sie hier?«

Fletcher lachte auf, während Ashley sich über ihre dämliche Frage ärgerte. »Nun, ich hatte ein paar Formalitäten zu erledigen, wegen der Überführung meiner neu erworbenen Sklaven.«

»Verstehe!« Sie musterte ihn diskret. Selbst in schlichter Tageskleidung sah er atemberaubend gut aus. Seine Nähe begann sie nervös zu machen.

Er blickte sich suchend um. »Und was machen Sie hier, ganz ohne Begleitung?«

»Ähm ... ich, ich habe einen Brief an eine Freundin aufgegeben.« Fahrig wies sie hinter sich zum Eingang des Postamtes. Innerlich fluchte sie, dass sie Mühe hatte, sich nicht in ihren eigenen Worten zu verhaspeln. »Tante ... Ich meine, meine Tante hat zurzeit Gäste und ich habe sie nicht stören wollen.«

»Dann haben Sie sicherlich nichts dagegen, wenn ich Sie begleite? Immerhin schulden Sie mir eine Verabredung.« Er lächelte siegessicher.

»Ich fürchte, dafür bin ich nicht passend gekleidet.«

»Da haben wir etwas gemeinsam, ich auch nicht!«

Automatisch musste sie lachen, ihre Blicke begegneten sich und verweilten kurz.

»Mein gemieteter Einspänner steht um die Ecke, er verfügt über eine ausreichend breite Sitzgelegenheit. Auf diese Weise kämen wir beide doch noch zu unserer Kutschfahrt durch Charleston.«

Sein Vorschlag hatte etwas Verwegenes und die Aussicht, ihm so gefährlich nah zu sein, ließ ihren Herzschlag in die Höhe schnellen. »Das wäre nicht sehr schicklich.« Röte stieg ihr ins Gesicht, wofür sie sich verfluchte.

»Ich bitte Sie, Miss Callahan. Ich habe Ihnen eine Einladung für morgen Nachmittag zukommen lassen, auf die Sie noch nicht reagiert haben. Sie sind mir immer ausgewichen, sehen Sie es als einen Wink des Schicksals, dass wir uns hier begegnet sind und das allein. Ich verspreche Ihnen, mich zu benehmen, und meine Hände an den Zügeln zu belassen. Wenn ich Sie recht verstanden habe, weiß Ihre Tante gar nicht, dass Sie sich davongeschlichen haben, also wird sie Sie auch nicht vermissen.«

Wenn Ashley ehrlich war, fand sie es beeindruckend, wie er sich bemühte und ehe sie sich versah, hatte sie seinem Vorschlag zugestimmt. Ein aufregendes Kribbeln hatte sich in ihrem Körper ausgebreitet. Hoffentlich merkte die Tante wirklich nicht, dass sie sich nicht in ihrem Zimmer befand.

Sie hatte weiche Knie, als er ihr auf den Kutschbock half. Ob es an seiner Nähe lag oder dem Rausch, etwas Verbotenes zu tun, darüber war sie sich nicht sicher. Innerlich flehte sie, dass sie niemandem begegnen würde, der sie erkannte.

Die *ausreichend breite Sitzgelegenheit* war heftig übertrieben, wie Ashley schnell feststellte. Sie mussten eng aneinanderrücken, sodass ihre Körper sich berührten.

Sicher und routiniert lenkte Fletcher das Gefährt durch die Charlestoner Straßen. Er kannte sich gut aus, obwohl er ja ebenfalls nicht von hier stammte. Allmählich ließ ihre Nervosität nach und sie fühlte sich wohl an seiner Seite. Immer häufiger trafen sich ihre Blicke und jedes

Mal lächelte er sie so verschmitzt an, dass sie nicht anders konnte, als das Lächeln zu erwidern.

»Ist das Gebäude nicht bemerkenswert geworden?« Er wies auf die neuerbaute Market Hall zu ihrer Rechten, an der Arbeiter Hand an letzte Außenarbeiten legten.

Ashley nickte beeindruckt, obwohl sie den Komplex schon einige Male von der Kutsche aus gesehen hatte, wenn sie mit Tawinia unterwegs war. Fletcher hatte sich dabei näher zu ihr geneigt und sie genoss die Nähe. Sie spürte, dass er mehr sie betrachtete als die Market Hall, während er sprach.

»Zwei Jahre sah man an diesem Platz nur die Überreste des Brandes, ein unschöner Schandfleck.«

Er hielt das Gefährt an.

»Vor dem vernichtenden Feuer waren hier ein Rindfleischmarkt sowie ein Markt für Landprodukte und auch der Fischmarkt untergebracht«, erklärte er weiter. Seine Brust berührte ihre Schulter und sein Arm ruhte hinter ihrem Körper auf der schmalen Lehne der Sitzbank.

Ashley schluckte und wagte kaum zu atmen. Sekunden des Schweigens verstrichen.

»Zu dumm, dass ich versprochen habe, Ihnen nicht zu nahe zu treten ...«, hauchte er ihr ins Ohr und ein wohliger Schauer lief ihren Rücken hinab.

Sie schaute zu ihm auf und sein Anblick zog sie derart in den Bann, dass es ihr unmöglich war, das Gesicht abzuwenden.

»Ich kann mich an kein Versprechen erinnern«, wisperte sie wie hypnotisiert.

Er zeigte kurz ein schiefes Grinsen, dann fasste seine Hand nach ihrem Kinn und Augenblicke später berührten sich ihre Lippen. Hitze wallte in Ashley auf, seine Berührung war zartfühlend und hingebungsvoll, ohne dass sie zu fordernd war.

»Verdammt! Wir bekommen Gesellschaft«, brummte Fletcher und nahm die Zügel wieder auf.

Sie war so gefangen gewesen, dass sie ganz vergessen hatte, wo sie sich befanden. Eine Reisekutsche kam ihnen entgegen und seitlich aus der Meeting Street näherten sich Reiter. Ashley senkte den Kopf und zog ihren breitkrempigen Hut tiefer ins Gesicht, als der Gegenverkehr passierte.

»Ich glaube es nicht, wir haben uns auf öffentlicher Straße geküsst!« Sie prustete los und schüttelte ungläubig den Kopf.

Fletcher lachte. »Sagen Sie nicht, dass Sie unseren Kuss bereuen.« Er sah nach vorn, während er rechts in eine Straße abbog, dann blickte er sie herausfordernd an. »Ich kann nichts dafür! Sie haben mich entflammt und ich brenne darauf, Sie erneut zu küssen, intensiv und leidenschaftlich.«

Ashley kicherte über seine witzig vorgetragene Äußerung, obwohl ihr im selben Moment klar wurde, dass sie es auch wollte. Ihre Blicke trafen sich und sie lachten beide.

Über Umwege steuerte Fletcher den *White Point Garden* an, einen öffentlichen Garten mit spektakulärem Blick auf die Bucht, wo die Flüsse Ashley und Cooper in den Atlantischen Ozean münden. Fletcher machte Scherze in Verbindung mit ihrem Namen und dem Fluss Ashley.

Fletcher parkte den Einspänner in der Nähe des Einganges und half ihr beim Absteigen. Länger als erforderlich beließ er seine Hände an ihrer Taille.

Der Park war um diese Uhrzeit nur mäßig besucht. Ashley erfreute sich an den vielen dekorativ angelegten Blumenrabatten und der Artenvielfalt der Blumen, die in allen Farben leuchteten. Sie fühlte sich wie im siebten Himmel, an seinem Arm durch den gepflegten Garden zu flanieren. Es fühlte sich alles richtig an. Begeistert lauschte sie, als er von der Plantage berichtete und liebevoll von seiner Mutter sprach, die ebenfalls die bunte Pracht der Blumen liebte. Gelegentlich wies er auf die eine oder andere Blumenart und erklärte, wo sie auf seinem Anwesen zu finden waren.

Mit Wehmut dachte Ashley daran, dass es auf dem Grund und Boden der Callahans bloß Rasenflächen rund ums Herrenhaus gab, die von den Sklaven gepflegt wurden.

In der Mitte des Gardens befand sich ein halb offener Pavillon. Als betrete er sein Privateigentum, deutete Fletcher eine Verbeugung an und bat Ashley hinein. Sie kicherte vergnügt. Unvorbereitet zog er sie in die Arme und sie konnte einen kurzen Aufschrei nicht unterdrücken. Erschrocken blickte sie sich um, ob sie jemand gehört haben könnte. Aber das Pärchen, das in einigem Abstand hinter ihnen gewesen war, war nirgends mehr zu entdecken und auch sonst schien sich niemand in ihrer Nähe zu befinden.

Ihre Aufregung stieg, als sie begriff, dass sie allein waren – zumindest für den Moment. Ihre Blicke versanken ineinander, während er sanft über ihre Wange strich und mit dem Daumen die Konturen ihrer Lippen nachzeichnete.

»Wussten Sie, dass ich mich gestern Abend heimlich

auf drei verschiedene Veranstaltungen geschlichen habe, in der Hoffnung Sie zu treffen?«

»Sie scherzen!« Ashley versuchte, sich ihren inneren Freudentaumel nicht anmerken zu lassen.

»Nein, keineswegs! Umso mehr freue ich mich, dass das Schicksal heute ein Einsehen zeigt.« Langsam kam sein Gesicht näher.

Ein Seufzen entwich ihr, als ihre Lippen sich berührten, und ein angenehmes Prickeln durchflutete sie. Ihre Körper waren einander so nahe, dass sie das Schlagen seines Herzens spürte. Sie nahm Johns Wärme und den männlichen Duft wahr, gleichzeitig hatte sie das Gefühl, dass ihre Beine sie nicht länger tragen würden. Haltsuchend klammerte sie sich an ihn und erwiderte die sinnlichen Küsse. Die Welt um sie herum war vergessen, alles, was zählte, war die aufregende Nähe von John Fletcher. Begierig hielt sie mit, als der Kuss ungestümer und fordernder wurde. Nie zuvor hatte sie so etwas Berauschendes erlebt. Eng umschlungen genoss jeder die Nähe des anderen. Glücklich lehnte sie ihren Kopf an Johns Schulter, während seine Hand über ihren Rücken strich. Verträumt schaute sie zu ihm auf, als seine Finger zart ihren Nacken berührten, ehe sie erneut in einen verzehrenden Kuss verschmolzen.

Keuchend unterbrach er die Intimität, nur widerstrebend öffnete sie die Lider. Er sah sie an, und sie glaubte Erstaunen in seinen Blicken zu lesen. Aber sie war zu bewegt, um etwas zu sagen, dankbar schloss sie die Augen wieder, als er erregende Küsse auf Gesicht und Hals bis hinunter zum Ansatz ihres Kleides verteilte. Johns Hand lag neben ihrem Busen, seine Fingerspitzen begannen vorsichtig deren Wölbung zu erkunden.

»Du bist eine atemberaubende Frau«, raunte er ihr ins Ohr.

Ashley biss sich auf die Lippen, um keinen Laut von sich zu geben, als sein Daumen über ihre verhärtete Brustwarze fuhr.

Unerwartet hörte er auf und vergrößerte den Abstand zwischen ihnen. Enttäuschung wallte in ihr auf, aber dann hörte sie es auch – Stimmen. Sie waren nicht länger ungestört.

Zwei Herren hielten gemächlich schwatzend auf den Pavillon zu. Sie blieben stehen, redeten, einander zugewandt und bewegten sich weiter vorwärts. Noch schienen die beiden sie nicht bemerkt zu haben.

»Ich fürchte, wir müssen uns auf den Rückweg begeben«, erklärte Fletcher.

Ashley war jedes Zeitgefühl verloren gegangen, verlegen überprüfte sie den korrekten Sitz von Haar und Kleidung, obwohl es da nichts zu korrigieren gab. Als wäre nichts geschehen, verließen sie ihr kleines Refugium.

Die beiden Gentlemen lüfteten zum Gruße ihren Hut und setzten ihr Gespräch fort.

Aus Angst, Tawinia könnte gerade aus dem Fenster schauen, ließ sie sich wenige Häuser vor ihrem Stadthaus absetzen.

»Miss Ashley, da sind Sie ja endlich«, empfing Ebru sie aufgeregt. »Ihre Tante hat schon nach Ihnen gefragt, ich habe gesagt, Sie seien über Ihrer Lektüre eingeschlafen. Bitte verraten Sie mich nicht, ich wäre untröstlich, wenn Ihre Tante böse auf mich wäre, weil ich sie angelogen habe. Sie war immer gut zu uns.«

Schmunzelnd beruhigte sie die Sklavin und schlich sich in ihr Zimmer. Sie war noch immer von dem Erlebten gefangen. Eines stand für sie fest: Kein anderer Mann als John Fletcher kam für sie als Gemahl infrage. Sie betrachtete sich in dem großen Ankleidespiegel und berührte mit den Fingerspitzen selig ihre Lippen, die er auf so unglaubliche Weise liebkost hatte. Glücklich drehte sie Pirouetten durchs Zimmer und ließ sich schließlich schwungvoll aufs Bett fallen.

Erst zum Dinner sah sie die Tante. Erleichtert stellte Ashley fest, dass ihr kleiner Ausflug unbemerkt geblieben war. In Erinnerung schwelgend berichtete Tawinia ausführlich von ihrer Teegesellschaft. Ashley schützte Interesse vor, hörte aber nur mit halbem Ohr hin. Gelegentlich zeigte sie einen erstaunten Gesichtsausdruck oder pflichtete der Tante lächelnd bei. Umso überraschter war sie, als Tawinia sie nach dem Dinner in den kleinen Salon zu einem Gespräch bat. Beunruhigt nahm sie auf dem Sofa Platz, während die Tante stehen blieb und sie eine Weile schweigend musterte.

»Morgen Abend ist der große Ball im Börsenhaus«, begann sie gedehnt. »Es wird eine Vielzahl der Gentlemen, deren Bekanntschaft du bereits gemacht hast, anwesend sein, aber auch etliche andere potenzielle Herren.«

Sie legte die Hände auf die Rückenlehne des Sessels vor ihr und blickte Ashley geradewegs an.

»Hugh dürfte inzwischen aufgegangen sein, dass wir ihn angeschwindelt haben, und wahrscheinlich sind sie schon auf der Suche nach uns.«

Ashley senkte den Blick. Es wäre eine Katastrophe, wenn ihr Vater oder Rodney sie jetzt ausfindig machen sollten. Sie wagte nicht, sich auszumalen, was es für sie bedeuten würde. Womöglich könnte sie John Fletcher niemals wiedersehen.

»Mir ist nicht entgangen, dass du heute mit den Gedanken ganz woanders bist, meine Liebe. Du hast mir beim Dinner kaum zugehört und nur mit glänzenden Augen vor dich hingeträumt.«

Erschrocken sah Ashley auf, senkte aber den Blick sogleich wieder. War es so offensichtlich gewesen? Betreten starrte sie auf ihre Hände im Schoß.

»Wie mir scheint, hast du dich verliebt«, redete Tawinia weiter.

Ashley schluckte und die Röte schoss ihr ins Gesicht.

Sie hörte, dass die Tante schmunzelte, als sie weitersprach: »Nun, ich persönlich hätte für Mister Perkins plädiert, er schien mir ehrlich und seriöser, aber Warren Marshall ist natürlich der attraktivere Gentleman von den beiden, da muss ich dir leider zustimmen.«

Ashleys Kopf flog hoch. Dachte die Tante etwa, sie hätte Gefühle für Warren Marshall entwickelt? Schnell war ihr klar, dass dem so war. Wie könnte es anders sein, denn von ihrem Beisammensein mit Fletcher ahnte sie schließlich nichts. In ihrem Kopf überschlugen sich die Gedanken, wie sollte sie erklären, dass es sich nicht um Warren handelte, ohne ihren heimlichen Ausgang zu beichten?

»Nun, Mister Marshall wäre eine Partie, der jener mit Lester Fulgham mit Sicherheit ebenbürtig ist, aber wir sollten die Starrköpfigkeit deines Vaters dabei nicht außer Acht lassen.«

Ashley schwieg betroffen. Sie musste einen diplomatischen Weg finden, ihr zu erklären, dass ihr Herz für John

Fletcher und nicht für Warren Marshall schlug. Vielleicht könnte das morgige offizielle Treffen mit Fletcher dazu hilfreich beitragen. Andererseits empfand sie auch Unsicherheit, sie hatte keine Garantie, dass er für sie die gleichen Gefühle hegte. Was, wenn sie nur ein Abenteuer für ihn bedeutete? So wie sie es anscheinend für Bill Gibson gewesen war?

»Allerdings hängt diesem Warren Marshall der Ruf an, ein Casanova zu sein, der jedem Rockzipfel nachrennt«, seufzte die Tante. »Aber du bist eine äußerst attraktive junge Dame, es sollte dir nicht schwerfallen, seine Leidenschaft zu entfachen und zu schüren, sodass er nur noch Augen für seine Gemahlin hat«, schwärmte Tawinia.

»Und wie mache ich das?«, hakte Ashley, neugierig geworden, nach. Immerhin schien Fletcher ebenso einen gewissen Hang zum Schürzenjäger zu haben.

»Was?« Irritiert stoppte Tawinia ihr Auf- und Abgehen und sah sie an.

»Na, seine Leidenschaft wecken und so?« Aufgeregt rutschte sie bis zur Sofakante vor.

Tawinia räusperte sich. »Ähm ... nun ja ... äh.« Offenbar suchte sie nach den richtigen Worten. »Dazu müsstest du wissen ... ähm, ich meine ... hast du überhaupt eine Vorstellung von dem, was ... also was Mann und Frau im Ehebett miteinander tun?«

Ashley dachte kurz darüber nach. »Nein ... konkret eigentlich nicht. Ist das denn wichtig?«

Tawinia gab einen Laut von sich, der einem hilflosen Schnauben glich.

»Ich denke, der Mann wird schon wissen, was zu tun ist.«

»In der Tat!« Tawinia stöhnte und holte tief Luft. »Wie dem auch sei, bevor es so weit ist, wird wohl ein aufklärendes Gespräch vonnöten sein.« Sie ging zur Vitrine hinüber und hantierte mit den Gläsern. »Möchtest du auch einen Sherry?«

Ashley lehnte dankend ab. Gern hätte sie das Gespräch vertieft, um mehr zu erfahren, aber zu ihrer Enttäuschung wechselte sie das Thema, als sie mit dem Glas in der Hand zurückkam.

»Mister Perkins hat uns für morgen Mittag zum Lunch in ein nobles Restaurant eingeladen. Ich denke, solange Mister Marshall dir noch keinen Antrag gemacht hat, solltest du seine Einladung annehmen. Es kann nicht schaden, sich eine zweite Option offenzuhalten.«

»Aber das geht nicht!«, begehrte Ashley auf.

»Warren Marshall hat dir lediglich einen Blumengruß zukommen lassen, vermutlich wird er seine Entscheidung erst nach dem Ball bekannt geben, und ...«

»Ich bin mit Mister Fletcher verabredet.«

»Fletcher?« Tawinia rümpfte die Nase. »Doch nicht etwa der Flegel, der sich im Theater so unmöglich aufgeführt hat?«

»Er hat sich längst für sein Benehmen entschuldigt. Er dachte, ich gehöre zu jenen Damen, die sich ganz bewusst den Gentleman mit der größten Geldbörse angeln.«

»Und das glaubst du ihm?« Tawinia schüttelte ungläubig den Kopf. »Da muss mehr dahinterstecken. Ich halte das für eine banale Ausrede, sie passt nicht zu seinem aggressiven Verhalten an jenem Abend.«

»Er ist keineswegs aggressiv«, protestierte Ashley, »auch wenn er mir anfangs sehr suspekt war. Ich habe

165

mich auf dem Ball eine Weile mit ihm unterhalten, er ist nett. Elaine fand das ebenfalls.«

Skeptisch musterte die Tante sie. »Der Mann spielt nicht mit offenen Karten, er verbirgt etwas, das spüre ich. Außerdem scheint ihn niemand zu kennen, er kann dir wer weiß was erzählen. Ich traue ihm nicht! Halt dich lieber von ihm fern. Du weißt, warum wir hier sind, nicht wahr? Um dir einen adäquaten Ehemann zu suchen. Damit wir uns richtig verstehen: Ich trage die Verantwortung für dich, seit ich dich quasi entführt habe, ich möchte mir anschließend keine Vorwürfe machen müssen. Du musst wissen, es gibt nicht nur ehrenwerte Männer. Und noch etwas, es wäre hilfreich, wenn der morgige Ball zu dem gewünschten Antrag führen würde, damit wir deinem Vater einen Schritt voraus bleiben.«

Ashley starrte wortlos vor sich hin. Sie begann, sich vor dem anstehenden Ereignis zu fürchten. Sie alle würden auf diesem Ball anwesend sein, Perkins, Marshall und natürlich Fletcher. Was wäre, wenn ihr Schwarm noch gar keine Eheschließung im Sinn hatte?

Ihr war zum Davonrennen zumute, aber die einzige Alternative war Lester Fulgham, also riss sie sich zusammen.

In Bezug auf John Fletcher ließ die Tante nicht mit sich reden, sie bestand darauf, die von Mr. Perkins ausgesprochene Einladung zum Lunch anzunehmen und die Verabredung mit Fletcher abzusagen. Einer der Sklaven sollte ihm die Nachricht überbringen.

Ashley war zutiefst deprimiert und betete, er möge die Absage nicht falsch deuten. Sie musste auf dem Ball einen Weg finden, es ihm zu erklären.

Der Lunch zog sich unendlich hin. Obwohl das Menü vortrefflich war, würgte sie beinahe jeden Bissen hinunter und hoffte, diese Scharade bald beenden zu können.

Wie nicht anders zu erwarten war, zeigte sich Mr. Perkins als perfekter Gentleman, war höflich und zuvorkommend, allerdings, wie Ashley fand, auch sehr steif und förmlich, als befände er sich auf einem Geschäftsessen.

Gelegentlich erntete sie einen mahnenden Blick von Tawinia, weil sie sich kaum an den Gesprächen beteiligte. Als Mr. Perkins sich kurz entschuldigte und sich einige Meter vom Tisch entfernte, nachdem ein offensichtlicher Geschäftspartner ihn um eine kleine Unterredung gebeten hatte, wurde sie von Tawinia verärgert ins Gebet genommen. »Was ist eigentlich mit dir los? Du ziehst ein Gesicht wie auf einer Beerdigung.«

»Ich habe dir gesagt, dass ich gegen dieses Treffen bin. Er ist mir zuwider! Und außerdem viel zu alt für mich.«

Tawinia gab einen Laut der Empörung von sich. »Ich bitte dich! Was erwartest du eigentlich? Er ist ein vermögender und einflussreicher Plantagenbesitzer, dazu ein Mann mit perfekten Manieren und im besten Mannesalter.«

»Dann nimm du ihn doch!«, fauchte Ashley.

»Ashley!« Verärgert fächerte die Tante sich heftig Luft zu. »Für mich wäre er wohl bei Weitem zu jung! Du bist undankbar, meine Liebe. Vielleicht hätte ich mir vorher diesen Lester Fulgham mal anschauen sollen, um mir selbst ein Bild von ihm zu machen. Allmählich glaube ich nämlich, dass er ebenso zu Unrecht Opfer deiner übersteigerten Missbilligung geworden ist.«

Die scharfen Worte der Tante trieben ihr die Tränen in die Augen. Sie verbarg das Gesicht hinter ihrem Fächer, biss sich auf die Unterlippe und kämpfte verzweifelt dagegen an, dass sich eine Träne löste. Nein, ihre Furcht vor Fulgham war berechtigt!

Perkins kehrte zum Tisch zurück, und Ashley verdrängte die grässlichen Bilder der Erinnerung und bemühte sich um Haltung.

Erleichtert betrat sie eine Stunde später das Stadthaus. Tawinia hatte seit dem Schlagabtausch im Restaurant kein Wort mehr zu ihr gesagt. Sie bat Ebru, ihr einen Kräutertee aufs Zimmer zu bringen, und wünschte dann, nicht mehr gestört zu werden.

Betrübt schaute Ashley sie von der Seite an und überlegte, was sie sagen sollte, entschied aber, ihr erst mal etwas Ruhe zu gönnen.

*

Vor sich hin fluchend, marschierte er im Zimmer auf und ab, in der Hand die Nachricht, die ihm seine Pensionswirtin ausgehändigt hatte. Die Situation hatte sich verschlimmert. Im Grunde war es nicht überraschend, er hatte vorausgesehen, dass der Mistkerl keine Ruhe geben würde. Noch einmal las er die Zeilen seiner Mutter, die ihn über die Entwicklung informierte und mit der eindringlichen Bitte endeten, unverzüglich nach Hause zu kommen.

Er warf den Brief aufs Bett und ballte die Hand zur Faust, zu gern würde er diesem arroganten, aufgeblasenen Kerl eine Abreibung verpassen. Niemand bedrohte ungestraft seine Familie! Aber er musste vorsichtig sein, und kontrolliert die nächsten Schritte planen. Immerhin hatte der Mann etwas gegen ihn in der Hand und würde nicht zögern, die Informationen zu verwenden. Er stieß eine grobe Verwünschung aus, dieser Wurm wagte es tatsächlich, ihn zu erpressen!

Er dachte nicht daran, auf seine Forderungen einzugehen. Wer garantierte ihm, dass er danach die Sache auf sich beruhen lassen würde? Solche Schurken waren wie eine Filzlaus, die man nicht mehr los wurde, nachdem sie sich eingenistet hatte.

Sein Verstand riet ihm, unverzüglich alle Habseligkeiten zusammenzupacken und Charleston den Rücken zu kehren. Es gab wichtigere Dinge, um die er sich kümmern musste. Ein Blick auf seine Taschenuhr sagte ihm, dass es noch gute fünf Stunden waren, bis der Abend im Exchange begann. Was würde Ashley denken, wenn er dort nicht wie versprochen auftauchte? Sie würde ihre eigenen Schlüsse ziehen, denken, dass er sich nur einen Spaß mit ihr erlaubt hätte. Würde er den Schaden wiedergutmachen können?

Seine Aufmerksamkeit fiel auf ihre Nachricht, die auf dem Nachtschrank lag. Sie hatte ihm einen Korb gegeben und sich stattdessen mit Gilbert Perkins getroffen. Als er die Zeilen gelesen hatte, war ihm, als würde ihn ein Stachel durchbohren. Ein Gefühl, das er zuvor nie erlebt hatte. Wut überkam ihn. Wie konnte diese Frau eine solche Macht über ihn erlangen? Er war schließlich kein unerfahrener Jüngling mehr, der seinem ersten Beischlaf entgegenfieberte.

Im Moment schien er wahrlich vom Pech verfolgt zu sein.

Hatte sie ihm nur etwas vorgemacht? Hatte er sich in ihr getäuscht? Er schnaubte über seine Blödheit. Er hätte seinem Motto treu bleiben und sich nicht mit einem unschuldigen Geschöpf einlassen sollen. Vorausgesetzt, sie war unberührt, denn ihm waren anderslautende Aussagen zu Ohren gekommen. Wie vertrauenswürdig die waren, vermochte er nicht einzuschätzen.

Ihr hübsches Gesicht erschien vor seinem inneren Auge. Sie war wahrlich eine Schönheit, nie hätte er geglaubt, dass es einer Frau je gelingen könnte, ihn derart in den Bann zu ziehen. Er bekam ihr Bildnis nicht aus dem Kopf, so etwas kannte er von sich nicht. Warum reagierte er so stark auf sie? Die kurze Zweisamkeit im Pavillon hatte ihm viel Selbstbeherrschung abverlangt, am liebsten hätte er sie auf der Stelle genommen. In der Nacht mit Gloria hatte er unlängst ausgiebig seine Lust gestillt, also lange Abstinenz konnte nicht der Grund für sein starkes Verlangen sein.

Sie musste ihn verhext haben. Er hatte etliche attraktive Damen in seinen Armen gehalten und berauschende Nächte mit ihnen erlebt, dennoch hatte er niemals den Drang verspürt, sie vollends besitzen zu wollen. Er ging zum Fenster und starrte hinaus. Vielleicht war es einfach nur der Reiz, weil er wusste, er konnte sie nicht haben. Er seufzte. Natürlich könnte er sie haben, wenn er bereit wäre, sie zu heiraten. Wollte er das? Der Gedanke klang gar nicht so erschreckend, wie er vermutet hatte. Aber was, wenn der Reiz verflog, sobald er sie besessen hatte? Sollte er es darauf ankommen lassen? Sofern das Gerücht stimmte, und sie tatsächlich keine Jungfrau mehr war, womöglich schon das Kind eines anderen unter dem Herzen trug, müsste er nicht mal ein schlechtes Gewissen haben. Stöhnend fuhr er sich mit gespreizten Fingern durch sein Haar. War sie wirklich kalt und berechnend?

Irgendwie passte es absolut nicht zu dem Bild, das er von ihr gewonnen hatte. Er musste es herausfinden und sich auch über seine eigenen Gefühle klar werden. Womöglich war sie lediglich das Opfer einer Intrige geworden, und vermutlich ahnte sie nicht mal, was hinter ihrem Rücken getuschelt wurde.

Wenn ihm nur nicht die Zeit im Nacken sitzen würde. Vernünftiger wäre es, er begäbe sich sofort auf den Weg nach Hause, um dort schlimmeres zu verhindern. Doch was passierte, wenn er jetzt ging? Die Vorstellung, dass Perkins Ashley berührte, machte ihn wahnsinnig. Doch er konnte unmöglich an zwei Stellen gleichzeitig sein, er musste eine Entscheidung treffen. Gott stehe ihm bei, damit er die Richtige traf!

*

Tawinia schlief und Ashley nutze die Gelegenheit, sich unbemerkt aus dem Haus zu schleichen. Eine innere Unruhe trieb sie. Sie hatte die stille Hoffnung, erneut John Fletcher über den Weg zu laufen. Sie musste ihm sagen, dass sie ihn nicht freiwillig zurückgewiesen hatte, sondern ihre Tante sie dazu gedrängt hatte. Es schmerzte sie, dass er denken könnte, er hätte mit seinem ersten Eindruck recht behalten und sie würde sich Perkins an den Hals werfen, weil er einer der wohlhabendsten Pflanzer der Gegend war.

Zielstrebig schlug sie den Weg Richtung Exchange ein. Seit sie in Charleston weilte, schienen noch nie so viele Menschen wie am heutigen Tag unterwegs zu sein. Ihre

Hoffnung sank bei jedem Schritt, dass sie zufällig auf Fletcher traf.

Sie war so in Gedanken versunken, dass sie zusammenzuckte, als jemand ihren Namen rief. Als sie sich herumdrehte, erkannte sie Steve Flowers, der ihr erfreut zuwinkte und sich dann einen Weg durch den Menschenstrom bahnte. Ihre Begrüßung war förmlich und angemessen. Er trug eine abgewetzte braune Aktenmappe unter dem Arm.

»Oh, ich war gerade auf dem Weg zu einem Auftraggeber«, erklärte Steve auf ihre stumme Frage bezüglich seiner Mappe. »Es gibt Männer, die sind nicht in der Lage, eine einfache Bilanz klar und übersichtlich darzustellen. Ich habe ein wenig Ordnung hineingebracht und wollte ihm nun die Papiere bringen.«

»Ah, verstehe!«

Steve sah sich um. »Bist du etwa ganz allein unterwegs?«

Ashley musste über sein bekümmertes Gesicht lachen. »Meine Tante macht ein Nickerchen, da habe ich mich davongestohlen. Verrat es ihr nicht.«

Steve war von ihrem Alleingang nicht begeistert und wies sie auf mögliche Gefahren hin, aber Ashley beruhigte ihn amüsiert und endete mit den Worten. »Du bist auf dem besten Wege, der perfekte Gentleman zu werden.«

An seiner plötzlich straffen Haltung und der Mimik war abzulesen, dass diese Worte ihr Ziel nicht verfehlt hatten. Er berichtete weitere Geschichten von seiner Arbeit und erkundigte sich dann, wie es auf dem Ball bei den Suttens zugegangen war. Ashley konnte nicht verhindern, die Augen zu verdrehen, was Steves Neugier anstachelte.

»Ich denke, die gute Misses Sutten hat die Einladung nur ausgesprochen, um sich bei ihrer Nachbarin Misses Marshall beliebt zu machen, die verbissen versucht, ihren Ältesten zu vermählen«, erzählte sie.

»Marshall? Etwa, Warren Marshall?«

»Ja, du kennst ihn?«

Steve verzog das Gesicht. »Erinnerst du dich, dass ich dir sagte, es gebe gewisse Herren, von denen du besser die Finger lassen solltest?« Als sie erstaunt nickte, fuhr er fort. »Kein Wunder, dass seine Mutter ihn möglichst bald verheiratet haben möchte. Sein Name steht für einen gewissenlosen Schürzenjäger, der schon mehrmals in einen Skandal verwickelt war. Erst zu Beginn des Jahres sorgte er für Furore. Er soll die Tochter eines Bankiers verführt und entehrt haben, weigerte sich aber, zu seiner Verantwortung zu stehen und die Dame zu ehelichen. Stattdessen brachte er sie noch mehr in Verruf, indem er behauptete, sie hätte eine heimliche Affäre mit einem Kaufmannssohn.«

Ashley keuchte erschrocken auf. »Oh Gott, die Arme! Was ist aus ihr geworden?«

»Nun, da sie tatsächlich jemand in Begleitung des Kaufmannssohnes gesehen hatte, konnte die Sache nicht eindeutig geklärt werden, obwohl die Dame beteuerte, dass es Warren Marshall war, der sie ... ähm, du weißt schon ... ihrer Unschuld beraubte. Sie wurde dann kurzerhand mit einem Pflanzer aus North Carolina, einem Witwer mit zweijähriger Tochter, verheiratet.«

Ashley ließ das Gehörte auf sich wirken. Wenn die Tante wüsste, wie skrupellos der gut aussehende Warren Marshall sein konnte, würde sie ihn bestimmt nicht mehr für eine gute Wahl halten.

Eine Dame mittleren Alters kam ihnen entgegen. »Ah, Mister Flowers, mein Mann erwartet Sie bereits ungeduldig«, erklärte sie, während sie breit grinsend an ihnen vorbeihuschte, offenbar schien sie sehr in Eile zu sein.

»Die Pflicht ruft«, entschuldigte Steve sich deprimiert, da nicht die Zeit blieb, sie nach Hause zu geleiten.

Schmunzelnd blickte Ashley ihm nach, bis er in der Menge verschwunden war. Mit einem Seufzen wandte sie sich um und richtete ihr Augenmerk auf das Börsenhaus.

Auch Fletchers Pension befand sich in unmittelbarer Nähe. Ihr Herzschlag beschleunigte sich bei dem Gedanken an John. Ob sie bei seiner Wirtin eine Nachricht hinterlassen sollte? Ein solches Verhalten wäre nicht sehr damenhaft, ob er es ihr übel nehmen würde? Vater und Rodney waren ihr womöglich schon auf den Fersen und Tante Tawinia erwartete eine baldige Entscheidung - Ashley hatte keine Zeit, zimperlich zu sein. Ihr Puls raste vor Nervosität und ihre Fingernägel bohrten sich beinahe schmerzhaft in ihr kleines Retikül.

Die Tür zur Straße stand offen, zwei Stufen führten hinunter in einen winzigen Rezeptionsbereich, wo zwei Herrschaften mit einer Frau debattierten. Die Frau konnte Ashley nur hören, wegen der breiten Schultern der Männer aber nicht sehen. Mit straffem Rücken und mehr Selbstvertrauen demonstrierend, als sie empfand, wartete sie geduldig ne-ben dem Eingang.

Plötzlich wurde ihr die Sinnlosigkeit ihres Vorhabens bewusst, sie fuhr herum, um die Örtlichkeit schleunig zu verlassen. Zwei Männerbeine nahmen ihr die Sicht und versperrten ihren Fluchtweg.

Erschrocken schoss ihr Blick hoch und ihre Augen wurden riesengroß, als sie erkannte, wer da vor ihr stand. Auch er wirkte erschrocken. Ihr blieb keine Gelegenheit, sich zur Situation zu äußern. Offenbar stand hinter ihm noch eine Person und er wollte vermeiden, dass die sie erkannte.

Es ging so schnell, dass Ashley sich nicht sträubte, als John Fletcher in einem Satz die Stufen hinuntersprang, besitzergreifend den Arm um sie legte und eilig durch eine Tür in einen Gang führte, an dem die Zimmer lagen. Aus dem Augenwinkel konnte sie noch erkennen, dass die beiden Herren, die mit der Frau diskutiert hatten, in dem Moment aufbrachen.

»Was machen Sie hier?«, fuhr er sie an und ließ sie los. »Sind Sie von allen guten Geistern verlassen?«

Ashley war sich ihrer peinlichen Lage nur zu bewusst und wagte nicht, ihn anzusehen. Oberhalb der Treppe fiel eine Tür ins Schloss und Schritte waren zu vernehmen. John sah hoch und fluchte unterdrückt.

»Kommen Sie!« Wieder legte er den Arm um sie und führte sie wie ein willenloses Opfer in eines der unteren Zimmer.

Ashley wünschte, es täte sich neben ihr ein gewaltiges Loch auf, in dem sie hätte verschwinden können. Wie war sie nur auf so eine unüberlegte und törichte Idee gekommen?

Anscheinend handelte es sich um sein Zimmer, am Kleiderschrank hing ein Abendanzug und über der Stuhllehne lag ein offenbar getragenes Hemd. Schlimmer hätte ihre Lage kaum sein können und jetzt hatte sie ihn auch noch verärgert. Sie kämpfte mit den Tränen, wartete auf die nächste Rüge.

Aber als er zu sprechen begann, klang seine Stimme weich und beinah zärtlich. Das war mehr, als sie in diesem Moment ertragen konnte.

»Es ... es tut mir leid. Ich wollte ... ich meine, ich dachte, ich könnte Ihnen eine Nachricht zukommen lassen«, stammelte sie aufgeregt. Ihr Blick fiel auf die halb gepackte Reisetasche auf dem akkurat gemachten Bett, Panik überkam sie.

»Sie wollen abreisen? Ich hab Sie doch nicht beleidigen wollen ... meine Tante ... sie hat verlangt, dass ich Ihnen absage. Es tut mir leid, ich wollte nicht, dass Sie denken, es sei wegen Mister Perkins.« Vor Aufregung hatte ihre Stimme einen schrillen Klang, den sie nicht verhindern konnte.

Vermutlich machte sie sich zur Närrin, aber sie konnte nicht anders. Erste Tränen rannen ihre Wangen hinab und ihre Selbstbeherrschung drohte vollends zusammenzubrechen. Er zog sie sanft in seine Arme, strich über ihr Haar und hauchte einen Kuss auf ihre Stirn, während er beruhigende Worte raunte. Fast hätte sie gewünscht, er würde sie erneut anfahren, dagegen hätte sie sich wehren können, aber gegen seine sonore weiche Stimme war sie machtlos.

Die ganze Anspannung seit jenem Tag, an dem ihr Vater ihr eröffnete, dass sie Lester Fulghams Gemahlin werden sollte, brach aus ihr heraus. Sie versuchte, ihren Tränenausbruch zu erklären, war jedoch nicht in der Lage, einen zusammenhängenden Satz zustande zu bringen. Sie hatte keine Ahnung, ob John überhaupt irgendetwas von dem verstand, was sie von sich gab. Allmählich fing sie sich wieder und die Scham über ihr Verhalten trat in den Vordergrund.

»Es ... es tut mir leid, bitte verzeihen Sie ... ich weiß auch nicht, was ...«

»Schhh, schhh.« Er nahm ihren Kopf in die Hände und zwang sie, ihn anzusehen. »Würdest du bitte aufhören, dich dauernd zu entschuldigen.«

Sie wollte ihm antworten, aber als er begann, hingebungsvoll ihre letzten Tränenspuren fort zu küssen, schmolz sie dahin. Sie schloss die Augen und hoffte, er würde sie gleich wieder voller Verlangen und Leidenschaft küssen, wie er es im Pavillon getan hatte, doch er tat es nicht.

Nach einem abschließenden Kuss auf die Stirn eilte er zur Tür. »Ich werde nachsehen, ob die Luft rein ist, und dann werde ich dich zum Stadthaus deiner Tante begleiten.«

Nüchternheit erfasste sie. Verlegen überprüfte sie den korrekten Sitz ihrer Kleidung und zog es vor, zu schweigen.

»Wenn ich mal zusammenfassen darf ...«, sagte er, als sie den Bürgersteig entlangschritten. »Du bist mit deiner Tante nach Charleston geflohen, um der von deinem Vater arrangierten Ehe zu entkommen, und du hoffst, hier einen respektablen Ehemann zu finden?« Er behielt den vertraulichen Ton bei.

Ashley sah kurz zu ihm auf und nickte dann zustimmend. Sie wusste nicht, ob sie froh sein sollte, dass er nun die Wahrheit kannte oder ob sie mit dieser Offenbarung alles zerstört hatte. Eine Weile gingen sie schweigend nebeneinander her.

»Gestatte mir eine Frage ...« Er neigte den Kopf in ihre Richtung und sprach sehr leise, »... es verhält sich aber nicht so, dass du aus einem anderen Grund gezwungen bist, möglichst rasch einen Ehemann zu finden? Ich meine ... bevor es nicht mehr zu verbergen ist?«

Da ihr Geständnis schon einmal diesen Verdacht erregt hatte, schaltete sie sofort. »Selbstverständlich nicht! Wofür halten Sie mich?« Dass ausgerechnet er ihr eine solche Niedertracht zutraute, schmerzte sie sehr. Sie beschleunigte ihre Schritte und versuchte, ihn hinter sich zu lassen, doch er hatte sie mit wenigen Schritten eingeholt.

»Verzeihung! Das war gedankenlos von mir.« Wieder gingen sie schweigend nebeneinander her, bevor sie sich unverfänglichen Themen zuwandten, wie dem heutigen Andrang in Charleston. Vor dem schmiedeeisernen Zaun vor Tawinias Stadthaus verabschiedeten sie sich.

*

Nachdenklich starrte er das Gebäude an, in dem Ashley verschwunden war. Seine Situation war nicht einfacher geworden – im Gegenteil. Seine Frage war anstößig gewesen, aber er hatte sie stellen müssen. Ihre Reaktion war ihm Antwort genug, er glaubte ihr. Sie war arglos und unschuldig, das deckte sich mit ihrer gesamten Verhaltensweise. Ihre Tante war eine gefeierte Schauspielerin, aber Ashley besaß dieses Talent nicht, und darüber war er erleichtert.

Stöhnend fuhr er sich mit der Hand durch seine Haare, wandte den Blick ab und trat den Rückweg an.

Das war verdammt knapp gewesen. Er hatte niemals vorgehabt, sie mit auf sein Zimmer zu nehmen, nur war es der einzige Ausweg gewesen, um ihre Sicherheit zu garantieren. Wenn er ehrlich zu sich war, ging es in erster Linie aber um seine eigene. Mr. Bates gegenüber würde er schon eine plausible Erklärung finden dafür, dass er ihn wortlos auf der Straße stehengelassen hatte.

Auch die beiden Herren, die sich am Empfang befunden hatten, bedeuteten eine Bedrohung – er hatte sie an ihren Stimmen erkannt. Er war gezwungen gewesen, Ashley aus dem Raum zu schaffen, bevor die ihn erspähten. Sie würde ihn hassen, wenn sie die Wahrheit erführe.

Zurück in seiner Unterkunft war ihm, als ob ihr zarter weiblicher Duft noch immer den Raum erfüllte. Sie hatte keine Ahnung, dass er diese Situation schamlos hätte ausnutzen können. Ein weiterer Beweis, dass sie in der Tat noch unberührt war. Er schloss die Augen, um ihren unfreiwilligen Besuch Revue passieren zu lassen.

Schon allein der Gedanke an sie erregte ihn. Er konnte seine Gefühle nicht länger verleugnen. Er begehrte sie mehr als jede Frau vor ihr. Ashley berührte sein Herz und weckte in ihm den Wunsch, sie nie mehr loszulassen. Diese Erkenntnis stellte ihn vor ganz neue Probleme, und Probleme hatte er derzeit wahrlich genug. Dennoch beflügelte ihn die Vorstellung, das zukünftige Leben mit ihr an seiner Seite zu verbringen. Sie war die Seine, das wusste er nun, und das würde er am heutigen Abend unmissverständlich klarstellen.

Er weigerte sich, zum gegenwärtigen Zeitpunkt darüber nachzudenken, was diese Entscheidung zwangsläufig nach sich zog. Sie liebte ihn ebenfalls, da war er sicher. Irgendwie würde sich die Gelegenheit bieten, ihr alles zu erklären.

Nichtsdestotrotz war es unabdingbar, dass er sich zuvor um diesen miesen Erpresser kümmerte. Wenn er gegen Mitternacht den Ball verließ und sich auf den Weg machte, konnte er mittags auf seiner heimatlichen Plantage eintreffen.

Ashley war eine emotionale Frau, sie würde verstehen, dass er den Ball frühzeitig verlassen müsste, um sich zu Hause einem familiären Problem anzunehmen.

*

Ashley hatte für den Abend das neue blassgelbe Kleid ausgewählt, das durch seinen raffinierten Schnitt ihre Brüste optimal zur Geltung brachte. Sie wollte für John besonders reizvoll erscheinen; dass sie damit auch die Aufmerksamkeit von Perkins und Marshall steigern könnte, verdrängte sie.

»Kind, du siehst entzückend aus.« Tawinia klatschte vor Begeisterung in die Hände, als sie Ashley erblickte. Begutachtend umrundete sie sie, blieb vor ihr stehen und zupfte mit schräg gehaltenem Kopf an ihrem Ausschnitt. »Sehr anmutig und betörend. Mister Marshall wird gar nicht anders können, als von dir hingerissen zu sein.«

Ashley verkniff sich einen Kommentar, Hauptsache sie konnte John für sich einnehmen, alles andere war nicht von Bedeutung. Tawinia trat zwei Schritte zurück und musterte sie erneut.

»Aber die Kette ist zu schlicht, ein voluminöses Collier wäre passender. Ich glaube, ich hätte da was.« Schon rief sie nach Ebru und gab ihr Anweisungen, das entsprechende Schmuckstück aus ihrer Schatulle zu holen.

»Du weißt doch, das mehrreihige mit Brillanten besetzte Collier, das wie ein Dreieck aussieht«, erklärte sie, als Ebru nicht gleich verstand.

Ashley war nervöser als bei den vorangegangenen Festlichkeiten. Der Trubel vor dem Gebäude war immens. Die Kutschen hatten sich in einer Schlange eingereiht und es ging nur langsam voran, weil sie stets warten mussten, bis die Personen aus der vorderen Kutsche ausgestiegen waren. Zu Fuß wären sie definitiv schneller gewesen, aber es ziemte sich nicht, zu Fuß zu einer solchen Veranstaltung zu erscheinen. Endlich waren auch sie an der Reihe, zwei Schwarze in ihrer graugrünen Livree halfen ihnen beim Aussteigen und geleiteten sie zum Eingang.

Kaum hatten sie die ersten Schritte in den Festsaal getan, wurde Tawinia bereits von glühenden Anhängern ihrer Schauspielkunst umringt. Ashley überließ ihr gern die Aufmerksamkeit, so konnte sie sich mit Steve unterhalten, der neben der großen Flügeltür auf ihr Eintreffen gewartet hatte. Er bot an, sie herumzuführen, und blickte ihre Tante um Erlaubnis heischend an.

Die Musiker spielten eine ruhige Melodie, die das allgemeine Geschnatter kaum übertönen konnte. Interessiert sah Ashley sich um, der Ballsaal war kleiner, als sie vermutet hatte. Zwischen den hohen Palladian-Fenstern hingen Gemälde, unter anderem ein Porträt von George Washington und eine malerische Darstellung einer Szene, in der ganze Teeladungen von den Schiffen im Fluss versenkt wurden, nachdem die Frist zur Zahlung der Townshend-Steuern verstrichen war. Andere Gemälde stellten Kampfschauplätze des amerikanischen Unabhängigkeitskrieges dar. Zum Teil waren auch Tafeln mit Erläuterungen unter den Gemälden angebracht, wie beispielsweise, dass dieses Gebäude während des Unabhängigkeitskrieges von den Briten als Kaserne und der erhöhte Keller als Militärgefängnis dienten.

Die Betrachtung des Wandschmuckes war ein interessanter Zeitvertreib, während sich diverse Podiumsreden in die Länge zogen.

»Das ist der Nachteil dieser Veranstaltung«, erklärte Steve. »Etliche Personen halten sich für privilegiert, hier ihre Meinung kundzutun.«

Kurz vor Ende der fast einstündigen Reden entdeckte Ashley, dass John Fletcher den Festsaal betrat. Er kam direkt auf sie zu, nachdem er sie erblickt hatte. Ihr Herz begann automatisch schneller zu schlagen. Steve machte einen irritierten Eindruck, als sie die Herren einander vorstellte. Abschätzend musterte er sein Gegenüber.

Die Eröffnung des Tanzabends begann traditionell mit einem Menuett, E-Dur, op 11, Nr. 5 von Luigi Boccherini. Ashley liebte diese Melodie und den Tanz und war glücklich, dass John sie bat, ihm die Ehre zu erweisen.

Steve hatte keine Einwände, er beteuerte, die erforderlichen Schritte ohnehin nur bruchstückhaft zu beherrschen. Sie fing einen überraschten Blick von Tawinia auf, die sich mit einem Herrn ihrer Gesprächsrunde ebenfalls auf der Tanzfläche befand. Ashley ahnte, warum die Tante so verwundert dreinschaute, denn weiter hinten befand sich Warren Marshall mit einer attraktiven Blondine unter den Tanzenden.

Es war schlagartig voll geworden, es wirkte, als seien etliche Besucher bewusst erst erschienen, als mit dem Ende der Reden zu rechnen war. Am Rand der Tanzfläche entdeckte Ashley obendrein Gilbert Perkins, der an seinem Glas nippte und sie mit stoischer Miene beobachtete.

Sie konzentrierte sich auf den Tanz mit John, der etwas von Magie zu beinhalten schien. Er machte auch beim Menuett eine exzellente Figur und so oft es die Schrittfolge erlaubte, sahen sie einander tief in die Augen. Wäre es nach ihr gegangen, hätte der Tanz nie geendet, seufzend fügte sie sich dem Unvermeidbaren. Sie fühlte sich leicht erhitzt, obwohl dieser Zustand kaum dem Tanz zuzuschreiben war.

Es wunderte sie nicht, dass Tawinia Augenblicke später neben ihnen auftauchte. Ihre Vorbehalte gegenüber John Fletcher waren ihr anzumerken. Ashley wurde nervös, doch zu ihrer Erleichterung hatte John mit dieser Sachlage kein Problem.

»Anscheinend ist mir was entgangen ...«, raunte Steve ihr ins Ohr. Er nickte kaum merklich in Johns Richtung, wobei er einen Mundwinkel grinsend nach oben zog.

Ashley machte einen überzogen unschuldigen Gesichtsausdruck.

»Ich habe keine Ahnung, was du meinst«, entgegnete sie und konzentrierte sich wieder auf ihre Tante.

»Sie haben sicher nichts dagegen, wenn ich Ihnen meine Nichte entführe. Ich möchte sie gern mit jemandem bekannt machen«, beendete Tawinia ihre Unterhaltung mit John gerade.

Ashley war enttäuscht, fügte sich aber und folgte ihr.

»Erklär mir bitte, was das zu bedeuten hat?«, sagte sie, kaum, dass sie außer Hörweite waren. »Du hast diesen Fletcher angehimmelt, als sei er Amor höchstpersönlich.«

»Ich liebe ihn«, platzte Ashley heraus.

Tawinia schnappte entsetzt nach Luft und begann hektisch mit ihrem Fächer zu wedeln. »Du weißt nicht, was du redest, Kind! Hast du vergessen, wie er sich im Theater aufgeführt hat? Auf meine Menschenkenntnis konnte ich mich stets verlassen, und ich sage dir, mit dem Herrn stimmt etwas nicht.«

»Ich bitte dich, Tante! Was soll denn mit ihm nicht stimmen? Du hast ein vollkommen falsches Bild von ihm.« Sie zählte schwärmerisch seine Eigenschaften auf. »Er ist der perfekte Gentleman und wird sicher ein hervorragender Ehemann sein.«

»Himmel!« Tawinia sog scharf die Luft ein. »Deine Gefühle scheinen ja recht launenhaft zu sein. Ich dachte, dein Herz schlägt für Warren Marshall.«

»Mister Marshall ist ein gut aussehender Mann, aber er hat mich nicht beeindruckt. Doch als ich John Fletcher zum ersten Mal begegnete ... Ich kann es auch nicht erklären, irgendwie fühlte ich mich von Anfang an zu ihm hingezogen, und inzwischen weiß ich, dass ich ihn liebe.«

Tawinia zog die Augenbrauen hoch. »Ach, wirklich? Und wie kommt diese plötzliche Erkenntnis zustande? Ashley, du bist unerfahren und hast dich von seinem Charme einwickeln lassen. Das ist nicht deine Schuld, es gibt diverse Männer, die diese Kunst perfekt beherrschen, aber nicht jeder von ihnen ist ein Gentleman. Wir wissen nichts über John Fletcher, er ist nicht aus der Gegend. Es gibt niemanden, der seinen Leumund bestätigen kann.«

Gilbert Perkins kam auf sie zu und ersparte Ashley somit eine Erwiderung. Sie setzte eine erfreute Miene auf und besann sich ihrer Manieren.

Nach der höflichen Konversation bat er um den ersten Walzer des Abends. Sie unterdrückte ihren Widerwillen und ließ sich von ihm aufs Parkett führen.

»Haben Sie sich mein Angebot überlegt?«, fragte er

nach einer Weile. Sie tat, als wisse sie nicht, wovon er sprach, während sie sich immer unbehaglicher fühlte.

»Ich bitte Sie, Miss Callahan, ich habe um meine Ambitionen nie ein Geheimnis gemacht. Ich möchte, dass Sie meine Gemahlin werden. Es wird Ihnen an nichts mangeln und ich stelle keinerlei Bedingungen, abgesehen von einem Erben, versteht sich. Viele Damen werden Sie um Ihre Stellung beneiden.«

Ashley schluckte und wagte nicht, ihn anzusehen. »Ihr Antrag ehrt mich sehr, Mister Perkins, aber ich fürchte, ich muss leider ablehnen. Bitte verzeihen Sie.«

Er stoppte unverhofft, und sie wäre beinah ins Stolpern geraten. »Sind Sie sicher, dass Sie es sich leisten können, mich zurückzuweisen?« Sein Ton war frostig geworden.

Konnte sie es sich tatsächlich leisten? Immerhin hatte John bislang keinerlei Andeutungen gemacht, wie er zu ihr stand.

Trotz der Unsicherheit antwortete sie bestimmt: »Es tut mir leid, aber mein Herz gehört einem anderen Gentleman.«

»Verstehe!« Er tanzte weiter, um keine Aufmerksamkeit zu erregen.

Er war wütend, das konnte sie unmissverständlich an seiner plötzlich steifen Haltung und den zu forschen Drehungen ausmachen.

»Ich hoffe, die Tragweite Ihrer Entscheidung ist Ihnen bewusst. Leben Sie wohl, Miss Callahan.« Mit diesen Worten ließ er sie am Ende des Tanzes zurück. Ihr lief es kalt über den Rücken, angesichts der scharfen Worte und seines eisigen Blickes.

Steve kam sofort auf sie zu, offenbar war er Zeuge von Perkins übereiltem Abgang geworden. Sie war froh, dass ihr Freund zur Stelle war, aber wo war John? Sie sah sich um, und entdeckte ihn in einer angeregten Unterhaltung mit einer schwarzhaarigen Schönheit. Über deren Schulter sah er in ihre Richtung und lächelte, dennoch versetzte es ihr einen schmerzlichen Stich in der Brust. Die zwei wirkten, als würden sie einander gut kennen. Sicher war der Schwarzhaarigen nicht entgangen, wie attraktiv ihr Gegenüber war.

»Ashley?«

»Oh, entschuldige, Steve.«

In knappen Worten beantwortete sie die Frage, die er bezüglich Perkins gestellt hatte.

»Nimm es dir nicht zu Herzen, Männer wie Perkins kommen mit einer Abfuhr schwerlich zurecht. Sie glauben, mit ihrem gut gefüllten Bankkonto wären sie über jeden Zweifel erhaben.«

Damit dürfte er durchaus recht haben, dennoch verspürte sie ein schlechtes Gewissen.

Als die Musiker eine langsame Ballade anstimmten, zerrte Steve sie aufs Tanzparkett.

Völlig überrumpelt stolperte Ashley ihm hinterher.

»Da kommt Olivia Parker«, brachte er zu seiner Entschuldigung vor. Er wies verstohlen auf eine dralle Brünette hin. »Ich arbeite hin und wieder für ihren Vater. Jedes Mal versucht sie, mich abzufangen und mir schöne Augen zu machen.«

Steves Panikattacke brachte sie zum Lachen und lenkte sie kurzzeitig von ihren eigenen Sorgen ab. »Vielleicht ist sie ja ganz nett.«

»Also wirklich, ich bitte dich! Diese Tonne trifft weiß Gott nicht meinen Geschmack!«

Ashley kicherte.

»Steve! So etwas sagt ein Gentleman nicht von einer Dame.«

»Aber wenn es doch wahr ist«, beschwerte er sich.

Das war der Steve, wie sie ihn mochte - geradeheraus und unverblümt. Wider Erwarten entspannte sich Ashley langsam und sah dem weiteren Verlauf des Abends gestärkt und mit neuer Zuversicht entgegen.

Als die Musiker ihre erste Pause einlegten, näherte sich Warren Marshall mit zwei Gläsern Champagner und überreichte ihr eines. Er tat, als hätte er sie erst jetzt erblickt, obwohl sie sicher war, dass er sie zuvor schon gesehen hatte.

Aus dem Augenwinkel sah sie Tawinia auf sich zukommen, aber in Anbetracht der Anwesenheit Marshalls schien sie es sich anders zu überlegen und drehte sich um. Warren überschüttete Ashley mit Komplimenten. Sie konnte nicht verhindern, verlegen zu erröten. Ohne Zweifel war auch er ein attraktiver Mann, aber dem Vergleich mit John konnte er nicht standhalten. Instinktiv hielt sie heimlich Ausschau nach ihm und entdeckte ihn schließlich in einer Herrenrunde.

Verträumt betrachtete sie sein Rückenprofil, während Marshall neben ihr sie von sich zu überzeugen versuchte. Der nächste Walzer gehörte Marshall, danach bat Mr. Haines um ihre Erlaubnis und ein anderer Herr, mit dem sie auf dem Ball im Hause Lennox bereits getanzt hatte. Anschließend empfing Warren Marshall sie mit gekühlter Limonade, die sie dankbar annahm.

Tawinia lächelte ihr im Vorbeigehen zufrieden zu und entfernte sich in Begleitung zweier Damen. Anscheinend nahm sie an, Ashley hätte ihre Meinung über ihn geändert.

Wieder sah sie sich nach John um, konnte ihn jedoch nirgends entdecken. Während Warren davon sprach, sie und ihre Tante zu einem Dinner auf die Plantage einzuladen, um seine *Braut* näher kennenzulernen, wurde Ashley zusehends unruhiger. Wo war John? Er war doch nicht gegangen, ohne sich von ihr zu verabschieden? Akribisch suchte sie den Ballsaal ab. Ihre Suche blieb Warren nicht verborgen.

»Ich suche meine Tante«, log sie.

»Vielleicht ist sie frische Luft schnappen gegangen. Es ist ohnehin sehr stickig hier geworden, finden Sie nicht auch?«

Ashley nickte abwesend.

Warren schlug vor, ein paar Minuten nach unten vor die Tür zu gehen. Da der Ballsaal im zweiten Stock lag, gab es keine Terrasse wie andernorts, die in einen Garten führte. Die Fenster des vorspringenden Pavillons an der Hauptseite des Gebäudes waren zwar geöffnet, aber dorthin hatten sich bereits zahlreiche Gäste zurückgezogen.

Ashley gab vor, seinen Vorschlag für eine ausgezeichnete Idee zu halten. Auf diese Weise konnte sie unverfänglich den vorderen Bereich nach John absuchen. Wenige Schritte von der breiten Flügeltür entfernt, überkam sie Furcht. Sie wollte nicht mit Warren allein sein, es war schon unangenehm genug, wie er sie permanent mit hungrigen Blicken maß.

Hektisch suchte sie nach einer Erklärung für ihren plötzlichen Sinneswandel, als John wie aus dem Nichts vor ihr stand.

»Sie haben mir noch einen Walzer versprochen, Miss Callahan.« Er würdigte Marshall keines Blickes, als wäre er nicht vorhanden. »Ich würde dieses Versprechen jetzt gern einfordern, wenn Sie gestatten.«

Ashley wäre ihm vor Freude beinahe um den Hals gefallen. »Gern, ich freue mich, dass Sie es nicht vergessen haben.«

»Wie könnte ich, Miss Callahan?«

Im Hintergrund beschwerte sich Marshall über Fletchers unmögliches Benehmen, aber weder er noch Ashley beachteten ihn.

»Ich fürchtete schon, du seist gegangen«, beichtete sie flüsternd auf dem Weg zur Tanzfläche.

»Ohne dich noch einmal in den Armen zu halten?« Er lachte und sie stimmte mit ein, während sie im Rhythmus der Musik über das Parkett schwebten. Es war ein kurzer Tanz, da das Stück zu einem Viertel vorüber war, als sie eingestiegen waren.

»Dein penetranter Verehrer hat beleidigt das Weite gesucht«, stellte John zufrieden fest.

»Ich scheine heute ein Talent dafür zu haben, meine Verehrer zu vergraulen.«

Er lachte auf. »Zum Glück! Mich jedenfalls wirst du nicht so schnell los, meine Liebe.« Sehnsüchtig sahen sie einander in die Augen, während immer mehr Paare um sie herum die Tanzfläche verließen.

»Komm!« Er bot ihr den Arm und sie hakte sich in erwartungsvoller Freude ein. Zielstrebig steuerte er auf den Ausgang zu.

Zu ihrer Enttäuschung waren sie außerhalb des Ballsaales keineswegs allein. Etliche Personen, darunter andere Paare, waren kurzfristig der überhitzten Räumlichkeit entflohen. Mit forschen Schritten lotste John sie weiter, bis er eine stille Ecke gefunden hatte. Stürmisch zog er sie in die Arme und augenblicklich fanden seine Lippen die ihren.

»Darauf habe ich schon den ganzen Abend gewartet«, raunte er ihr ins Ohr. Sein warmer Atem sandte wohlige Schauer über ihrer Rücken und sie spürte ein heftiges Flattern in der Magengegend aufkommen. Glücklich schlang sie ihm die Arme um den Hals und erwiderte seine leidenschaftlichen Küsse.

Vom oberen Stock erklang gedämpfte Musik und Stimmengewirr zu ihnen. Der Schein der Lichter erhellte auch große Bereiche hinter dem rückwärtigen Teil des Gebäudes, aber sie und John befanden sich außerhalb des Lichtkegels. Er hielt sie eng an sich gepresst und seine Hände fuhren erkundend über ihren Körper.

Ashley konnte kaum noch klar denken, die Flut der Gefühle, die auf sie hereinströmte, war überwältigend. Sie spürte seine Hände wie glühende Feuermale auf ihrer Haut, selbst durch mehrere Lagen Stoff, die sie voneinander trennten. Die Hitze durchflutete ihren ganzen Körper. Ihre Knie wurden weich und sie klammerte sich an ihn, aus Angst, den Halt zu verlieren. Sie spürte etwas Hartes gegen ihren Bauch drücken und hörte ihn aufstöhnen. Ein wenig erschrocken wollte sie zurückweichen, aber er umfasste mit beiden Händen ihr Hinterteil und hielt sie fest.

»Ashley«, keuchte er. »Du bringst mich um den Verstand.« Dann lockerte er die Umarmung ein wenig und beugte sich vor, um ihren Brustansatz zu küssen. Sie biss sich auf die Unterlippe, um keinen Laut von sich zu geben.

»Wie lange wirst du noch in Charleston sein?«, fragte er.

Seine Worte drangen wie durch einen Nebel zu ihr durch. Es fiel es ihr schwer, ihren inneren Aufruhr zu ignorieren und sich auf seine Frage zu besinnen. »Ich ... ich weiß es nicht.«

Er seufzte lang gezogen, vergrößerte den Abstand zwischen ihnen und sah an ihr vorbei. »Mit Glück könnte ich in einigen Tagen zurück sein ...«

Sie sah sein Gesicht in der Dunkelheit kaum, doch sie fühlte, dass er bedrückt und nachdenklich war.

»Musst du denn wirklich gehen?«, fragte sie betrübt.

Er zog sie erneut in die Arme, sanft, zärtlich und tröstend. Sie schmiegte sich an ihn und war bemüht, nicht enttäuscht zu wirken. Sein Herz raste ebenso wie ihr eigenes.

»Ich wünschte, es wäre anders. So vieles ... Es ist gerade keine einfache Situation für mich. Ich habe es so nicht kommen sehen.«

Sie verstand nicht, was er damit ausdrücken wollte, aber der gequälte Tonfall zerriss ihr beinahe das Herz. »Was ist passiert?«

Er zögerte. »Ich kann es dir nicht sagen, noch nicht. Aber ich verspreche, ich werde dir alles erklären, mein Liebling.«

Sanft streichelte sie seine Wange. Was konnte sie tun, um ihm beizustehen? Es machte sie traurig, dass sie ihn gehen lassen musste und nicht wusste, wann sie ihn wiedersehen würde. Sie vermisste ihn jetzt schon schmerzlich.

»Ich sollte dich in den Saal zurückbringen, bevor die Tante dein Verschwinden bemerkt.« Er lächelte und gab ihr einen Kuss auf die Stirn. »Und anschließend sollte ich mich auf den Weg machen.«

Nun war es Ashley, die seufzte. Wieder auf Warren Marshall oder gar Gilbert Perkins zu treffen, trübte ihre Laune beträchtlich.

Schweigend verließen sie den Schutz der Dunkelheit und begaben sich auf den Rückweg. Ein Paar mittleren Alters kam ihnen entgegen, das sich auf dem Weg zu ihrer wartenden Kutsche befand. Man grüßte einander höflich und wünschte noch einen vergnüglichen Abend beziehungsweise eine gute Heimfahrt.

»Meinst du, deine Tante wird mich anhören, wenn ich sie darum bitte?«, fragte John plötzlich mit schelmischem Unterton.

»Warum willst du sie sprechen?«, platzte Ashley unüberlegt heraus.

»Na ...«, er grinste breit. »Ich muss ihr doch mitteilen, dass ihr Versuch, einen Ehemann für dich zu finden, von Erfolg gekrönt ist, oder?«

Nur langsam begriff sie, was er da gesagt hatte. Sie war so erleichtert, dass sie ihm ungeachtet der anderen Gäste, die sich in Sichtweite aufhielten, um den Hals fiel. Ein wenig verlegen schlang er die Arme um sie und drückte sie an sich.

Die Tante wäre vermutlich über diesen Ausgang der Suche nicht sonderlich erbaut. Zudem fragte Ashley sich, ob Tawinia bereits einen Plan im Kopf hatte, wie es weitergehen sollte, wenn der perfekte Ehekandidat gefunden war. Sie hatten darüber bislang nicht gesprochen. Stand ihnen nun eine aufreibende Debatte mit ihrem Vater bevor, bis sie ihn überzeugt hatten oder würde die Hochzeit heimlich in aller Stille stattfinden? Nur sie, John und die Zeugen, und sie würde ihrem Vater erst wieder als verheiratete Frau unter die Augen treten, sodass er keine

Möglichkeit mehr bekam, seine Forderung durchzusetzen? Ihr war im Grunde alles recht, solange sie nur an Johns Seite sein konnte.

Gesittet, aber sich immer wieder verliebte Blicke zuwerfend, schritten sie auf die Treppe zu.

»Ahh ... habe ich mich vorhin doch nicht geirrt, dass Sie es sind«, sprach ein Mann John an und blieb auf der letzten Stufe stehen. Er hielt sich am Handlauf fest, da er leicht schwankte.

Ashley spürte den Ruck, der durch Johns Körper fuhr, als er den Mann sah. Verwundert blickte sie zwischen den beiden hin und her.

Johns Miene wirkte wie versteinert.

»Habe ich Ihnen schon gesagt, dass unsere erworbenen Sklaven mit ein- und demselben Transport geliefert werden? Spart wohl Kosten, dadurch komme ich eine Woche eher an meine Ware, dank Ihnen, Mister Fulgham ... oh ... Verzeihung, guten Abend, Ma'am ...« Er versuchte, seinen Hut zu lüften, den er aber nicht auf dem Kopf, sondern in der Hand hielt. Als er den peinlichen Irrtum bemerkte, hatte er es plötzlich sehr eilig.

»Guten Abend«, knurrte John ihm nach.

Ashley war wie erstarrt. »Wie hat der Mann dich genannt?«

Er schloss kurz die Augen und stieß einen gequälten Seufzer aus. »Verzeih mir, Ashley, ich habe nicht gewollt, dass du es auf diese Weise erfährst.«

Es fühlte sich wie ein heftiger Schlag ins Gesicht an, fassungslos taumelte sie rückwärts von ihm fort, bis sie das Geländer im Rücken spürte.

»Fulgham? Du bist Lester Fulgham?« Ihre Worte waren kaum mehr als ein Flüstern.

»Ja! Ich hätte es dir gerne unter anderen Umständen erzählt, aber da es nun raus ist, lass mich bitte erklären, wie es dazu gekommen ist. Ich ...«

»Was gibt es da noch zu erklären?« Der Schmerz schien ihr Herz zu zerreißen. Verzweifelt kämpfte sie dagegen an, in Hysterie zu verfallen oder in Tränen auszubrechen. »Ich brauche keinerlei Erklärungen! Du elender Bastard, du hast mich bewusst getäuscht, oh, wie sehr muss es dich erheitert haben, mich zur Närrin zu machen.«

»Das ist nicht wahr! Es ist vollkommen anders, als du denkst.« Er griff nach ihrem Arm. »Ashley, bitte!«

»Für Sie Miss Callahan! Und jetzt lassen Sie mich augenblicklich los!« Erbost stieß sie seine Hand fort und stolperte einen Schritt voraus.

»Belästigt der Herr Sie, Ma'am?« Zwei Herren waren die Treppe heruntergekommen und befanden sich mit ihr auf gleicher Höhe.

Ashleys Brustkorb hob und senkte sich im rasanten Tempo. Zutiefst verletzt starrte sie John an. »Ja, das tut er!«

John Fletcher verdrehte stöhnend die Augen.

»Die Dame fühlt sich von Ihnen belästigt. Sie sollten jetzt besser gehen, Sir.« Einer der Gentlemen baute sich drohend vor ihm auf und versperrte ihm die Sicht.

»Mischen Sie sich da nicht ein! Die Dame ist meine Verlobte!« Er versuchte, sich an dem Mann vorbeizuschieben, wurde aber von ihm aufgehalten. Sogleich war auch der zweite zur Stelle und griff ein.

»Nehmen Sie gefälligst Ihre Pfoten von mir«, beschwerte Fulgham sich.

»Ist das Ihr Verlobter, Ma'am?«, fragte der Erste nach.

Ashley nahm eine stolze Haltung an und sah voller

Verachtung auf ihn hinunter, während in ihr der Schmerz brannte. »Nein! Ich kenne den Herrn nicht.«

»Sie haben gehört, was die Dame gesagt hat, also machen Sie bitte keinen Ärger.« Die beiden drängten John beziehungsweise Lester Fulgham von Ashley fort. Er hatte keine Chance gegen sie, wenn er es nicht auf eine Prügelei ankommen lassen wollte, um damit noch mehr Aufmerksamkeit zu erregen.

Mit feuchten Augen stieg sie die restlichen Stufen empor, ohne sich noch einmal zu ihm umzudrehen. Wie konnte er nur? Was für eine Demütigung! Ihr Gesicht, ihr Körper, jede Faser in ihr stand in Flammen vor Scham.

»Ashley, was ist passiert? Um Himmelswillen, du zitterst ja!«

»Steve! Was machst du hier? Verfolgst du mich?«

Er stand am oberen Ende der Treppe und hatte die peinliche Szene womöglich mitbekommen. »Was? Nein, natürlich nicht! Ich hörte, wie Warren Marshall sich bei seinen Freunden darüber ausließ, dass ein Fremder versuche, ihn auszustechen, und du mit ihm hinausgegangen seist. Da habe ich mir Sorgen gemacht und wollte nach dir sehen.« Wie es sich für einen Gentleman geziemte, hielt Steve die Tür für sie auf, die in den Saal führte.

Ashley setzte einen Fuß hinein und wich prompt zurück. Der Anblick all der Menschen, die lachten und tanzten, während ihr Leben gerade zu einem Scherbenhaufen zerfallen war, war unerträglich. »Ich kann da nicht wieder hineingehen! Ich möchte unverzüglich zum Stadthaus zurück.« Sie wandte sich um und hielt auf die Treppe zu.

»Warte hier, ich werde deine Tante suchen.«

Ashley ignorierte ihn, sie wollte nur noch fort. Sie hatte den Eindruck, jeder würde ihr ansehen können, wie erniedrigt sie sich fühlte. Hinter sich hörte sie Steve rufen und beschleunigte ihre Schritte, wobei sie beinahe auf den Saum ihres Kleides getreten und gestolpert wäre. Endlich war sie draußen vor dem Gebäude.

»Ashley, was hast du vor? Du kannst doch nicht allein ...« Er hatte sie eingeholt und versuchte, sie zur Vernunft zu bringen, indem er sie anflehte, wenigstens zu warten, bis er ihre Tante informiert habe.

Doch Ashley war knapp davor, zusammenzubrechen. »Ich will einfach nach Hause!«

Einige Gäste, die offenbar draußen Luft schnappten, gafften sensationslüstern. Steve bugsierte sie in eine andere Richtung und stellte sie im Schatten der Bäume zur Rede.

»Jetzt sag mir endlich, was geschehen ist. Warum bist du so außer dir?« Er hielt ihren Arm fest, damit sie nicht flüchten konnte.

»Er ist *er*«, brach es schließlich aus ihr heraus. Wild gestikulierend berichtete sie.

»Du meinst, John Fletcher ist in Wahrheit Lester Fulgham?«, fragte er nach, um sich zu vergewissern, dass er ihr Gestammel richtig verstanden hatte. Ashley nickte heftig. »Ach, du meine Güte, was für ein hinterhältiges Arschloch ... entschuldige, ich wollte sagen, was für ein gemeiner Schuft.«

»Schon gut«, schniefte sie bebend, »ich habe schon öfter Männer fluchen hören. Mein Vater und mein Bruder tun es ständig.«

Ob einer von den beiden seine Finger im Spiel hatte, fragte sie sich plötzlich. Nein, Vater würde keine Spielchen dulden, er würde den direkten Weg wählen und ihn notfalls mit aller Härte durchsetzen, aber was war mit Rodney? Oder war es einzig und allein Johns perfider Plan gewesen? Und sie hatte sich noch an seiner Schulter ausgeweint und über ihr Schicksal beklagt, dass sie als Fulghams Gemahlin auserkoren war. Er hatte sich nichts anmerken lassen, welch unerträgliche Komödie ... Sie schluchzte auf.

»Die Abendluft ist kühl.« Fürsorglich zog Steve seine Jacke aus und drapierte sie über ihre Schultern.

Ashley war so in ihrem Schmerz vertieft, dass sie zusammenzuckte. Ihr war nicht kalt, ganz im Gegenteil, sie brannte vor Zorn, aber sie dankte ihm für die Geste. Soeben drängte sich ihr die Erinnerung auf, wie John sie noch vor wenigen Minuten hinter dem Gebäude leidenschaftlich geküsst hatte ... Sie weigerte sich, hinzunehmen, dass der John, wie sie ihn kannte, nicht existierte. Er war nur eine Illusion.

»Ich will dir nicht den Abend verderben, aber was mich betrifft, möchte ich mich jetzt gern ins Stadthaus zurückziehen.« Energisch wischte sie ein paar Tränen mit dem Handrücken fort. »Dort werde ich mich in dem Sumpf meines Unglücks und der eigenen Dummheit suhlen«, fügte sie bissig an.

»Du willst dich also im Selbstmitleid ertränken? Hältst du das für eine Lösung?« Als sie keine Antwort gab, rollte er mit den Augen. »Ich organisiere eine Droschke.«

»Ich werde zu Fuß gehen!«

»Sei nicht albern! Es ist fast Mitternacht und viel zu gefährlich, außerdem wirst du dir deine wunderschöne Ballrobe ruinieren.«

»Was macht das jetzt noch? Ich werde sie ohnehin nie

mehr benötigen.« Sie wusste, dass sie trotzig reagierte, aber sie konnte nicht anders, sie war zu sehr verletzt. John hatte ihr Herz gebrochen.

Steve ignorierte ihre üble Laune und Ashley verkniff sich weitere Einwände und stieg wortlos in die herangewinkte Kutsche. Nun rannen ihr die Tränen richtig die Wangen hinab. Ihr Gesicht war in Dunkelheit getaucht, die sie vor Steves mitfühlenden Blicken schützte. Dennoch war sie sich seiner Anwesenheit bewusst. Sie spürte, dass er unsicher war und nicht recht wusste, wie er mit der Situation umgehen sollte, aber sie war froh, dass er sie nicht zu belehren versuchte.

Steve bat den Kutscher zu warten, während er sie zur Eingangstür begleitete. Ebru war noch wach, zaghaft öffnete sie und lugte durch den Spalt. Bei Ashleys Anblick stieß sie einen erschrockenen Laut aus und riss die Tür auf.

»Miss Ashley, was ist denn passiert?«

Schweigend trat Ashley ein. Sie konnte nicht in Worte fassen, was passiert war, außerdem befürchtete sie, sofort wieder in Tränen auszubrechen.«

»Kümmere dich um sie«, bat Steve. »Ich werde zurückfahren und Misses Lennox sagen, was vorgefallen ist.«

Ashley lief schnurstracks nach oben in ihr Zimmer und ließ sich auf ihre Bettstatt fallen. Augenblicke später erschien Ebru, um ihr beim Ausziehen des Ballkleides zu helfen, aber Ashley wollte allein sein. Mit Nachdruck schickte sie die aufgelöste Sklavin hinaus, rollte sich wie eine schlafende Katze zusammen und beweinte ihr Unglück.

Sie wusste nicht, wie viel Zeit vergangen war, doch irgendwann saß die Tante an ihrem Bett und strich ihr tröstend übers Haar. Ashley vermutete, dass sie vor Erschöpfung eingeschlafen war, denn Tawinia trug bereits ihren Hausmantel und hatte ihr Haar zu einem Zopf geflochten, wie sie es immer tat, wenn sie sich schlafen legte.

Ashley fuhr hoch. »Tante, hast du schon gehört, welch Ungeheuerlichkeit geschehen ist?«

Tawinia nickte betrübt. Schniefend sank Ashley in ihre Arme. »Wie konnte er mir das antun? Ich möchte ihm die Augen auskratzen. Du hattest von Anfang an recht mit deinem Argwohn, Tante. Ich hätte auf dich hören sollen.«

»Ich bin keineswegs stolz drauf, richtig gelegen zu haben, das kannst du mir glauben.«

Eine Weile schwiegen beide.

»Findest du es nicht arg merkwürdig, dass er ausgerechnet hier in Charleston auftaucht? Wo wir extra seinetwegen aus Pembroke verschwunden sind. Das kann kein Zufall sein. Er muss gewusst haben, dass du in Charleston bist.«

»Der Gedanke ist mir auch schon gekommen, aber woher sollte er das gewusst haben? Ich kann nicht glauben, dass ich so dumm war, es ist so beschämend, ich hasse ihn.«

»Das hat vor ein paar Stunden noch ganz anders geklungen.« Mitfühlend legte Tawinia die Hand auf ihre.

»Ich will ihn nie wiedersehen!«, Ashley schniefte. »Zum Glück weiß ich, dass er sich auf der Heimreise befindet, wegen irgendeiner dringenden Familienangelegenheit, aber er soll nicht glauben, dass er gewonnen hat. Niemals werde ich seine Gemahlin werden, niemals!«

»Lass uns schlafen, Kind, es ist spät. Wir werden morgen weitersehen und überlegen, was wir als Nächstes tun. So, und jetzt steh auf, damit wir dich aus deinem Kleid herausbekommen. Es ist ohnehin schon arg verknittert.«

An Schlaf war aber nicht zu denken. Ashley wälzte sich von einer Seite auf die andere. Wie sollte es nun weitergehen? Fing die Suche nach einem Gemahl von vorn an? Mr. Perkins hatte sie brüskiert, er stand nicht mehr zur Diskussion. Vielleicht konnte sie ihn milder stimmen, wenn sie sich bei ihm entschuldigte? Eine Ehe mit ihm, einem Mann, für den sie nichts empfand, wäre die einzige Alternative. Er würde sie niemals so verletzen können wie John, alias Lester, es getan hatte. Außerdem hatte Perkins geschworen, sie stets mit Respekt zu behandeln.

Ihr Kopf schmerzte am Morgen, auch ihr Appetit ließ zu wünschen übrig. Lustlos stocherte sie in der Portion Rührei, die Ebru ihr aufgetan hatte. Abwesend betrachtete sie ihre Tante, die ihren Kaffee mit der exakten Menge Milch mischte. Ashley war ihr dankbar für alles, was sie ihretwegen auf sich genommen hatte. Und das Ganze nur, damit sie ausgerechnet dem Mann auf den Leim ging, vor dem sie geflohen war. Das war nicht gerecht! Sie verspürte ein schlechtes Gewissen.

»Was hältst du davon, wenn wir heute einen Ausflug machen?«, schlug Tawinia überraschend vor. »Wir könnten uns auf Sullivan Island übersetzen lassen und dort einen schönen Tag verbringen, damit du auf andere Gedanken kommst. Oder wir buchen eine Fahrt mit dem Raddampfer entlang des Ashley Rivers, mit kurzem Landgang in North Charleston.« Sie warf einen Blick auf die englische Standuhr. »Das allerdings könnte zeitlich knapp werden.«

Ashley druckste herum, sie verspürte kein Interesse für derartige Unternehmungen, aber sie mochte die Tante auch nicht kränken, immerhin meinte sie es gut. Ein rasanter Ritt quer über Feld und Wiesen erschien ihr im Augenblick reizvoller.

»Nun gut, ich verstehe schon«, deutete Tawinia ihr Zögern richtig. »Doch glaube mir, es bringt nichts, in Lethargie zu verfallen.«

Sie saßen noch eine ganze Weile zusammen und sprachen über die Bälle und Festlichkeiten, die sie bisher besucht hatten, als Ebru mit einem Male einen männlichen Besucher meldete.

Für einen Augenblick schien Ashleys Herz auszusetzen, entspannte sich jedoch wieder, als Ebru den Namen nannte - Steve Flowers. Mit Schreck erinnerte sie sich, dass sie noch im Besitz seiner Jacke war, die er ihr über die Schulter gelegt hatte. Sicher kam er deshalb. Sie bat Ebru, sie rasch zu holen.

Anschließend betrat sie ebenfalls den kleinen Salon. Steve erhob sich, begrüßte sie und erkundigte sich höflich nach ihrem Befinden.

»Nun, ich müsste lügen, würde ich behaupten, es ginge mir fantastisch, aber ich komme zurecht.« Sie übergab ihm seine Jacke. »Tut mir leid, dass du deshalb extra herkommen musstest.«

»Vielen Dank, aber ich bin aus einem anderen Grund gekommen. Mister Fletcher ... ähm, ich meine Mister Fulgham hat mich gebeten, mit dir zu reden.«

Ashley zog verächtlich die Augenbrauen hoch. »Ich wüsste nicht, was es da noch zu bereden gäbe.«

Sie warf einen vorsichtigen Blick auf die Tante, auf deren Stirn sich eine steile Falte gebildet hatte.

»Er hat mich abgepasst, als ich den Ball verlassen wollte. Er sagte, er müsse unbedingt einige Dinge klarstellen, aber er befürchtete, du würdest ihn gar nicht erst empfangen.«

Sie stieß ein Schnauben aus. »Da dürfte er durchaus recht haben.« Sie bat Steve, wieder Platz zu nehmen, und ließ sich selbst in einem Sessel nieder.

»Ich habe mir natürlich auch meine Gedanken gemacht, nachdem ich dich nach Hause gebracht hatte«, begann er gedehnt. »Ihr beide habt einen so harmonischen Eindruck gemacht, dass ich mir nicht vorstellen konnte, dass er nur gespielt hat. Mein Verdacht war, dass er sich dir bewusst unter falschem Namen angenähert hat, um dein Vertrauen zu gewinnen, weil es ihn ruinieren könnte, käme diese Ehe nicht zustande. Ich nahm an, dass ihm womöglich das Wasser bis zum Hals stünde, denn nachdem, was du mir über die Fulghams anvertraut hast, dürfte er deinem Vater eine Menge Geld schulden. Deshalb war ich nur mäßig überrascht, als er auf mich zukam und um ein Gespräch bat. Mister Fulgham beteuerte, dass es sich nicht so verhalte, wie es den Anschein habe, und dass seine Gefühle für dich aufrichtig seien.«

Ebru kam herein, stellte eine Schale Plätzchen auf den Tisch, und servierte Tee. Während dieser Zeit pausierte das Gespräch.

»Ehrlich, Ashley, du musst ihn anhören. Auf mich machte er einen aufrichtigen Eindruck und er wirkte ernstlich betroffen. Seine Geschichte klingt glaubwürdig, ja, ungeheuerlich, doch wenn es stimmt, musst du davon

Kenntnis haben. Er hatte dem Alkohol schon reichlich zugesprochen, aber wenn ich ihn recht verstanden habe, ist es dein Bruder Rodney, vor dem du dich hüten sollst.«

»Rodney?«

Ashley und Tawinia tauschten einen überraschten Blick.

»Fahren Sie fort, Mister Flowers«, bat Tawinia und griff nach ihrer Teetasse.

»Lesters Worten nach verfügt Rodney Callahan über eine Menge krimineller Energie.«

»Rodney hat gesagt, er könne mir helfen, dass ich Fulgham nicht heiraten müsse ...«, sprach Ashley ihre Erinnerung laut aus. »Anfangs habe ich ihm geglaubt.« Ihr Blick huschte zwischen Steve und Tawinia hin und her. »Aber dann hat er im Gegenzug verlangt, dass ich Lindsay Patterson zu seinen Gunsten beeinflusse, damit sie seinen Antrag annimmt, und er an ihre stattliche Mitgift kommt.«

Tawinia klärte Mr. Flowers auf, um wen es sich bei der besagten Dame handelte.

»Was genau hat er über meinen Bruder gesagt?«, hakte Ashley nach.

»Nun ...«, Steve rutschte unruhig auf seinem Sessel herum, »dass es ihm keineswegs um dein Wohl gehe, sondern einzig um das Kapital, das er aus der Sache ziehen könne. Dein Bruder verfolge ein eigenes Ziel und schrecke nicht davor zurück, dich wie einen Spielball für seine Zwecke zu missbrauchen.«

»Das verstehe ich nicht ganz.« Sie warf ihrer Tante einen fragenden Blick zu und konzentrierte sich dann wieder auf Steve. »Wozu sollte er das tun? Welche Absicht verfolgt er damit?«

»Das kommt darauf an, von welcher Seite man es betrachtet«, antwortete Tawinia an seiner Stelle. »Zimperlich ist er jedenfalls nicht.«

Irritiert schaute Ashley von einem zum anderen. »Willst du andeuten, Rodney hat Lester gezielt auf mich angesetzt? Das ergibt keinen Sinn! John ... ähm, Lester, wie auch immer, würde sich niemals manipulieren lassen. Warum also sollte Rodney einen solchen Aufwand betreiben? Und überhaupt, welchen Nutzen hätte er davon?«

»Ich finde, das sollte Mister Fulgham dir selbst erklären. Er hat seine Abreise verschoben, er ist noch in der Stadt. Ihr müsst euch unterhalten, Ashley.«

»Ich weiß nicht ... ich glaube, ich habe nicht die Kraft, ihm gegenüberzutreten. Er hat mich so enttäuscht und ich ...«

»Ich nehme an, Mister Fulgham wird wissen wollen, wie Ihre Vorsprache verlaufen ist?«, fragte Tawinia dazwischen und fuhr fort, als Flowers heftig nickte. »Gut, dann richten Sie ihm bitte aus, dass ich ihn um fünfzehn Uhr zum Nachmittagstee erwarte.«

»Aber du magst ihn doch gar nicht«, begehrte Ashley auf.

»Ich habe gesagt, dass ich der Ansicht bin, dass etwas mit ihm nicht stimmt. Und wie du mittlerweile unschwer abstreiten kannst, hatte ich mit meiner Vermutung recht. Ich möchte mir gern anhören, was er zu seiner Verteidigung vorbringen wird.«

*

Lester war angespannt wie nie zuvor in seinem Leben. Es war ihm nicht möglich, still zu sitzen, unruhig tigerte er in seiner Unterkunft auf und ab. Der Schädel brummte ihm von dem Alkohol, den er sich in der vergangenen Nacht einverleibt hatte. Normalerweise war er nicht der Mensch, der dermaßen einen über den Durst trank, aber nach dem Drama vor dem Exchange hatte er nur Vergessen gesucht. Ashleys Blick, wie sie ihn voller Verachtung angesehen hatte, war zu viel für ihn gewesen. Vielleicht wäre es ihm noch gelungen, sich zu erklären, wären da nicht die zwei Wichtigtuer aufgetaucht, die ihn daran gehindert hatten, sich ihr zu nähern. Jetzt hatte sich seine Lage zunehmend verschlechtert.

Es war nicht sein Plan gewesen, dem jungen Burschen Steve Flowers mit seinem Problem zu behelligen, aber als er ihn den Ball verlassen gesehen hatte, musste er sich ihm einfach anvertrauen. Von Ashley wusste er, dass Flowers derlei Festlichkeiten aufsuchte, um Kontakte zu knüpfen, in der Hoffnung, Aufträge im Bereich Buchführung und Bilanzerstellung zu ergattern. Für sein junges Alter schien er ein helles Köpfchen zu sein.

Wieder grübelte er über das Pech, dass er ausgerechnet Mr. Atkins auf dem Ball begegnet war. Den ganzen Abend hatte Lester penibel darauf geachtet, jenen Personen, die ihn kannten, auszuweichen, solange Ashley an seiner Seite war. Dass es riskant war, hatte er gewusst; es war bekannt, dass auch Leute aus Georgia gern an diesem speziellen Ball teilnahmen. Und dann musste ihm der geschwätzige Mr. Atkins in die Quere kommen und alles ruinieren. Lester war so von Ashleys Zauber hingerissen gewesen, dass er ihn zu spät bemerkt hatte.

Sie hatte allen Grund, wütend auf ihn zu sein. Er konnte nur hoffen, dass sie ihm verzeihen würde.

Natürlich wäre es sinnvoller, ihr ein paar Tage Zeit zu geben, damit sie ihre Enttäuschung verdauen und konstruktiv über ihre Verbindung nachdenken konnte. Aber wenn er eines nicht hatte, dann war es Zeit.

Zum Glück war es möglich gewesen, sein Zimmer für einen weiteren Tag zu buchen, immerhin war er ein angenehmer Mieter, wie die Wirtin bekräftigte.

Die Problematik auf der Plantage war in diesem Fall erst mal zweitrangig. Seine Mutter war eine starke Frau, er musste darauf vertrauen, dass sie die Lage bis zu Lesters Heimkehr meisterte. Sie würde ihn verstehen, wenn sie erführe, was ihn davon abhielt, auf dem schnellsten Weg nach Hause zu reisen. Zudem waren seine Männer alarmiert und Jeremy eingeweiht; der Mann hatte ihn noch nie enttäuscht.

Selbst wenn der Kerl es wagen sollte, mit den Gesetzeshütern sein Anwesen zu betreten, war es unwahrscheinlich, dass Schlimmeres passierte. Er hatte schon vor seiner Abreise dafür gesorgt, dass man sie für eine Weile von der Plantage fortschaffte. Die Männer würden nichts gegen ihn in der Hand haben. Natürlich war es ebenso möglich, dass der Mann nur bluffte, doch es war besser, kein unnötiges Risiko einzugehen. Nichtsdestotrotz wäre er lieber persönlich vor Ort gewesen, um sich dem Unheil entgegenzustellen.

Aber sollte Ashley aus Verzweiflung einwilligen, einen anderen Mann zu heiraten, war das etwas, was nicht wieder aus der Welt zu schaffen war. Für alles andere gab es irgendwie eine Lösung, er würde seinen Kontrahenten in die Knie zwingen. Paradox war, dass der Hitzkopf keine Ahnung davon hatte, was er losgetreten hatte. Ein Bumerang kehrte stets zum Werfer zurück. Er gestattete sich ein gehässiges Grinsen.

Ein letztes Mal betrachtete er im Spiegel sein Konterfei, dann begab er sich auf den Weg zu Mrs. Lennox' Stadthaus in der East Battery.

Die Dame des Hauses begrüßte ihn mit höflicher Distanz und bedankte sich für sein pünktliches Erscheinen. Nur wenige Augenblicke später betrat Ashley den Salon. Sie würdigte ihn nur eines kurzen Blickes, ihre Begrüßung war kühl und reserviert.

Sie sah blass aus, bemerkte Lester beschämt. Am liebsten hätte er sie in den Arm genommen und getröstet. Mit einem befangenen Räuspern wandte er den Blick ab und folgte der Aufforderung von Mrs. Lennox, sich zu setzen.

»Nun, Mister Fulgham, ich bin gespannt, wie Sie uns Ihr Verhalten erklären wollen«, begann Tawinia ohne Umschweife. »Ihnen dürfte bekannt sein, dass Sie meine Nichte mit Ihren Lügengeschichten tief verletzt haben.«

Er hatte dummerweise den falschen Sitzplatz gewählt, die Mrs. saß ihm gegenüber und beobachtete ihn mit Adleraugen, während Ashley mit steifem Rücken im Sessel zu seiner Linken saß.

»Das tut mir aufrichtig leid.« Er sah Ashley an, die demonstrativ den Blick geradeaus auf die freie Couch gerichtet hielt. »Als ich mich dir unter dem Namen John Fletcher vorstellte, konnte ich nicht ahnen, wie sich alles entwickeln würde. Verzeih mir, Ashley.«

»Sie hingegen wussten jedoch, wen Sie vor sich hatten, nicht wahr?«, fragte Tawinia.

»Ja. Ich wollte herausfinden, inwieweit Ashley involviert ist und was an den Gerüchten dran ist.«

»Mit *involviert* meinen Sie die Vereinbarung Ihrer Väter?«, fragte Tawinia nach, während Ebru den Tee servierte. »Aber von welchen Gerüchten sprechen Sie?«

»Hören Sie, das ist eine unangenehme Situation ...«, antwortete er, nachdem die Sklavin den Raum verlassen hatte, »aber ich möchte hier ausdrücklich betonen, dass meine Gefühle für Ashley aufrichtig sind. Ich möchte sie zu meiner Gemahlin machen und das unabhängig von dem irrsinnigen Vertrag, den unsere Väter beschlossen haben. Ich liebe Ashley!«

Er schaute sie sehnsüchtig an, aber Ashley machte keine Anstalten, ihre Blickrichtung zu ändern. Er bemerkte, dass sie schluckte und sich ihr Brustkorb im schnellen Tempo hob und senkte.

»Mister Fulgham, ich habe Sie nicht hergebeten, damit Sie hier Süßholz raspeln«, brachte sich ihre Tante in Erinnerung.

»Dessen bin ich mir bewusst!« Er räusperte sich, nahm eine andere Sitzhaltung an und konzentrierte sich auf Mrs. Lennox. »Erlauben Sie mir, zu erläutern, wie sich die Ereignisse zugetragen haben. Dazu müsste ich allerdings ein wenig ausholen, Ma'am.«

Mrs. Lennox lehnte sich zurück und forderte ihn mit einer entsprechenden Handbewegung auf, zu beginnen.

Er warf einen vorsichtigen Blick auf Ashley. Es war unumgänglich, dass er brisante Details preisgeben musste, und er hatte keine Ahnung, wie sie darauf reagieren würde. Zudem wusste er nicht, wie eng Ashleys Beziehung zu ihrem Vater war, sie hatten nie über ihn gesprochen. Für einen kurzen Moment überlegte er, ob er Mrs. Lennox bitten sollte, sie unter vier Augen sprechen zu dürfen, doch dann verwarf er den Gedanken rasch wieder. Etliche Male hatte er sich in seinem Pensionszimmer die Worte zurechtgelegt, doch nun herrschte heilloses Chaos in seinem Kopf. Er verspürte einen trockenen Mund und griff nach der zierlichen Teetasse. Während er trank, versuchte er, seine Gedanken zu sortieren, ehe er sprach.

»Ich wusste seit Jahren von dem ominösen Abkommen, aber ich hatte niemals vor, so einer Vereinbarung nachzukommen. Deswegen habe ich auch nicht reagiert, als mich das erste Schreiben von Hugh Callahan erreichte. Ich weigerte mich, mir von dem Mann mein Leben vorschreiben zu lassen. Mein Vater ist tot, ich bin seit vielen Jahren der Herr der Plantage. Sein früher Tod war für unsere Familie, insbesondere für meine Mutter, ein Segen. Das mag sich grausam anhören, aber es entspricht den Tatsachen. Er war kein angenehmer Zeitgenosse. Leider war ich zum Zeitpunkt seines Todes noch zu jung, um selbst die Führung der Plantage zu übernehmen, daher übernahm diese Aufgabe ein Verwalter. Hugh Callahan stellte den Mann ein, kümmerte sich um dessen Bezahlung und regelte auch sonst diverse Abläufe, ohne dass wir ihn darum gebeten hatten. Aber er tat es nicht aus Gutmütigkeit.« Er schielte zu Ashley hinüber.

Sie hatte ihre aufrechte Sitzhaltung aufgegeben und sich im Sessel zurückgelehnt, doch seine Anwesenheit ignorierte sie weiterhin.

»Sie meinen, Hugh finanzierte den Verwalter, weil er davon ausgehen musste, dass seine Tochter eines Tages Herrin der Plantage sein würde«, folgerte die Tante.

»Nein, nicht direkt.« Er rutschte etwas unsicher auf seinem Sessel herum. Er kam nicht drum herum, die

Dinge beim Namen zu nennen, wenn er seine Glaubwürdigkeit nicht riskieren wollte. Gerne hätte er Ashleys Ohren die pikanten Tatsachen vorenthalten. Nach einem Seufzen fuhr er fort: »Mister Callahan war zu dem Zeitpunkt seit über einem Jahr Witwer ... Nach dem Tod meines Vaters begann er, meiner Mutter nachzustellen. Anfangs nur durch beiläufig erscheinende Andeutungen, aber dabei blieb es nicht lange. Er wurde rasch konkreter.«

Mrs. Lennox' Gesichtsausdruck ließ nicht erkennen, was sie von dieser Eröffnung hielt. Ashley schlürfte sichtlich nachdenklich ihren Tee.

»Heftige Ausmaße nahm es erst an, nachdem wir mithilfe von Freunden meiner Mutter einen neuen Aufseher gefunden hatten, der die Stellung des von Mister Callahan verpflichteten Mannes übernehmen sollte. Dieser Aufseher war nicht tragbar gewesen, er war ein skrupelloser Sadist. Er hat beispielsweise einen Sklaven wegen einer Nichtigkeit mit einer brennenden Fackel verprügelt.«

Lester hörte Ashley schockiert aufkeuchen.

»Der Mann ist später an den Folgen seiner Verletzungen gestorben. Natürlich überprüfte Mister Callahan den neuen Aufseher und befand ihn für ungeeignet, die Verwalterstelle zu übernehmen, aber meine Mutter ließ sich nicht beirren und beharrte darauf. Kurz nachdem der Wechsel vollzogen war, nutzte Mister Callahan dies als Druckmittel. Nach dem Motto, ich habe dir einen Gefallen getan, jetzt ist es an der Zeit, sich dafür erkenntlich zu zeigen, wenn Sie verstehen, was ich meine.« Eindringlich sah er Mrs. Lennox an und hoffte inständig, in Ashleys Gegenwart nicht deutlicher werden zu müssen.

Ihr kaum merkliches Nicken deutete er als Zustimmung.

»Es wurde von Tag zu Tag schlimmer. Meine Mutter traute sich kaum noch aus dem Haus, aus Angst, er würde ihr irgendwo auflauern, immerhin hatte er das mehrfach angedroht. Erst war sie jahrelang einem gewissenlosen Ehemann ausgeliefert und kaum war sie frei, musste sie sich erneut vor einem Mann fürchten. Allein der Name Callahan löste Panik in ihr aus. Fast drei Jahre lang ging das so. Sie stand kurz vor einem Nervenzusammenbruch, bis sie sich dazu durchgerungen hatte, zum Gegenschlag anzusetzen.« Er beugte sich nach vorn und erklärte: »Damals lebte der Onkel meiner Mutter noch und sie schmiedeten einen Plan. Sie verdeutlichten Mister Callahan, dass eine Beziehung zwischen ihm und ihr niemals sein dürfe, wenn in der Zukunft eine Ehe zwischen mir und seiner Tochter stattfinden sollte. So verrückt es auch klingt, aber dieser Vertrag war damals das Einzige, was meine Mutter beschützen konnte. Der Onkel war ein wortgewandter Mann, es gelang ihm, Hugh Callahan davon zu überzeugen, dass er mit den Nachstellungen seinen Freund Arthur verraten würde. Denn dadurch könnte später die Ehe ihrer Kinder aus juristischen und moralischen Gründen nicht stattfinden. Ganz bewusst setzte der Onkel den Vertrag und die langjährige Freundschaft gegen ihn ein, um ihn daran zu hindern, Mutter weiterhin zu bedrängen. Mister Callahan tobte vor Wut, drohte mit Vergeltung, prophezeite, dass wir es alle bereuen würden, stieß Verwünschungen aus und so weiter. Aber letztlich blieb ihm nichts anderes übrig, als sich an die Auflagen zu halten. Ich denke, es erklärt die Besessenheit, mit der Mister Callahan heute um die Einhaltung des Vertrages bemüht ist.«

»Sofern Ihre Geschichte der Wahrheit entspricht«, äußerte sich Tawinia kritisch.

»Ich kann Ihnen versichern, das tut sie, Ma'am.«

»Ich kann mir schwer vorstellen, dass mein Vater derart in deine Mutter verliebt war«, meldete sich endlich Ashley zu Wort. »Das passt nicht zu ihm.« Für einen kurzen Moment trafen sich ihre Blicke.

»Liebe wird es keineswegs gewesen sein, was ihn angetrieben hat. Eines Tages wirst du wissen, was ich meine«, erläuterte die Tante.

Er und Mrs. Lennox warfen sich einen verständnisvollen Blick zu. Ashley hingegen schien verwirrt. Wie sollte sie in ihrer Unschuld auch verstehen, wovon die Rede war. Lester hatte Mühe, die Augen von ihr abzuwenden. Erotische Fantasien durchstreiften plötzlich seine Gedanken.

»Ihre Erzählung war bislang sehr informativ, Mister Fulgham, aber es erklärt noch nicht die derzeitige Situation«, rief die Mrs. ihn zur Ordnung.

»Vollkommen richtig!« Er war bemüht, sich wieder auf Mrs. Lennox zu konzentrieren. Nach einem Schluck Tee fuhr er fort. »Mister Callahan hielt sich danach tatsächlich von meiner Mutter fern und die ganze Familie konnte endlich aufatmen. In den ersten Monaten kamen ein paar Briefe mit wüsten Beschimpfungen und unheilvollen Voraussagungen, aber er tauchte nie wieder auf der Plantage auf. Mutter wollte selbstverständlich nicht, dass ich eines Tages den Preis für diesen Frieden zahlen musste, indem ich gezwungen sein würde, seine Tochter zu heiraten ...« Er warf einen mitfühlenden Seitenblick auf Ashley.

Sie sah nicht mehr so verärgert aus, aber sie machte auf ihn einen verlorenen Eindruck. Es musste schlimm für sie sein, all dies über ihren Vater zu hören. Dabei war das nur die Spitze des Eisberges. Weder sie noch ihre Tante hatten die geringste Ahnung, wozu Hugh Callahan fähig war. Zum gegenwärtigen Zeitpunkt mochte Lester nicht daran denken, dass er ihnen eines Tages die ganze schockierende Wahrheit beichten musste. Nur so konnte er mit Ashley glücklich werden. Aber diese Offenbarung musste warten. Für den Augenblick war es nur wichtig, dass Ashley ihm verzieh und verstand, warum er so hatte handeln müssen. Es war erstaunlich, wie sehr Ashleys Anwesenheit ihn immer wieder aus dem Konzept brachte, rasch sortierte er erneut seine Gedanken.

»Meine Mutter legte über die Jahre nicht benötige Gelder zur Seite, damit sie Mister Callahan eines Tages ausbezahlen und mich freikaufen konnte. Das betraf sowohl die Summen, die er nach dem Tode meines Vaters investiert hatte, als auch jene Schulden, die er noch zu Lebzeiten bei ihm gemacht hatte. Es gab da mal einen verheerenden Brand auf unserer Plantage, der durch den Aufstand einiger Sklaven ausgelöst worden war. Mehrere Gebäude brannten bis auf die Grundmauern nieder, darunter das Baumwolllager und das Ginhouse. Mister Callahan lieh Vater ein zinsfreies Darlehen zum Wiederaufbau. Zwei Jahre später wurde mein Vater krank und konnte die Schulden nicht mehr tilgen. Das war der Moment, in dem unsere Väter auf die glorreiche Idee mit dem Ehevertrag kamen.«

»Ich weiß, das hat er auch gesagt«, warf Ashley ein. Sie sah Lester dabei nicht an.

Er seufzte. »Nun ja, ich muss gestehen, wir hofften ins-

geheim, dass dein Vater bis zum Termin der Vertrags-
erfüllung längst das Zeitliche gesegnet hätte. Aber für
den Fall, dass er eines Tages darauf drängen sollte, wollten wir vorbereitet sein. Und dann war es soweit, ohne
große Umschweife forderte er mich auf, mich mit ihm zu
treffen, um die Eheformalitäten zu klären. Als ich nicht
reagierte, folgte ein weiterer Brief, in dem der Ton deutlich schärfer wurde. Ich ließ ihm mein Angebot zukommen, wohlgemerkt, ein großzügiges Angebot, das sämtli-
che Ausgaben deckte, zuzüglich einer angemessenen
Verzinsung. Eine Weile hörte ich nichts von ihm, dann
stand eines Tages Mister Rodney Callahan unangekün-
digt vor meiner Tür. Er sagte, sein Vater sei gesundheit-
lich angeschlagen und habe daher ihn gebeten, seine
Interessen zu vertreten. Anfangs redete er einigen Unsinn und ich konnte nicht genau ausmachen, was er
eigentlich wollte. Er hatte mein Angebot dabei und warf
es mir verächtlich auf den Schreibtisch mit den Worten,
das sei wohl ein Witz. Ich könne seine Schwester nicht
mit einem, seiner Meinung nach, *lächerlichen* Betrag, zu-
rückweisen. Rodney Callahan legte mir eine neue Ausfertigung vor, in der er das Dreifache an Zinsen forderte
und zudem eine horrende Entschädigungssumme wegen
Vertragsbruchs.«

Lester machte eine Pause, leerte seine Tasse und griff
aus Höflichkeit nach einem Keks.

»Mein Bruder hat offensichtlich meine Ehre verteidigen
wollen, warum hast du Steve erzählt, dass ich mich vor
ihm in Acht nehmen müsse?« Anklagend schaute Ashley
ihn an.

»Du irrst dich, Ashley, es tut mir leid.« Er warf einen
kurzen Blick in Richtung Mrs. Lennox und veränderte

dann seine Sitzposition, um Ashley besser ansehen zu können. Es fiel ihm nicht leicht, ihr die Illusion zu nehmen.

»Dein Bruder sagte mir kaltschnäuzig ins Gesicht, entweder ich zahle die geforderte Summe oder ich erfülle den Vertrag und heirate dich. Er wähnte sich auf der sicheren Seite, denn ich hatte zuvor mehrfach bekräftigt, dass ich nicht gewillt bin, eine Ehe ohne Liebe einzugehen. Er lachte selbstgefällig und erzählte mir, dass er dich beobachtet habe, wie du dich im Baumwolllager einem Kerl hingegeben hast. Ich sei also mit der Zahlung eindeutig besser bedient, wenn ich nicht riskieren wolle, dass mir ein Bastard untergeschoben werde.«

»Das ist eine Unverschämtheit!« Ashley sprang wütend auf und fuchtelte mit dem Zeigefinger vor seiner Nase herum. »So etwas würde mein Bruder niemals behaupten. Das ist eine infame Lüge!«

Auch Lester sprang auf, griff nach der Hand vor seinem Gesicht und hielt sie fest. »Es ist, wie es ist, Ashley. Dein Bruder ist kein Unschuldslamm, im Gegenteil, er ist skrupellos und berechnet. Denk nach, Ashley! Ich bin mir sicher, du hast das eine oder andere Mal schon das gleiche gedacht.« Sie wehrte sich nicht gegen seinen Griff, sie sah nur verkniffen zur Seite. Vorsichtig ließ er ihre Hand los und ihr Arm fiel schlaff nach unten. Wäre die Tante nicht anwesend, hätte er versucht, sie an sich zu ziehen und zu trösten. Er riskierte einen Seitenblick, Mrs. Lennox saß wie ein wachsamer Soldat in ihrem Sessel. Er war sich sicher, dass ihrem Scharfsinn nicht das geringste Detail entging. Entschuldigend setzte er sich und auch Ashley nahm wieder Platz. Eine bedrückende Stille war eingetreten.

Wortlos schenkte Mrs. Lennox Tee nach.

»Sie möchten sicher auch noch eine Tasse?«, fragte sie ihn schließlich, als wäre alles völlig normal.

»Gern, vielen Dank.« Er hatte tatsächlich Durst, eine Nachwirkung seines Besäufnisses, auch verspürte er wieder leichte Kopfschmerzen. Im Stillen verfluchte er Mr. Atkins, seinetwegen saß er heute hier und musste zu Kreuze kriechen. Vieles wäre einfacher gewesen, hätte er Ashley alles in Ruhe und unter vier Augen erklären können.

»Hätte dein Bruder tatsächlich die Wahrheit gesagt«, wandte er sich an sie, »wäre es ebenso Vertragsbruch gewesen, und zwar auf Callahans Seite, das hat er in seinem Eifer wohl nicht bedacht. Wie dem auch sei, ich machte ihm klar, dass ich weder das eine noch das andere tun werde, und bat ihn, zu gehen. Daraufhin wurde er beleidigend und ausfallend, und ich musste meinerseits deutlicher werden.« Er verharrte einen Moment in der Erinnerung und nahm einen weiteren Schluck Tee. »Drei Tage später erschien er abermals unangemeldet auf meiner Plantage. Dieses Mal hatte er die unterschriebenen Papiere seines Vaters dabei. Rodney Callahan erklärte mir in ausschweifenden Worten, sein alter Herr habe sich nach reiflicher Überlegung dazu durchgerungen, nicht länger auf die Erfüllung der Vereinbarung zu bestehen und sei mit einer Ausbezahlung einverstanden.« Er sah abwechselnd Ashley und ihre Tante an, beide machten einen verwunderten Eindruck.

»Es sieht meinem Schwager nicht ähnlich, dass er einfach so klein bei gibt.«

Ashley nickte zustimmend und ihr Blick huschte zwischen ihm und ihrer Tante hin und her.

»Während ich mir den neuen Vertrag durchsah, der geringfügige Unterschiede zu meiner ursprünglichen Ausführung aufwies, redete er unentwegt und wies mich daraufhin, dass ich nur noch unterschreiben müsse. Irgendwie machte er einen nervösen Eindruck, was mich störte, außerdem war ich nicht damit einverstanden, dass eine gewisse Summe sofort in bar an ihn auszuzahlen wäre. Mir kam das suspekt vor. Um ihn hinzuhalten, erkundigte ich mich, was nach der Unterzeichnung mit seiner Schwester passieren würde. Seine erste Antwort lautete, dass es mich nichts anginge. Als er meine Reaktion bemerkte, wurde ihm wohl bewusst, dass das die falsche Antwort war, und wurde umgänglicher. Er erzählte mir, dass die Familie einen einflussreichen und wohlhabenden Gentleman an der Hand habe, dem du schon sehr bald vorgestellt werden würdest.«

Interessiert schaute sie ihn an. Wenigstens war sie inzwischen imstande, ihn anzusehen, das wertete er als kleinen Erfolg.

»Dieser Herr sei Ende dreißig und daher bemüht, rasch eine junge Gemahlin zu finden, um für den nötigen Erben zu sorgen. Es gefiel Mister Callahan offenbar nicht, dass ich von der Vertragsunterzeichnung ablenkte, und deshalb legte ich es darauf an. Ich fragte ihn, wer der Herr sei, vielleicht würde ich ihn ja kennen. Er winkte hektisch ab und meinte, dass der zukünftige Bräutigam nicht aus Georgia stamme.«

Ein »Oh«, entwich Ashley. »Das würde fast auf Mister Perkins passen ... Aber ihn kann Rodney nicht gemeint haben, ich denke, da handelt es sich um einen Zufall.«

»Ja, das denke ich auch«, bekräftigte Lester. »Dein Bruder wollte mich nur daran hindern, weitere Nachfragen zu stellen.« Einige Sekunden versanken ihre Blicke ineinander, dann senkte sie die Augen und starrte auf ihre Hände im Schoß.

»Hast du den Vertrag unterzeichnet?« Ihre Stimme vibrierte leicht.

»Nein! Ich verwies ihn auf die Änderungen und sagte ihm, ich würde das durch meinen Anwalt prüfen lassen und ihm dann Bescheid geben.«

»Ich schätze, das wird Rodney gar nicht gefallen haben.«

»In der Tat! Er wurde ungehalten und beschwerte sich, dass er Besseres zu tun habe, als ein weiteres Mal herzukommen. Er redete auf mich ein, deutete auf einzelne Passagen, die er lobend hervorhob, wies immer wieder auf die Unterschrift deines Vaters hin und betonte dessen Entgegenkommen. Mich hingegen betitelte er als Querulant, der ohne ersichtlichen Grund die Unterzeichnung hinauszögern wolle, obwohl ich doch froh sein müsse, dieser Ehe zu entkommen.«

»Hattest du denn jemals vor, zu bezahlen?«, fragte Ashley scheu. In ihren Augen stand ein Ausdruck, den er schwer deuten konnte.

»Das, was deinem Vater zusteht, ja! Aber keinen einzigen Cent mehr! Ich will diesem Mann nichts schuldig bleiben. Wie ich schon erwähnte, liegen die Gelder seit Jahren für den Fall bereit. Sobald mein Anwalt die Unterlagen geprüft hat, bekommt dein Vater sein Geld.«

»Das Geld dürfte Ihnen nach dem Tod Ihres Vaters die Existenz gesichert haben, Mister Fulgham, ist Ihnen das bewusst?«

Lester schnaubte. »Zu meiner Schande muss ich gestehen, dass da etwas dran ist, obwohl ich betone, dass ihn niemand darum gebeten hat. Wenn Sie Dankbarkeit erwarten, muss ich Sie leider enttäuschen. Er hat sich die Freiheit herausgenommen, eigenmächtig alles an sich zu reißen und über unsere Köpfe hinweg Entscheidungen zu treffen, ohne sie mit uns abzustimmen, fast so, als gehöre ihm die Plantage. Er setzte uns den sadistischen Verwalter vor die Nase und ließ sich regelmäßig von ihm Bericht erstatten. Nicht zu vergessen die Art, wie er mit meiner Mutter umging. Ich muss einräumen, dass sie mit der neuen Situation anfangs etwas überfordert gewesen war, was er sich zunutze machte. Sie stand plötzlich als Witwe da und ich war noch zu jung und unerfahren, um das Erbe meines Vaters anzutreten. Aber wir hatten stets den Rückhalt ihrer Familie und ich bin mir sicher, wir hätten es auch ohne die Einmischung von Mister Callahan geschafft, doch gab man uns gar nicht erst die Möglichkeit.«

Im Sessel zurückgelehnt musterte Mrs. Lennox ihn eindringlich. Lester hielt den Blick, er konnte sie nicht recht einschätzen. Er hoffte nur, dass sie nicht von ihm erwartete, er müsse sich ihrem Schwager zu Dank verpflichtet fühlen. Nach all dem, was der Mann sich geleistet hatte, blieb dafür kein Platz. Ihr Schweigen begann ihn zu verunsichern.

Um sich diese Gefühlsregung nicht anmerken zu lassen, sprach er weiter: »Zwei Tage später erhielt ich ein Schreiben von Hugh Callahan. Ich dachte, es ginge darum, dass ich nicht sofort die neue Ausfertigung unterschrieben hatte, aber was ich dann las, ließ alles in einem neuen Licht erscheinen.«

Jetzt hatte er das Interesse der Mrs. zurück. »Was meinen Sie damit?«

»Nun, Hugh Callahan wusste offenbar nichts von dem Vertrag, den sein Sohn mir vorgelegt hatte. Ebenso schien ihn mein Angebot, das ich ihm zugeschickt hatte, nicht erreicht zu haben. Mister Callahan beharrte mit Nachdruck auf den Ehevertrag und stellte mir ein Ultimatum, mich diesbezüglich binnen zwei Wochen mit ihm in Verbindung zu setzen. Zudem drohte er mir mit extremen Konsequenzen, sollte ich ihn abermals ignorieren. Außerdem kündigte er an, nach Ablauf der Frist persönlich mit dir, Ashley, auf meiner Plantage zu erscheinen, um mir die Leviten zu lesen.« Er stieß einen abfälligen Laut aus. »Ich beschloss, der Sache auf den Grund zu gehen, und ritt nach Pembroke, aber bevor ich die beiden Herren persönlich aufsuchte, wollte ich ein paar Erkundigungen einholen.«

Ashley starrte ins Leere und schüttelte die ganze Zeit kaum merklich den Kopf. Galt das Kopfschütteln ihm oder ihrem Bruder? Er war sich nicht sicher. Hatte sie eingesehen, dass Rodney skrupellos war? Fing sie an, ihm zu glauben?

»Haben Sie die beiden mit den Tatsachen konfrontiert?«, hakte die Tante ungeduldig nach. Offenbar missfiel ihr, dass er Ashley ständig ansah und auf eine Reaktion ihrerseits hoffte.

»Rodney war nicht zugegen, es hieß, er sei in der Stadt. Ich habe einen von Callahans Männern bestochen, um Informationen zu bekommen. Der Mann war äußerst gesprächig und erstaunlich gut informiert.«

Es musste wohl sein Tonfall gewesen sein, der Ashley veranlasste, ihn anzusehen. Sie schien erschrocken und er glaubte, Angst in ihren Augen zu lesen. Waren die Gerüchte doch nicht ganz unbegründet? Sein alter Zweifel meldete sich zurück und ein anderes Gefühl, das plötzlich an ihm nagte – Eifersucht. Er war bemüht, sich nichts anmerken zu lassen, behielt sie aber genau im Auge.

»Der Mann war Aufseher auf der Plantage. Ihm war sofort klar, dass ich Lester Fulgham sein musste. Ich war höchst erstaunt, es ist schließlich ungewöhnlich, dass ein Angestellter präzise in familieninterne Angelegenheiten eingeweiht ist.«

Ashleys Atmung hatte sich beschleunigt und sie spielte nervös mit ihren Händen im Schoß. Ein Blick auf die Tante sagte ihm, dass auch ihr die plötzliche Unruhe ihrer Nichte aufgefallen war.

»Mister Gibson sagte mir, dass ich zu spät kommen würde und du mit deiner Tante auf der Flucht wärest.«

Ashley warf ihm einen umdüsterten Blick zu.

»Ich hakte nach. Er wusste über den Ehevertrag Bescheid und dass du mich als *Sohn eines Teufels* bezeichnet haben sollst, den du niemals heiraten würdest. Dich hingegen betitelte er als kleines Luder, das es faustdick hinter den Ohren habe. Er wurde sogar noch etwas konkreter, aber das möchte ich hier nicht wiederholen.«

»Du hast ihm doch nicht etwa geglaubt?«, fuhr Ashley entsetzt auf. »Er ist ein scheinheiliger Wichtigtuer!« Kleinlauter fügte sie hinzu: »Ich traf ihn immer, wenn ich ausreiten wollte, er war stets freundlich. Eines Tages meinte er, ich sehe so traurig aus und wollte wissen, was mich bedrücke ...«

»Ashley, es gibt keinen Grund, sich zu rechtfertigen!«, warf die Tante ein.

Ashley ignorierte sie. »Ich habe ihm von meinen Sorgen erzählt und er schien so verständnisvoll zu sein.« Sie sprach sehr schnell. »Ich hatte doch niemanden, mit dem ich reden konnte. Ich habe ihm vertraut, aber er ...«

»Ashley!«

»Er hat sich dir aufgedrängt?« Lester war entsetzt. »Dieser verdammte Mistkerl!«

»Mister Fulgham! Mäßigen Sie sich bitte!«

»Wir haben uns ein paar Mal geküsst ...«

»Ashley! Genug, das führt jetzt zu nichts.« Scharf sah Tawinia beide abwechselnd an.

»Ich bitte um Verzeihung, Misses Lennox.« Er atmete tief durch und schluckte die aufgekommene Wut hinunter. »Ich ritt in die Stadt, um Rodney Callahan aufzusuchen und zur Rede zu stellen, aber als ich ihn aufspürte, befand er sich ... ähm ...« Er suchte nach einer Umschreibung, »nun, er war zu Gast in einem gewissen ... Etablissement und zudem reichlich angetrunken.«

»Er vergnügte sich mit den Huren, sag es ruhig«, kam es trocken von Ashley.

Erstaunt über ihre unverblümten Worte zog Lester die Augenbrauen hoch.

»Was denn? Mir ist bekannt, dass Männer gelegentlich so etwas Widerliches tun.«

Er wagte einen vorsichtigen Blick auf Mrs. Lennox und beschloss, nicht auf Ashleys Äußerung einzugehen.

»Stattdessen hörte ich in einer Kneipe, wie ein Angetrunkener damit prahlte, der Schauspielerin Deluca begegnet zu sein, und dass sie mit einer jungen Dame eine Passage nach Charleston gebucht habe. Ich war neugierig geworden, denn meine Information lautete Atlanta.« Er leerte seine Tasse und sah die beiden Frauen an. »Kurzfristig entschied ich mich, einen Besuch in Charleston einzulegen, und hier bin ich.«

Mrs. Lennox musterte ihn nachdenklich.

Lester konzentrierte sich wieder auf Ashley. »Ich hoffe, du verstehst, warum ich nicht von Anfang an mit offenen Karten spielte, doch ich schwöre dir, dass alles der Wahrheit entspricht, was ich dir als John Fletcher erzählt habe. Natürlich habe ich im Leben nicht damit gerechnet, mich in dich zu verlieben, aber genau das ist geschehen und ich weiß, dass du mich ebenso liebst.«

»Meine Liebe galt John Fletcher ...«, antwortete Ashley kaum hörbar.

Lester schmunzelte. »Es ist nur ein Name, Ashley. Ich bin derselbe Mensch.«

Zweifelnd schaute sie zu ihm auf. »Aber du hast schlimme Dinge von mir angenommen.«

Er rutschte auf seinem Sessel weiter nach vorn. »Nach allem, was ich über deine Familie weiß, musste ich das Schlimmste annehmen. Ich kannte dich nicht und du bist immerhin eine Callahan. Aber Ashley, du kennst mich inzwischen und dennoch verurteilst du mich und bist davon überzeugt, ich bin ein schlechter Mensch. Ich kann nicht ändern, dass mein Name Fulgham ist, nur bin ich deshalb noch lange kein Unhold, wie es mein Vater war. Lass nicht zu, dass die Vergangenheit unsere Zukunft zerstört.«

»Ich weiß nicht, ob ich das so einfach kann ...«

»Wieso waren Sie im Theater so außer sich gewesen, Mister Fulgham?«, fragte Mrs. Lennox.

Beschämt senkte er den Blick. »Ich hatte keine Ahnung, wie wunderschön Ashley geworden ist, bis ich sie zum ersten Mal nach den vielen Jahren sah.« Er schielte zu Ashley hinüber, während er sprach, doch sie wich seinem Blick verlegen aus. »Sie kehrte gerade in Begleitung von Mister Flowers von der Terrasse in den Ballsaal zurück. Ich war sofort von ihr fasziniert und überzeugt, dass nichts von allem, was ich über sie gehört hatte, stimmen konnte.« Sein und Ashleys Blick versanken ineinander, bis Mrs. Lennox sich mit einem dezenten Hüsteln in Erinnerung brachte.

Er widmete sich wieder der Tante. »Und dann sah ich sie im Theater mit Mister Perkins, von dem man sagt, er sei der einflussreichste Gentleman der Gegend. Ich muss gestehen, ich war in erster Linie wütend auf mich selbst. Ich dachte, ich hätte mich vom ersten Eindruck wie ein Narr täuschen lassen.«

»Und das denken Sie nun nicht mehr?«

»Nein, natürlich nicht! Inzwischen habe ich sie kennengelernt und weiß, was sie für ein Mensch ist.« Er lächelte Ashley an.

Mrs. Lennox hatte ihn die ganze Zeit streng im Visier, von Zeit zu Zeit bildete sich eine steile Falte auf ihrer Stirn. Sie schien jedes seiner Worte auf die Goldwaage zu legen. Konzentriert hielt sie ihre Hände gespreizt und trommelte mit den Fingerspitzen gegeneinander.

»Interessant, Ihre Ausführung. Sagen Sie, wie lange hatten Sie noch vor, uns Ihre wahre Identität zu verschweigen, wäre es nicht auf diese dramatische Weise ans Licht gekommen?«

Lester räusperte sich. »Ich wollte ihr alles sagen, sobald ich zurück bin, auch wenn ich keine Vorstellung davon hatte, wie ich es am klügsten bewerkstelligen sollte.« Es machte keinen Sinn, an dieser Stelle mit einer Ausrede aufzuwarten, er war sicher, die Mrs. würde ihn durchschauen. Sie erwiderte nichts, sah ihn nur an.

Er zog die Taschenuhr aus seiner Weste und warf einen kurzen Blick darauf.

»Ich sollte mich allmählich auf den Weg machen.«

»Wegen der Probleme auf Ihrer Plantage, wie Sie meiner Nichte gegenüber äußerten.«

»Ganz richtig«, antwortete Lester, obwohl sie es nicht als Frage formuliert hatte.

»Haben die Angelegenheiten mit meinem Bruder zu tun?«, hakte Ashley nach.

Er tat einen tiefen Atemzug und ließ sich mit der Antwort Zeit. Was sollte er ihr antworten?

»In gewisser Hinsicht schon«, entgegnete er betont vorsichtig.

»Setzt er Sie wegen des Geldes unter Druck?«, fragte Mrs. Lennox wachsam.

Es wurde höchste Zeit, dass er ging, bevor er ernsthaft in Erklärungsnot geriet. In seiner Haltung deutete er den Aufbruch an. Für heute hatte er genug gesagt, wenn er jetzt Bintu erwähnte, würde er noch Stunden in diesem Salon sitzen. Für das dunkle Geständnis war nicht der richtige Zeitpunkt.

»Hinsichtlich der Geldrückzahlung werde ich mich mit Mister Hugh Callahan persönlich auseinandersetzen, um sicherzustellen, dass es in die richtigen Hände fließt. Mein Anwalt dürfte mittlerweile alle Details geklärt haben.« Er stand auf, um seinen Abschied zu verdeutlichen. »Ich danke Ihnen vielmals, dass Sie mich angehört haben.«

Mrs. Lennox erhob sich ebenfalls. »Was haben Sie vor? Sie planen doch nicht etwa, meinem Schwager das Geld in den Rachen zu werfen?«

»Bitte?« Lester war irritiert. »Das Geld steht ihm zu! Ich will diesem Mann nichts schuldig bleiben.«

»Ihr Stolz in allen Ehren, Mister Fulgham, aber wenn

Sie wirklich vorhaben, meine Nichte zu ehelichen, gehört das Geld rechtmäßig Ihnen. So hat mein Schwager es in dem ominösen Vertrag formuliert. Sie wären ein dummer, ja, einfältiger Narr, würden Sie es Hugh dennoch hinterherwerfen.«

Lester brauchte einige Sekunden, um die Fassung zurückzugewinnen. »Ich möchte Ashley zur Frau, weil ich sie liebe und nicht, weil unsere Väter einst diese Verbindung beschlossen haben. Das hat rein gar nichts damit zu tun! Ich will die Angelegenheit vom Tisch haben. Meine Gemahlin soll niemals das Gefühl haben, dass ein eigennützig kalkulierter Vertrag der Grund für unsere Ehe ist.«

»Ich verstehe Ihre Motive durchaus. Ich bitte Sie nur, nicht vorschnell und unüberlegt zu handeln. Glauben Sie allen Ernstes, mein Schwager weiß Ihre Beweggründe zu schätzen?«

»Nein, das vermutlich nicht ...«, räumte Lester ein.

»Sehen Sie? Außerdem ist er ein gebrechlicher alter Mann. Wer wirklich von dem Geld profitiert, wäre mein Neffe.« Sie sah gequält zur Seite, und gab ein Stöhnen von sich. »Es wird Zeit, dem Jungen die Leviten zu lesen. Meine arme Schwester würde sich im Grabe drehen, wenn sie wüsste, was für ein herzloses Individuum ihr Sohn geworden ist.«

Lester ließ ihre Worte aus Respekt unkommentiert und wagte einen Blick zu Ashley, sie schien die Debatte mit äußerster Aufmerksamkeit verfolgt zu haben, dennoch ließ ihre Miene nicht erkennen, wie ihre Meinung dazu war. Zumindest war ihre Haltung nicht mehr abweisend, wie bei seinem Eintreffen. Ashley brauchte Zeit, die Neuigkeiten zu verdauen, dafür hatte er volles Verständnis.

Mit einem positiven Gefühl begab er sich auf den Heimweg. Ihre Augen konnten nicht lügen, in ihnen hatte er gesehen, wie ihr Herz empfand, auch wenn sich ihr Verstand noch weigerte, ihn als Lester Fulgham zu akzeptieren.

*

Ashleys Kopf schwirrte von all den neuen Informationen und den Eindrücken der Kindheit, die bei dem Namen Fulgham wieder an die Oberfläche kamen. Sie war noch verärgert, dass er sie angelogen hatte, aber sie konnte sein Handeln allmählich nachvollziehen. Ein Stachel der Enttäuschung pikste sie, weil Lester ihr nicht genügend vertraut hatte, um sich ihr zu offenbaren. Gleichzeitig wusste sie, dass sie ihm in dem Falle gar nicht erst zugehört hätte. Sie war in ihren Gefühlen hin- und hergerissen. Konnte sie Lester lieben, wie sie John geliebt hatte? Er war gerade einige Stunden fort und schon vermisste sie ihn, jedoch verband sie mit seinem Antlitz stets den Namen John Fletcher. Sie entsann sich seiner Umarmung und der leidenschaftlichen Küsse, die ein wohliges Kribbeln in der Magengegend verursacht hatten. In diesen Mann hatte sie sich verliebt. Lag es daran, dass er sie als Lester Fulgham noch kein einziges Mal geküsst hatte? In den Tiefen ihres Herzens wusste sie, dass solche Gedanken albern waren, dennoch konnte sie nicht aus ihrer Haut.

Nachdem er gegangen war, hatte sie noch ein langes Gespräch mit ihrer Tante geführt. Tawinia war nun überzeugt, dass er aufrichtig war und meinte, ein Blinder würde erkennen, dass er in Ashley verliebt sei.

Letzteres erfüllte Ashley in gewisser Hinsicht mit Stolz. Auch sie hatte nach anfänglichem Misstrauen keine Zweifel an seiner Version der Geschichte. Viele der Angaben deckten sich mit ihren Erlebnissen. Vater hatte stets auf die Einhaltung des Vertrages gepocht und auf Lester geschimpft, weil er auf seine Briefe nicht reagierte.

Und was Rodney betraf, er hatte selbst zugegeben, dass er Lester aufgesucht hatte, auch wenn seine Darstellung eine andere gewesen war. Die Wut auf ihren Bruder stieg. Er hatte nicht um ihretwegen eine Ehe zwischen ihr und Lester verhindern wollen, sondern um Vater hinters Licht zu führen und an das Geld zu kommen. Hatte er sich auch Gedanken gemacht, wie er Vater die ganze Angelegenheit darlegen wollte? Sie fühlte sich von ihrem Bruder verraten und verkauft. Was hätte Rodney getan, hätte er tatsächlich das Geld ergaunert? Was hatte er damit vor? Und hätte er sich im Anschluss wirklich darum bemüht, einen anderen Gemahl zu finden? Die Antwort kannte sie bereits, hatte er doch unlängst gesagt, er wolle sich auf einem Ball amüsieren und nicht als Kindermädchen fungieren. Sie war ihm vollkommen gleichgültig, ebenso wie es ihrem Dad gleichgültig war, ob sie den Mann, den sie heiraten sollte, fürchtete.

Warum?, fragte sie sich. War es ihre Schuld? Erging es allen Mädchen so, die früh ihre Mutter verloren? Ihr Aussehen verblasste mehr und mehr in ihrer Erinnerung. Sie hätte sie so oft im Leben gebraucht, warum musste sie freiwillig aus dem Leben treten und sie alleine lassen? Die traurige Erkenntnis war, dass sie außer ihrer Tante niemanden hatte, dem ihr Wohl am Herzen lag.

Am folgenden Tag erhielt Tawinia überraschend Besuch von ihrem ehemaligen Agenten und zwei weiteren bedeutenden Herren aus der Theaterwelt. Ashley bedauerte, dass sie die Tante niemals auf der Bühne gesehen hatte. Nachdem sie Mrs. Lennox geworden war, hatte sie sich von der Bühne zurückgezogen, dabei rissen sich die Regisseure nach wie vor um sie. Ashley nutzte die freie Zeit, um sich über ihre Zukunft Gedanken zu machen.

Tags darauf lud Tawinia sie zu einem kleinen Einkaufsbummel ein. Die Tante wirkte an diesem Tag sehr nachdenklich und in sich gekehrt. Beunruhigt fragte Ashley nach.

»Sei unbesorgt, mir geht es gut«, antwortete sie. »Es ist nur so, ich habe gestern ein verlockendes Angebot bekommen. Mister Almeida möchte mich unbedingt für die Rolle der Gräfin in seinem neuen Stück.«

»Aber das ist doch wundervoll!« Ashley war hellauf begeistert.

»Nun, eigentlich wollte ich nicht zurück auf die Bühne. Es ist so, wenn man ein gewisses Alter erreicht hat, spielen jüngere die Hauptrolle, das ist vollkommen normal. Übrig bleiben Rollen wie die böse Schwiegermutter oder unscheinbare Nebenrollen. Da hielt ich es für angebrachter, rechtzeitig abzutreten. Diese Rolle der Gräfin würde mich schon reizen. Ich habe noch eine Weile Bedenkzeit.«

»Ach bitte, du musst es unbedingt tun«, bettelte Ashley. »Du bist eine attraktive Frau und die Menschen lieben dich. Sie wären begeistert, dich wieder spielen zu sehen, auch wenn es nicht die Hauptbesetzung ist.«

Tawinia schmunzelte gerührt, während sie den Laden für Hüte und Tuchwaren mit einem kleinen Täschchen verließen. »Oh, die Gräfin wäre die Hauptrolle!«

»Was gibt es denn da noch zu überlegen?« Ashley war fasziniert von der Vorstellung, ihre Tante endlich auf der Bühne bewundern zu dürfen.

Tawinia lachte. »Als ich mich entschloss, dem Theater Adieu zu sagen, konnte ich nicht ahnen, dass mein lieber Gatte so rasch das Zeitliche segnen würde ... ich hatte gehofft, uns blieben ein paar Jahre mehr vergönnt. Und jetzt Schluss damit, ich werde in Ruhe über das Angebot nachdenken.«

Vor sich hinträumend schlenderte Ashley neben der Tante her, als sie plötzlich zwischen den Passanten ein Gesicht ausmachte, das ihr bekannt vorkam. Intensiv konzentrierte sie sich auf die Person. Kein Zweifel, sie war es.

»Ich muss rasch zu Misses Evans, es gibt da ein paar Probleme mit meiner Bestellung«, erklärte Tawinia und wies auf die Tür, vor der sie halt machten.

»Ja, geh nur, ich werde mir die Auslagen ansehen.« Ashley wies auf das nächste Schaufenster, in dem Kunst-gegenstände und Dekorationsartikel ausgestellt waren. Die Tante nickte und verschwand im Geschäft der Mrs. Evans. Sofort suchte Ashley wieder nach der Frau. Sie und ihr Gemahl schlenderten in einer Unterhaltung vertieft direkt auf sie zu. Sie nutzte die Gelegenheit und ging ihnen entgegen.

»Oh, welch eine Überraschung, Sie in Charleston anzu-treffen. Wie geht es Ihnen, Mister und Misses Patterson?«

Für einen Augenblick sahen zwei verblüffte Augenpaa-re sie fragend an, dann hatte Mrs. Patterson die Einge-bung. »Miss Callahan! Danke der Nachfrage, es geht uns ausgezeichnet. Verzeihen Sie, wir waren gerade so in unser Gespräch vertieft. Wir sind heute Abend bei Freunden meines Mannes eingeladen und sind uns uneinig, was wir den Gastgebern mitbringen sollen.«

Ashley lächelte nachsichtig. »Ist Miss Lindsay ebenfalls in Charleston?«, hakte sie nach ein paar Höflichkeitsfloskeln nach.

»Nein, nein«, winkte Mrs. Patterson ab. »Sie ist zu Hause geblieben, ihre Cousine ist derzeit zu Besuch und die beiden Damen haben sich viel zu erzählen, immerhin wird sie ebenfalls bald heiraten.«

»Verstehe!« Heiraten, das war das Stichwort. Sie dachte an die arme Lindsay, sie durfte nicht zulassen, dass Rodney diese Frau unglücklich machte. Sie nahm allen Mut zusammen: »Hören Sie, Sie müssen diese Hochzeit verhindern, mein Bruder ist nicht der Ehrenmann, für den Sie ihn halten.«

Die Reaktion des Paares fiel anders aus, als Ashley erwartet hatte. Während Mrs. Patterson schockiert den Atem einzog, ergriff ihr Gatte das Wort. »Was erlauben Sie sich, Miss Callahan? So eine Unverfrorenheit, Ihren eigenen Bruder in Verruf bringen zu wollen, Sie sollten sich etwas schämen!« Für ihn war das Gespräch damit beendet, doch seine Gemahlin hielt ihn am Arm zurück, und wollte den Grund für Ashleys harte Worte wissen.

»Alles, was meinen Bruder interessiert, ist die hohe Mitgift Ihrer Tochter, ansonsten hegt er keinerlei Gefühle für sie. Er hat es mir gegenüber zugegeben, ohne die Spur von Mitgefühl oder Reue. Außerdem wäre sie ganz hübsch anzusehen, das würde die Angelegenheit erleichtern, schließlich würde das Auge mitessen, das waren seine Worte.«

Mrs. Patterson schlug sich entsetzt die Hand vor den Mund und blickte zu ihrem Gatten auf.

»Ich habe den jungen Mann hingehend überprüft. Warum sollte ich Ihnen glauben?« Er schnaubte vor unterdrücktem Zorn. »Ich kann mich erinnern, dass Sie in Ihrem Haus ganz anders über ihn gesprochen haben. Ist es nicht so? Sie beschrieben ihn als liebevollen und fürsorglichen Bruder, und nun fallen Sie ihm derart in den Rücken?«

Seine aufbrausende Art ängstigte Ashley ein wenig, aber sie durfte jetzt nicht zurückweichen. »Das stimmt, doch Sie müssen mir bitte glauben. Er hat mich zuvor genau instruiert und verlangt, ihn lobend hervorzuheben. Außerdem sollte ich Lindsay aushorchen darüber, was sie gern mag, und es ihm berichten, damit er es einfacher hätte, sie um den Finger zu wickeln. Ich mag Ihre Tochter und ich möchte nicht, dass sie unglücklich wird, und das wird sie sein, wenn sie die Gemahlin meines Bruders wird.«

Mr. Patterson holte tief Luft und Ashley befürchtete einen Schwall ungebremster Wut, doch seine Frau besänftigte ihn und schob ihn vehement zur Seite.

»Nehmen wir mal an, es hätte sich so zugetragen, wie Sie behaupten, Miss Callahan, warum haben Sie bei der Sache mitgespielt?«

»Er hat mich unter Druck gesetzt. Ich habe ihm geglaubt, als er sagte, er würde mir helfen, einen adäquaten Ehemann zu finden, aber er hat mich ebenso hintergangen.« Sie erwartete nicht, dass die beiden verstanden, was sie meinte. Der Ausdruck im Gesicht von Mrs. Patterson bestätigte ihren Eindruck. Ashley legte alles in eine Waagschale und es war ihr egal, dass sie dabei teils zusammenhanglose Sätze stammelte. Die Enttäuschung, was Rodney ihr in Bezug auf Lester angetan hatte, verlieh ihr die nötige Kraft. Rodney durfte nicht gewinnen. Im Augenwinkel bemerkte sie, dass die Tante den Laden verlassen hatte und stocksteif neben dem Eingang verharrte.

»Ashley, würdest du mir bitte erklären, was hier vor sich geht?« Ihr Ton war scharf, als sie sich schließlich einmischte.

Ashley holte tief Luft. Erst jetzt bemerkte sie, dass ihr im Eifer die Tränen in die Augen geschossen waren. Energisch wischte sie eine Träne von der Wange und machte die Herrschaften miteinander bekannt.

»Ihre Nichte hat uns verstörende Dinge über unseren zukünftigen Schwiegersohn an den Kopf geworfen«, äußerte sich Mr. Patterson knurrend.

Ashley spürte den strengen Blick der Tante auf sich und wusste, dass sie über das Ziel hinausgeschossen war. Betreten sah sie zu Boden. Natürlich verlangte Mr. Patterson eine Erklärung, was den Wahrheitsgehalt betraf.

»Ich muss zu meiner Schande gestehen«, sagte die Tante, »dass mein Neffe gern seine eigenen Belange in den Vordergrund stellt und sich bei dieser Zielsetzung nicht immer wie ein Gentleman verhält. Natürlich spielt Geld in der Angelegenheit eine nicht unerhebliche Rolle. Die Art und Weise seines Vorgehens mag man infrage stellen, dennoch vermag ich mich an dieser Stelle nicht über seine Gefühle hinsichtlich Ihrer Tochter zu äußern. Nichtsdestotrotz finde ich das Verhalten von Miss Callahan überaus unangebracht.« Die Tante wandte sich ihr zu. »Was hast du dir dabei gedacht? Dein Bruder hat sich unkorrekt verhalten und dich tief verletzt, aber das gibt dir nicht das Recht, unbescholtene Bürger auf der Straße anzugehen.«

»Es ist doch die Wahrheit, du weißt es! Ich wollte Lindsay beschützen«, rechtfertigte Ashley sich.

»Wir reden zu Hause darüber!«

»Dann stimmt es also?«, hakte Mrs. Patterson nach und sah Tawinia fast flehend an. Die Sorge um ihre Tochter stand ihr ins Gesicht geschrieben, auch ihr Gatte machte plötzlich einen nachdenklichen Eindruck.

»Seien Sie gewiss, dass ich mir den Jungen zur Brust nehmen werde. Er ist kein schlechter Mensch, aber ich kann ein gewisses Fehlverhalten seinerseits nicht abstreiten.«

»Glaubst du, dass Rachsucht die richtige Lösung für dein Problem ist?«, fragte Tawinia, nachdem die Pattersons außer Hörweite waren. »Du hast mich in eine ziemlich unangenehme Lage gebracht.«

»Tut mir leid«, entgegnete Ashley kleinlaut. Mit gesenktem Kopf schritt sie neben der Tante her und ließ die weitere Strafpredigt wortlos über sich ergehen. Ihr Auftritt gegenüber den Pattersons war zugegebenermaßen peinlich gewesen. Es war unüberlegt, und sie hatte ihren Gefühlen freien Lauf gelassen, aber was Rodney betraf, tat es ihr keineswegs leid. Er sollte nicht länger glauben, er hätte ein kleines naives Dummchen vor sich, das sich nicht wehren konnte. Sie war sich sicher, dass das Ehepaar Patterson die Entscheidung noch einmal überdenken würde, immerhin bedeutete beiden das Wohl ihrer Tochter etwas, nicht so, wie es in ihrer eigenen Familie der Fall war. In ihrer Wut auf Rodney malte sie sich aus, dass er an eine herrische und zänkische Ehefrau geriet, die ihm das Leben zur Hölle machte, das wäre eine gerechte Strafe für ihn. Unbewusst grinste sie bei der Vorstellung.

»Du findest das Ganze also amüsant?«, fragte die Tante gereizt.

»Nein, natürlich nicht! Ich habe nur gerade an etwas anderes gedacht.«

Misstrauisch musterte Tawinia sie von der Seite, während sie ihr Stadthaus betraten. »Übrigens werden wir nach Pembroke zurückfahren. Ich habe bereits Vorbereitungen dafür getroffen.«

Mit großen Augen sah Ashley sie an. War das die Konsequenz ihrer unbedachten Worte? Sie wollte nicht zurück auf die Plantage ihres Vaters. Panik erfasste sie. »Bitte, Tante Tawinia, so etwas wie eben wird nie wieder vorkommen. Ich verspreche es dir, bitte lass mich bei dir bleiben.«

Die Tante reichte Ebru ihren Hut und den leichten Umhang und bat um einen Tee im Salon. Dann lächelte sie und strich Ashley übers Haar. »Kind, unsere Mission ist erfüllt. Du hast einen Ehemann gefunden, auch wenn es paradoxerweise derselbe ist, der für dich vorgesehen war, aber lassen wir das.«

Ashley schluckte. »Aber ich habe mich noch nicht entschieden ...«

»Sei nicht albern«, unterbrach Tawinia sie. »Du läufst den ganzen Tag mit einem verträumten Gesichtsausdruck durch die Weltgeschichte. Du liebst ihn, gleichgültig, ob er sich John oder Lester nennt.«

Ashley ignorierte die Spitze. »Aber er hat keine Ahnung, er wird hierher nach Charleston kommen. Außerdem gibt Elaines Familie morgen Abend eine kleine Gesellschaft anlässlich ihrer Verlobung mit Dave Sheridan. Sie wäre enttäuscht, wenn ich so kurzfristig absage.«

»Keine Sorge, wir werden erst übermorgen reisen. Und

von Savannah aus lassen wir Mister Fulgham eine Nachricht zukommen und bitten ihn, uns dort zu treffen. Es gibt einiges zu besprechen. Ich bin sehr gespannt auf das Gesicht deines Vaters.«

Verwundert blickte Ashley ihr nach. Die Tante führte irgendetwas im Schilde.

Die sogenannte kleine Gesellschaft bei den Turners wies eine Gästeschar von annähernd fünfzig Personen auf. Auch Steve zählte zu den Gästen.

Ashley kicherte. »Wenn das eine kleine Gesellschaft sein soll, möchte ich nicht wissen, wie eine große aussieht.«

Es war ein schöner Abend, den sie sehr genoss. Sie freute sich für das Glück ihrer neuen Freundin. Elaine und Dave sahen sehr verliebt aus und konnten die Augen nicht voneinander lassen. Den aufmerksamen Betrachtern fielen auch immer wieder kleine zärtliche Gesten und zufällig wirkende Berührungen auf. Ashley verspürte bei diesem Anblick eine gewisse Leere. Sie kam nicht umhin, sich zu wünschen, dass Lester anwesend wäre. Sie vermisste ihn. Zu ihrem eigenen Erstaunen musste sie feststellen, dass es ihr immer leichter fiel, ihn als Lester zu sehen. Allein der Gedanke an den Mann versetzte sie ins Träumen.

Doch je später der Abend wurde, desto mehr suchte Ashley die Melancholie heim. Es waren wunderschöne Tage in Charleston gewesen, die sie niemals vergessen würde, aber der Abschied nahte. Sie verbrachte viel Zeit mit Steve. Er hatte einen neuen, vielversprechenden Auftrag eines Pflanzers an Land gezogen. Stolz berichtete er, dass sich dadurch eine Dauerstellung ergeben könnte, wenn er es geschickt anstellte. Der bisherige Buchhalter hatte aus Altersgründen seine Arbeit aufgeben müssen. Ashley beglückwünschte ihn und war gleichzeitig traurig, da es ungewiss war, wann sie Steve wiedersehen würde, wenn sie erst mal zurück in Georgia war.

Das Wetter an diesem Tag zeigte sich trüb und wolkenverhangen, passend zu Ashleys Stimmung.

»Du ziehst ein Gesicht, als seist du auf dem Weg zum Schafott«, tadelte die Tante amüsiert. »Charleston ist nicht aus der Welt. Ich verbringe stets mehrere Monate im Jahr hier und du kannst mich jederzeit besuchen. Wenn ich mich jedoch entschließen sollte, das Angebot von Mister Almeida anzunehmen, wäre ich vermutlich die meiste Zeit im Theater anzutreffen. Aber ich denke, du wirst ohnehin ganz andere Dinge im Kopf haben, wenn du erst Misses Fulgham geworden bist.« Sie lächelte verschmitzt und gab den Sklaven letzte Anweisungen bezüglich des Gepäcks.

Diesmal war Ashley diejenige mit den meisten Koffern, während die Tante nur das Nötigste hatte einpacken lassen.

Die Rückreise verlief überwiegend schweigsam. Tante Tawinia gönnte sich ein kleines Schläfchen und Ashley hing ihren Gedanken nach. Sie fürchtete sich vor der Reaktion ihres Vaters, mit Sicherheit war er außer sich vor Zorn. Zu ihrer Erleichterung war ihr noch etwas Zeit vergönnt, bevor es zum Aufeinandertreffen kommen würde. Sofort nach ihrer Ankunft in Savannah kümmerte sich Tawinia um eine angemessene Hotelsuite für die nächsten Tage.

Ashley ließ die Tante machen, ohne großartig Fragen zu stellen.

»Alles in Ordnung mit dir?«, fragte Tawinia, nachdem sie sich zu einer Stärkung im hoteleigenen Restaurant niedergelassen hatten.

Ashley nickte und versenkte sich wieder in die Speisekarte. Hinter ihrem Rücken huschte der Kellner, mit vier Tellern beladen, an ihr vorbei. Die Herrschaften am Nachbartisch hatten Hummer bestellt.

Tawinia wählte Zanderfilet in Schnittlauchsoße und Butterkartoffeln, als der Kellner Augenblicke später ihre Bestellung aufnahm. Ashley hatte keine Meinung, eigentlich war sie nur der Tante zuliebe mit ins Restaurant gekommen. Da der Mann sie abwartend anblickte, entschied sie sich kurzerhand für die Filetspitzen in Estragonsoße, da es das oberste Gericht auf der Seite war, die sie gerade aufgeschlagen hielt. Wider Erwarten musste sie zugeben, dass sie eine gute Wahl getroffen hatte. Das Fleisch war sehr zart und die Zutaten raffiniert aufeinander abgestimmt.

»Ich habe einen Boten zur Plantage von Mister Fulgham geschickt«, berichtete Tawinia, ohne aufzusehen, während sie gekonnt ihren Fisch zerteilte. »Er wird also wissen, dass wir in Savannah sind.«

*

Immer wieder starrte Lester Fulgham auf die Nachricht, die ein Bote ihm überbracht hatte. Ashley befand sich wieder in Georgia. Mit einem Stöhnen raufte er sich die Haare. Mrs. Lennox erwartete ihn zu einer Unterredung. Was konnte sie wollen? Waren ihr nach dem offenen

Gespräch im Stadthaus Zweifel gekommen? Natürlich freute er sich, Ashley wiederzusehen. Es drängte ihn, sich unverzüglich auf den Weg zu machen und sie in die Arme zu schließen - aber es war zu früh. Er hatte seine Angelegenheiten noch nicht geklärt.

Sein Anwalt musste nach einem Reitunfall das Bett hüten, sodass er noch nicht mit ihm hatte sprechen können. Lester hatte ihm den zweiten, angeblich von Hugh Callahan unterschriebenen Vertrag, zur Ansicht gereicht. Wie es jetzt aussah, würde er den vermutlich nicht benötigen, da der alte Callahan den ursprünglich aufgesetzten Vertrag, der schon großzügig ausgelegt war, wahrscheinlich nie zu Gesicht bekommen hatte. Trotzdem wollte Lester zur Sicherheit eine Alternative parat haben, falls der Mann sich sträuben sollte, zu unterschreiben. In dem Fall konnte er die andere Ausfertigung vorlegen und klarstellen, dass das sein allerletztes Angebot war. Die Summe war beinahe schon unverschämt, aber wenn es ihn von jeglicher Verpflichtung entband, war er dazu bereit. Sein Anwalt sollte den Vertrag neu aufsetzen und prüfen, ob er wasserdicht war und sich kein Schlupfloch darin fand, das Hugh Callahan oder Rodney sich zunutze machen konnten.

Für den kommenden Tag hatte er geplant, Hugh Callahan aufzusuchen, der offenbar keine Ahnung von den Machenschaften seines Sohnes hatte. Natürlich wäre es ihm lieber gewesen, er hätte beide Unterlagen dabei, um sich einen weiteren Besuch sparen zu können, aber nun war es, wie es war. Rodney würde es in nächster Zeit nicht wagen, Lesters Plantage zu betreten, nachdem er von ihm und seinen Männern eine kräftige Abreibung bekommen hatte. Gedankenvoll massierte er sein rechtes

Handgelenk, das von der Aktion in Mitleidenschaft gezogen war. Was fiel dem Kerl ein, sich des Nachts auf sein Anwesen zu schleichen und herumzuschnüffeln? Er hatte die arme Haussklavin Fahmeh zu Tode erschreckt, als er sie nahe dem Küchentrakt überwältigte und versuchte, unter Androhung von Gewalt Informationen von ihr zu erpressen. Geistesgegenwärtig war es Fahmeh gelungen, in seine Hand zu beißen, die ihr den Mund zuhielt, dadurch bekam sie die Möglichkeit, um Hilfe zu schreien und die Aufmerksamkeit seiner Männer zu wecken. Lester selbst war ins Freie geeilt, von Jeremys Warnschuss alarmiert, und hatte gerade noch verhindern können, dass Rodney sich auf sein Pferd schwang und fliehen konnte. Er war auf der Suche nach Bintu gewesen, so viel stand fest. Er wollte um jeden Preis herausbekommen, wo sie versteckt war.

»Dieser verdammte Narr«, fluchte er lautstark vor sich hin. Im nächsten Moment sprang er auf die Füße und tigerte unruhig durch sein Arbeitszimmer. Was beabsichtigte der Kerl? Wollte er die Frau entführen, um sie seinem Vater zu präsentieren? Rodney war unberechenbar geworden, und nur Gott allein wusste, was er als Nächstes aushheckte. Von einem Informanten wusste Lester, dass sich Rodney nicht daheim auf seiner Plantage befand, er war untergetaucht. Lester vermutete, dass er irgendeinen Unterschlupf in der Stadt hatte. Rodney trieb sich bevorzugt in exklusiven Bordellen herum, aber Lester bezweifelte, dass er sich derzeit dort aufhielt, immerhin dürften die Prügel deutliche Spuren in seinem Gesicht hinterlassen haben. Das könnte dazu führen, dass ihm die muskelbepackten Aufpasser an der Tür den Eintritt verwehrten.

Lester musste seine Pläne ändern und zuerst nach Savannah reiten, um Ashley und ihre Tante aufzusuchen.
Es war nicht auszudenken, wenn Rodney in dieser Verfassung seiner Schwester über den Weg lief. Warum hatte sie nicht in Charleston auf seine Rückkehr gewartet?

»Was beunruhigt dich so, mein Sohn?« Unbemerkt war
Mutter eingetreten und kam langsam auf ihn zu. Ihr
Kleid raschelte bei jedem Schritt.

»Ashley und ihre Tante sind in Savannah eingetroffen.
Sie wollen, dass ich sie dort treffe.« Er deutete mit einer
Kopfbewegung auf die Nachricht, die auf dem Schreib-
tisch lag.

»Hm ... Sie sind nicht sofort zur Plantage gereist?
Meinst du, es ist wegen Rodney?«

Lester zuckte mit den Achseln.

»Du solltest nicht allein nach Savannah reiten. Was,
wenn es eine Falle ist? Dieser Callahan könnte dir auflauern und sich rächen wollen. Bist du dir überhaupt
sicher, dass die Nachricht von Misses Lennox stammt?«

»Mutter, bitte! Ich bin doch kein Dummkopf!«

Monica Fulgham seufzte. »Entschuldige, so habe ich
das nicht gemeint. Ich mache mir nur Sorgen. Das Mädchen mag ja nichts dafürkönnen, aber ich habe Angst,
dass du dich in etwas verrennst. Ich verstehe, dass du die
Kleine liebst, doch wie soll eure Zukunft aussehen?«

»Heißt das, du bist dagegen, dass ich Ashley heirate?«

»Wo denkst du hin. Ich vertraue deinem Urteil, was sie
betrifft, und ich würde deinem Glück niemals im Wege
stehen.«

»Das hoffe ich auch! Sie hat ohnehin Angst, dass du sie
hassen könntest.«

»Oh Gott, die Arme«, erschrocken riss sie die Augen

auf. »Das hast du sie doch nicht glauben lassen?«

»Natürlich nicht!« Nachdenklich sah er seine Mutter an. »Du fürchtest dich davor, Hugh Callahan wieder gegenüberzustehen, ist es das? Ich verspreche dir, er wird niemals einen Fuß auf dieses Anwesen setzen, dafür werde ich sorgen!«

»Aber das kannst du nicht, Lester. Er ist und bleibt ihr Vater. Du kannst nicht von deiner künftigen Gemahlin verlangen, dass sie deinetwegen den Kontakt zu ihrer Familie abbricht, das schließt auch Rodney mit ein.«

»Sie hat viele Jahre im Internat gelebt, ich glaube nicht, dass sie unter Heimweh leiden wird. Außerdem bleibt ihr immer noch die Möglichkeit, sie in Pembroke zu besuchen.« Er wich ihrem Blick aus. Instinktiv wusste er, dass sie recht hatte. Er durfte dieses Opfer nicht von ihr verlangen. »Ich bin sicher, wir werden einen Kompromiss finden«, räumte er kleinlaut ein.

Monica Fulgham seufzte abermals. »Vielleicht wäre es für alle Beteiligten besser, die Vergangenheit ruhen zu lassen. Noch ist es nicht zu spät. Es ist offensichtlich, dass auch Rodney keine Ahnung hat, was damals wirklich geschehen ist, sonst würde er sich nicht so verhalten. Wenn ihr zwei versuchen könntet, euch gütlich zu einigen, müsste niemand die schreckliche Wahrheit erfahren. Das wäre insbesondere für deine Ashley das Beste, sie könnte an dem Wissen zerbrechen.«

»Gütlich einigen? Wie stellst du dir das vor?« Er wurde lauter und gestikulierte heftig. »Willst du, dass wir uns ein Leben lang erpressbar machen? Er hat Bintu gesehen und erkannt. Nachdem sein Plan mit Ashley missglückt ist, bleibt Bintu seine einzige Chance, noch an Geld zu kommen, wofür auch immer. Das wird er sich nicht entgehen lassen. Und außerdem wird es ihn auf die Palme bringen, wenn er erfährt, dass ich mich in der finanziellen Angelegenheit nur persönlich an seinen Vater wenden werde und die Gelder ohne Umwege an ihn gehen, obwohl die Hochzeit stattfinden wird. Das wird für ihn wie ein persönlicher Affront sein. Rodney Callahan wird keine Ruhe geben! Er selbst hat den Stein ins Rollen gebracht, nun ist er nicht mehr aufzuhalten.«

Beschwichtigend legte sie die Hand auf seinem Arm. »Und Ashley? Vergiss sie nicht in deinem Zorn auf Rodney.«

»Das tue ich nicht! Ich werde immer für sie da sein. Ashley wird die Wahrheit verkraften, sie ist eine starke Frau.«

»Ist sie das wirklich oder willst du nur, dass sie das ist?«

Lester stöhnte und starrte auf das Aktenregal. Er wollte nicht darüber nachdenken. Es war eine Sache, dass Ashley seinen Vater und damit den Namen Fulgham verachtete, aber eine ganz andere, wenn sie erfuhr, was ihr eigener Vater getan hatte.

»Wie geht es eigentlich Bintu?«, lenkte er ab. »Hast du in letzter Zeit mit ihr gesprochen?«

»Sie fragt ständig, wann sie zurückkommen darf. Aber sie hat nach wie vor panische Angst, auch davor, dass wir sie ausliefern könnten.«

»Sie hätte von Anfang an nicht hierbleiben dürfen, dann hätten wir jetzt das Problem nicht.«

»Lester!« Mrs. Fulgham war empört. »Du weißt, wie die Situation damals war. Was hast du vor? Du denkst doch nicht wirklich darüber nach?«

Er schüttelte den Kopf. »Das wäre ihr Todesurteil. Sei

unbesorgt, das würde ich niemals zulassen. Entschuldige, ich stehe gerade ein wenig neben mir.« Er ließ sich in seinen Schreibtischstuhl sinken, stützte sich mit den Ellenbogen ab und rieb sich mit den Händen das Gesicht. »Ich werde mich fürs Erste nach Savannah begeben und mir anhören, was Misses Lennox mir zu sagen hat, dann werden wir weitersehen.«

Eine Weile war nur das gleichmäßige Ticken der Uhr auf dem Kaminsims zu hören.

»Was hältst du davon, die beiden Damen zum Lunch einzuladen? Sagen wir am Sonntag? Das wäre eine gute Gelegenheit, mich mit deiner Braut vertraut zu machen und ihr zumindest ein paar Ängste zu nehmen. Und Ashley hätte die Möglichkeit, sich in ihrem künftigen Zuhause umzuschauen.«

Lester lächelte. »Das ist eine ausgezeichnete Idee.«

*

Die Wehmut, Charleston verlassen zu müssen, war verflogen. Ashley freute sich darauf, Lester wiederzusehen. Sie war gespannt auf sein Gesicht, wenn sie ihm sagte, dass sie gewillt war, seine Gemahlin zu werden. Sie konnte nicht leugnen, dass sie ihn vermisste und sich nach seinen Umarmungen und zärtlichen Küssen sehnte.

Arthur Fulgham, der Teufel aus ihrer Kindheit, war längst tot und somit Geschichte. Lester selbst hatte ohne zu zögern eingeräumt, dass er ein schlechter Mensch war. Es war an der Zeit, das Kapitel abzuhaken und nach vorn zu schauen. Sie liebte Lester Fulgham und er liebte sie, ihrem gemeinsamen Glück stand nichts mehr im Wege.

Sollte Vater ruhig denken, sie sei eine gehorsame Tochter, die sich seinem Willen beugte und den Ehemann akzeptierte, den er bestimmt hatte. Es war ihr egal, wie er es auslegte. Und was Rodney betraf, so war sie froh, Lindsay vermutlich vor ihm gerettet zu haben. Das war ihre ganz persönliche kleine Rache für seine Taten. Sie stimmte ihrer Tante zu, dass Mr. Patterson umgehend ihren Bruder kontaktieren würde, um ihm von ihrem Zusammentreffen in Charleston zu berichten.

Natürlich hatte Ashley in dem Moment nicht darüber nachgedacht, dass Rodney spätestens dann von ihrem Aufenthaltsort erfahren würde und es nur eine Frage der Zeit wäre, bis er vor der Tür von Tawinias Stadthaus stand. Deshalb hatte sie anfangs angenommen, dass dieser Vorfall Tawinias Entschluss gefestigt hatte, am Tag nach Elaines Verlobungsfeier die Rückreise nach Georgia anzutreten. Inzwischen hatte die Tante sie in ihre Pläne eingeweiht. Sie war eine kluge und intelligente Frau, die vorausdachte und nichts dem Zufall überließ. Ashley bewunderte sie.

Entspannt begleitete sie die Tante, ein paar notwendige Besorgungen in Savannah zu tätigen. Abschließend gönnten sie sich eine Fahrt in der offenen Kutsche durch den Park. An diversen Stellen waren Arbeiter mit Gestaltung und Bepflanzung beschäftigt. Der Park befand sich in der Aufbauphase und hatte noch keinen offiziellen Namen. Einheimische nannten ihn den *Hodgson-Park*, weil das Land von einem Mann namens William Hodgson gestiftet worden war.

Eifrig schnatternd kehrten die Damen zu ihrer Hotelsuite zurück.

»Misses Lennox?«, rief der Hotelportier ihnen nach und

winkte hefig. »Ein Herr hat nach Ihnen gefragt, er wartet an der Bar auf Ihr Eintreffen.«

Ashleys Herz schlug schneller und ein Leuchten trat in ihre Augen. Es kam ihr wie eine Ewigkeit vor, seit sie Lester zuletzt gesehen hatte.

Tawinia und Ashley durchquerten die Lounge und betraten den fast leeren Gastraum.

»Sieh an, die Damen bequemen sich, zu erscheinen. Es gibt wahrlich noch Wunder«, höhnte der einzige Gast, der am Tresen saß.

Ashley hielt vor Schreck die Luft an und überließ Tawinia den Vortritt.

»Rodney, schön dich zu sehen«, sie ging souverän auf ihn zu. »Wie geht es dir? Hättest du dich angemeldet, hättest du nicht warten müssen. Woher wusstest du überhaupt, wo wir anzutreffen sind?«

Rodney rutschte in bedrohlicher Haltung von seinem Hocker. »Ich sah zufällig, wie ihr euch vergnüglich durch Savannah kutschieren habt lassen. Hast du eigentlich eine Vorstellung, in welchem Aufruhr Vater ist? Ihr wart spurlos verschwunden!«

Tawinia ließ sich nicht einschüchtern, und mimte die Ahnungslose. »Weshalb? Ich sagte Hugh doch, dass ich mit Ashley einen kleinen Einkaufsbummel unternehmen werde, wo ist das Problem? Schließlich kann eine Frau am besten beurteilen, was eine junge Dame braucht. Und mal ehrlich, die Garderobe deiner Schwester war nun wirklich überholt.«

»Halte mich nicht für dämlich, wo seid ihr gewesen? In Atlanta zumindest nicht!«

Tawinia tat überrascht. »Woher willst du das wissen? Hast du uns hinterherspioniert? Ich muss doch sehr bitten. Es ehrt dich, dass du um das Wohlergehen deiner Schwester besorgt bist, aber ich kann dir versichern, ihre Tugend war bei mir stets in besten Händen.« Sie musterte ihn. »Sag mal, was ist mit deinem Gesicht geschehen, das sieht ja böse aus?«

»Das geht dich nichts an!«

»Entschuldige, kein Grund, ungehalten zu werden. Ich kann dir eine gute Salbe empfehlen.«

»Schluss jetzt mit dem Theater!«

Der Wirt signalisierte ihm per Handzeichen, dass er seine Lautstärke mäßigen möge, und wies auf die beiden Herrschaften am Ecktisch hin.

Ashley hatte sich von dem Schrecken erholt und trat neben ihre Tante. Rodneys bitterböser Blick traf sie. Sie hatte Mühe, eine neutrale Miene aufzusetzen. Am liebsten hätte sie ihn sogleich zur Rede gestellt, aber das wäre unklug gewesen. Sollte er sich ruhig noch eine Weile in Sicherheit wiegen.

»Was treibt ihr in Savannah?«, knurrte er im unterdrückten Zorn.

»Du solltest an deiner Ausdrucksweise arbeiten, mein lieber Rodney.«

»Spar dir deine Belehrungen! Du bringst meine Schwester unverzüglich zur Plantage zurück, hast du mich verstanden?«

»Mein Herr, wenn Sie weiterhin unsere Gäste stören, muss ich Sie auffordern, unser gepflegtes Ambiente unverzüglich zu verlassen«, mischte sich der Gastwirt ein. »Brauchen Sie Hilfe, Ma'am?«

»Nein, vielen Dank, sehr freundlich. Es handelt sich bei dem aufgebrachten jungen Mann um meinen Neffen. Bitte entschuldigen Sie sein Auftreten.« An Rodney gewandt fügte sie an, dass sie sich in ihrer Suite weiter unterhalten sollten.

Ashley war erleichtert, offenbar wusste er noch nichts von ihrer Begegnung mit den Pattersons.

Auf dem Weg zur Suite murrte Rodney unentwegt vor sich hin.

»Ich dachte, wir verbringen noch ein, zwei Tage in Savannah. Auf der Plantage herrscht ohnehin gähnende Langeweile«, beantwortete Tawinia endlich seine Frage. Erhobenen Hauptes legte sie Hut und Umhang ab. »Wir waren übrigens sehr erfolgreich, falls es dich interessiert, Rodney.« Sie zwinkerte Ashley verschwörerisch zu. »Ich denke, dieser ... wie war noch sein Name? ... Ach ja, Mister Fulgham, er dürfte von der Auswahl begeistert sein.«

»Was?« Für einen Moment wirkte Rodney irritiert, dann stürmte er schnaubend auf Ashley zu. »Du hast gesagt, du wirst ihn unter gar keinen Umständen heiraten!«

Ein Schwall seines alkoholisierten Atems wehte ihr ins Gesicht. Ashley tauschte einen Blick mit Tawinia, die hinter Rodney stand und zuckte dann hilflos die Schultern. »Was soll ich denn machen? Vater hat es so bestimmt, und eine Alternative habe ich nicht. Du wolltest mich schließlich nicht zu den anstehenden Bällen mitnehmen, wenn du dich erinnerst.«

Sein Gesicht wurde eine Spur dunkler. »Du kannst den Kerl nicht heiraten!« Aufgebracht drehte er sich zur Tante um. »Ist das auf deinem Mist gewachsen?«

Tawinias fragender Gesichtsausdruck schien ihn noch mehr in Rage zu versetzen. Er wandte sich wieder Ashley zu. »Ist das der Dank? Ich habe alles unternommen, um den widerlichen Kerl davon abzuhalten, sich dir zu nähern. Selbst eine Tracht Prügel habe ich ihm verpassen müssen«, er zeigte mit hektischer Gestik auf sein ramponiertes Gesicht, »bis der Kerl endlich eingesehen hat, dass du nicht die richtige Frau für ihn bist. Und dann kommst du mir so?«

Ashley entfuhr ein erschrockener Laut. Hatte er sich wirklich mit Lester geprügelt, wie mochte es ihm gehen? War er verletzt? Gerade noch rechtzeitig fing sie einen warnenden Blick von Tawinia auf.

Rodney bemerkte davon nichts, er verbuchte ihre Besorgnis für sich. Lebhaft schilderte er, was für ein boshafter und gefährlicher Mann Lester Fulgham sei. Zu seinen Ausführungen gesellte sich Sarkasmus. »Du wirst schon sehen, was du davon hast. Bitte! Heirate ihn, ich garantiere dir, du wirst die Hölle an seiner Seite durchleben.«

»Meinst du, wie unsere Mutter an der Seite unseres Vaters?«, fragte Ashley vorsichtig.

Ihr Bruder hatte keine Ahnung, dass sie und Tawinia längst wussten, warum er tatsächlich so wütend war. Er sah seine Geldquelle versiegen.

»Ich bitte dich, Mutter war schwach und labil und hat alles viel zu dramatisch gesehen. Das kannst du nicht vergleichen! Dieser Fulgham hingegen ist ein Monster in Menschengestalt.«

Für einen Moment stahl sich eine Spur Unsicherheit in ihren Glauben an Lester. Hilflos sah sie zur Tante hinüber.

»Wage es nicht, das Andenken deiner Mutter in den Schmutz zu ziehen«, mahnte die gerade.

Rodney schwieg dazu und bedachte Ashley mit einem schiefen Grinsen.

»Du wirst stärker sein müssen als unsere Mutter. Aber

wage es ja nicht, wie sie den Freitod zu wählen. Von einem weiteren Skandal in der Richtung würde unser Ruf für alle Zeit Schaden nehmen, auch wenn du längst den Namen Fulgham trägst.«

»Rodney! Es reicht! Diesen respektlosen Ton dulde ich nicht. Wir können uns gern weiter unterhalten, wenn du dich beruhigt hast. Für den Augenblick denke ich, ist es besser, wenn du gehst. Spätestens in zwei Tagen werden wir auf der Plantage eintreffen, richte es bitte deinem Vater aus.«

»Ob Vater inzwischen mitbekommen hat, dass Rodney versucht, hinter seinem Rücken an Lesters Geld zu kommen?«, fragte Ashley besorgt, nachdem er gegangen war.

»Wir werden sehen. Ich bin gespannt, wie Rodney das Ganze erklären will. Zumindest haben wir ihn nun aufgeschreckt und wenn er klug ist, wird er diesen irrsinnigen Plan schnell vergessen. Übrigens ist dein schauspielerisches Talent gar nicht so übel.«

Ashley schmunzelte verlegen.

»Du musst nur lernen, dich nicht so schnell verunsichern zu lassen. Deine Sorge um Lester hätte dich um ein Haar verraten.«

Grübelnd starrte Ashley die geblümte Seidentapete der Wand an. »Warum tut Rodney das? Ich bin seine Schwester!«

Ratlos zuckte Tawinia die Schultern. »Er ist verbittert und trägt viel Wut in sich. Vielleicht hätte ich mich mehr um euch kümmern müssen, nachdem eure Mutter von uns gegangen ist.«

»Aber Tantchen, das ist doch nicht deine Schuld.«

Liebevoll umarmte sie von hinten die Tante, die sich in den Sessel hatte fallenlassen.

Nur wenige Minuten später klopfte es an der Tür, Tawinia erhob sich, um zu öffnen. Der livrierte Hotelpage meldete einen Besucher.

»Ist gut, schicken Sie den Gentleman bitte herauf«, hörte Ashley sie sagen.

»Das ist ja gerade noch mal gut gegangen. Mister Fulgham ist eingetroffen.« Lächelnd sah sie Ashley an.

»Er ist da?« Hektisch überprüfte sie ihr Äußeres im Spiegel. Ihr Haar war von der offenen Kutschfahrt ein wenig in Unordnung geraten. Eiligst versuchte sie, die widerspenstigen Locken hinter dem Ohr zu bändigen.

*

Lester war nervös wie damals bei seinem allerersten Techtelmechtel, während er auf die Antwort des Pagen wartete. Nach dem Gespräch mit seiner Mutter hatte er sich etliche Gedanken gemacht. Fast wäre er in der Hotellounge ausgerechnet mit Rodney Callahan zusammengetroffen. Gerade noch rechtzeitig hatte er den Mann entdeckt und sich bewusst zurückgezogen und gewartet, bis er das Gebäude verlassen hatte. Eine Eskalation vor den Augen von Ashley und ihrer Tante galt es in jedem Fall zu vermeiden. Er hatte also recht mit seiner Vermutung, dass Rodney sich in der Stadt verkrochen hatte. Kurz hatte er überlegt, ihm zu folgen, um zu erfahren, wo er ihn antreffen konnte, aber der Wicht lief ihm schließlich nicht davon.

Wohler hätte er sich allerdings gefühlt, hätte er das Gespräch mit Hugh Callahan bereits hinter sich gehabt, bevor er Ashley wiedersah. Vertrösten vermochte er die Damen jedoch nicht. Immerhin war kurz vor seinem Aufbruch ein Bote eingetroffen, der ihm mitteilte, dass sein Anwalt sich in der Lage fühle, ihn zu empfangen. Er würde ihn auf dem Rückweg aufsuchen.

Alle Gedanken in dieser Richtung lösten sich in Luft auf, als er Ashley gegenüberstand.

Freudestrahlend blickte sie zu ihm auf, ihr Gesicht wies einen zartrosa Schimmer auf. Da er die Tante auf den ersten Blick nicht ausmachen konnte, wagte er eine intimere Begrüßung. Sie reagierte glücklich und schlang die Arme um seinen Nacken. Die zarte Berührung ihrer Lippen versetzte ihn sogleich in Erregung.

Offenbar hatte Mrs. Lennox ihnen bewusst einen Augenblick der Zweisamkeit gegönnt. Mit einem verschmitzten Grinsen trat sie aus einem angrenzenden Zimmer, wo er den Schlafraum vermutete. Lester nahm Haltung an, um die Mrs. zu begrüßen.

»Geht es dir gut?«, fragte Ashley besorgt. »Mein Bruder war hier, er sagte, dass er dich verprügelt hätte, damit du die Finger von mir lässt.« Ihre Augen suchten seinen Körper nach Verletzungen ab.

Er stieß ein Schnauben aus. »Das hat er behauptet? Zugegeben, ich hatte eine körperliche Auseinandersetzung mit ihm, weil er sich widerrechtlich Zutritt zu meiner Plantage verschafft hatte.«

»Setzen wir uns doch, Mister Fulgham«, bat Mrs. Lennox.

Die Suite war opulent eingerichtet. Extravagante Spiegel an den Wänden ließen den Raum größer erscheinen. Den Blickfang bildete der hohe weiß verzierte Kamin mit vergoldeten Kerzenleuchtern auf dem Sims und einem goldumrandeten breiten Spiegel darüber. Den Boden davor schmückte ein dicker quadratischer Webteppich, an dessen rechtem Rand eine moderne Couch im englischen Stil zum Verweilen einlud und auf der linken Seite des Kamins stand ein passender Sessel. Der kleine ovale Tisch in der Mitte mit den verzierten Füßen wirkte dagegen unscheinbar.

Lester war erleichtert, denn Ashley schien ihm seine Lügen verziehen zu haben. Ihre Augen strahlten. Nur der geschäftsmäßige Blick der Tante passte nicht in das Bild. Er respektierte die Dame, die trotz ihrer erfolgreichen Karriere keine Spur von Affektiertheit oder Überheblichkeit ausstrahlte.

Er war sehr wachsam, während sie ihm in schönen Worten zu verstehen gab, dass sie der Verbindung ihren Segen gab. Sie sei davon überzeugt, dass sich die Richtigen gefunden hätten und sie zusammen glücklich werden würden.

Lester und Ashley lächelten einander verliebt an. Sie schien sehr aufgewühlt zu sein und konnte keine Sekunde entspannt still sitzen. Kurz fasste er nach ihrer Hand, die auf ihrem Knie ruhte, und drückte sie tröstend. Ihre Hand war kalt.

»Waren Sie schon bei meinem Schwager?«, fragte die Tante ohne Umschweife.

Lester erklärte in knappen Sätzen die Umstände, die ihn davon abgehalten hatten und versicherte, dies unverzüglich, nach dem Besuch bei seinem Anwalt, nachzuholen.

»Ausgezeichnet!«, lobte sie und klatschte begeistert in die Hände.

Verwundert zog er die Augenbrauen hoch, irgendwie

verspürte er plötzlich ein seltsames Gefühl. Nach dem Tonfall ihrer Frage zu urteilen, hätte er mit einem Tadel gerechnet oder einer Äußerung, dass sie an der Aufrichtigkeit seiner Worte ohnehin Zweifel gehegt hatte und sich nun darin bestätigt sah. Seine Anspannung wuchs.

Mrs. Lennox lehnte sich in ihrem Sessel zurück. »Ich habe mir meine Gedanken gemacht«, begann sie, »und ich bleibe bei meiner Meinung.« Sie machte eine bedeutungsvolle Pause, wobei sie ihn durchdringend ansah. »Sie werden nichts unternehmen!«

»Wie meinen Sie das?« Irritiert schaute er Ashley und dann wieder Mrs. Lennox an.

»Sie werden Hugh Callahan nicht einen einzigen Cent zahlen! Sehen Sie es meinetwegen als Ashleys Mitgift, aber ...«

Lester protestierte, doch die resolute Dame hob gebieterisch die Hand. Weil er nicht unhöflich sein wollte, biss er die Zähne zusammen und schwieg.

»Sie haben von meinem Schwager niemals eine finanzielle Unterstützung verlangt. Hugh tat es aus eigener Initiative, aus Ehrgefühl seinem toten Freund gegenüber, das ist eine Sache. Außerdem wären Sie ein Narr, wenn Sie ihm aus falschem Stolz das Geld aufdrängen, das Ihnen laut der damaligen Vereinbarung zusteht, wenn Sie den Vertrag einhalten. Und da Sie und Ashley das Ehegelöbnis eingehen wollen, erfüllen Sie diesen Willen.«

»Verzeihung, Ma'am.« Lester hielt es nicht länger aus. »Ich lege keinen Wert auf eine Mitgift und bin auch nicht darauf angewiesen. Und wie ich Ihnen schon in Charleston versicherte, möchte ich jeglichen Verdacht ausschließen, dass der Wille unserer Väter der Grund für die Verbindung ist. Zudem will ich mich und meine Familie

endgültig aus dem Dunstkreis dieses Mannes befreien.«
Er war unwillkürlich etwas lauter geworden. Mit einem
Seitenblick auf Ashley fügte er eine Entschuldigung an,
da er immerhin von ihrem Vater sprach. Zu seiner Erleichterung wirkte sie nicht schockiert, sie lächelte sogar.

»Das hat nichts mit falschem Stolz zu tun, Ma'am!«,
bekräftigte er in ruhigem Tonfall.

Mrs. Lennox nickte zufrieden. »Ich dachte mir schon,
dass Sie so vehement reagieren würden. Glauben Sie mir,
ich kenne meinen Schwager, er kann ein aufbrausender
und besessener Pedant sein, wenn er sich etwas in den
Kopf gesetzt hat. Sein Charakter erlaubt keine andere
Meinung als seine eigene und er kann sehr unberechenbar werden, wenn ihm jemand oder etwas in die Quere
kommt. Ich kann mir durchaus vorstellen, dass Ihre wer-
te Mutter viele schlaflose Nächte seinetwegen hatte. Sehen Sie es als Wiedergutmachung für das Leid, das er ihr
zugefügt hat. Falls Sie das auch nicht überzeugen kann,
legen Sie das Geld für Ihre künftigen Kinder an, für den
Fall, dass Ihnen einmal etwas zustoßen sollte, bevor Ihr
Sohn alt genug ist, sein Erbe anzutreten. Aber werfen Sie
Hugh Callahan das Geld nicht in den Rachen, das verdient er nicht. Hugh ist alt geworden und gebrechlich. Im
Grunde ist er ein notorischer Geizhals, der lieber sein
Vermögen zusammenrafft und bewundert. Alle Ausgaben, die nicht in sein Weltbild passen, werden nur mürrisch und zähneknirschend getätigt. Er hat seine Ehefrau
damals kurzgehalten, was beispielsweise die Garderobe
betraf, und er tat es bei meiner Nichte, auch wenn er
jahrelang das teure Internat zahlte, so musste sich Ashley
im Laufe der Jahre etliche Vorhaltungen und Beschimpfungen diesbezüglich anhören. Auf der anderen Seite,

wenn es um seine persönlichen Belange geht, schleudert er das Geld zum Fenster hinaus.«

Die Meinung, die Mrs. Lennox von ihrem Schwager hatte, und die Offenheit, mit der sie in Ashleys Gegenwart darüber sprach, überraschte Lester. Etwas unsicher schaute er Ashley an.

Ashley blickte ihn schwärmerisch an. »Ich weiß, dass du meinem Vater aus edlen Motiven seine finanziellen Mittel erstatten möchtest, aber meine Tante hat recht. Du musst mir auf diese Weise nicht deine Liebe beweisen. Vater hat mir den Vertrag nicht gezeigt, doch wenn dich die Hochzeit von jeglicher Erstattung freispricht, dann solltest du es akzeptieren. Ich glaube, ihm war damals nur wichtig, sich später nicht mit dem Problem auseinandersetzen zu müssen, eine heiratsfähige Tochter zu haben.«

Lester stieß kraftvoll die Luft aus. Das widersprach all seinen Prinzipien.

»Der Einzige, der profitieren wird, ist Rodney, sobald sein Vater diese Welt verlassen hat«, sprach Mrs. Lennox weiter. »Wollen Sie wirklich, dass Rodney sich auf Ihre Kosten amüsiert? Das sollte Ihren Stolz anstacheln, Mister Fulgham, denn er hat nichts mit der Sache eurer Väter zu tun, sondern wäre nur der Nutznießer.«

Teilte Ashley die Meinung ihrer Tante oder hatte sie sich von ihr beeinflussen lassen? Er wünschte, er könnte unter vier Augen mit ihr darüber sprechen.

»Ich muss darüber nachdenken«, räumte er ein. Wenn es ernstlich Ashleys Wunsch war, wie konnte er ihr etwas abschlagen?

»Sprechen Sie mit Ihrem Anwalt über die veränderte Sachlage und sichern Sie sich ab, dass sich meinem Neffen nach Hughs Tod keine Möglichkeit eröffnet, Forderungen an Sie zu stellen. Er schlägt, zu meinem Bedauern, sehr in die Kerbe seines Vaters, aber noch habe ich die Hoffnung nicht restlos aufgegeben, dass der Junge zur Besinnung kommt. Ich bin wahrlich erschüttert, was er sich in der Vergangenheit geleistet hat.«

Dabei kennt sie nicht mal alle Schandtaten, dachte Lester bei sich und fühlte sich plötzlich schuldig, ihr Vertrauen in ihn noch mehr erschüttern zu müssen. Vielleicht hatte Mutter recht und es war besser, die Vergangenheit ruhen zu lassen. Dazu müsste er Rodneys Feldzug stoppen, nur wie sollte er das anstellen, wenn der selbst keine Ahnung hatte, dass er in ein Wespennest gestochen hatte?

»Mister Fulgham?«, riss die Mrs. ihn aus seinen Gedanken.

Er räusperte sich und vertrieb die düsteren Gedanken, der Blick der Mrs. hatte ohnehin schon etwas Prüfendes. Ashleys Sorge, wie Rodneys Reaktion ausfallen würde, wenn er und Lester aufeinandertrafen, dominierte das nächste Gesprächsthema. Lester erfuhr, dass Rodney bereits von den Damen in Kenntnis gesetzt worden war, dass die Vermählung stattfinden würde. Mrs. Lennox orderte Tee und eine Auswahl vom hauseigenen Gebäck. Die Stimmung nahm einen gelösten und geselligen Charakter an. Man schmiedete Zukunftspläne und lachte vergnüglich. Es war bereits Abend geworden, als Lester sich verabschiedete.

Er beschloss, sich für die Nacht eine Unterkunft zu mieten, am nächsten Morgen seinen Anwalt aufzusuchen, der unweit vom Stadtviertel Savannahs wohnte, und später nach Pembroke zu reiten. Es war an der Zeit,

Hugh Callahan davon zu unterrichten, dass er seine Tochter vor den Traualtar führen würde.

Nach einem bescheidenen Abendessen spazierte er nachdenklich durch die Straßen der Stadt. Bis er entschieden hatte, ob er dem Vorschlag von Mrs. Lennox zustimmen sollte, könnte er fürs Erste den aufgesetzten Vertrag seines Anwalts unerwähnt lassen.

Kurzentschlossen kehrte er in eine der zahlreichen Kneipen ein, ihm stand der Sinn nach einem gut gekühlten Bier. Lester steuerte auf die Bar zu und gab seine Bestellung auf.

Zu spät entdeckte er den Mann am Ende des Tresens - Rodney Callahan. Der schien ihn bereits beim Eintreten gesehen zu haben und starrte ihn feindselig über den Rand seines Bierkruges an.

Lester bedachte ihn mit einem abschätzenden Blick und setzte sich auf einen freien Hocker, um sein Bier in Empfang zu nehmen. Durstig ließ er mehrere Schlucke des würzigen Gerstensaftes die Kehle hinunterfließen.

Kaum war der Mann zu seiner Rechten gegangen, tauchte Rodney neben ihm auf. Es war eindeutig nicht sein erstes alkoholisches Getränk an diesem Abend. »Haben Sie mich verfolgt?«, knurrte er.

»Das habe ich nicht nötig!«, entgegnete Lester gelangweilt und ignorierte ihn.

»Sie aufgeblasener Mistkerl, Ihre Arroganz wird Ihnen noch leidtun.« Er knallte seinen Krug auf den Tresen. Der Inhalt schwappte über den Rand und bildete eine kleine Pfütze um den Behälter.

Die Umsitzenden unterbrachen ihre Gespräche und drehten sich verwundert zu dem Störenfried um.

Rodney schien es nicht zu bemerken, oder er wollte es

nicht. Sein Gesicht verzerrte sich zu einer wütenden Fratze. »Ist es wahr, was ich gehört habe, Sie wollen nun doch meine Schwester heiraten? Es steht wohl nicht so gut um Ihre Plantage, wie Sie alle glauben machen wollen, was? Sie sind ein Heuchler, Fulgham.«

Lester schnaubte, hatte aber keine Lust, sich provozieren zu lassen. »Warum sollte ich Ihre Schwester nicht heiraten? Sie wird ihren Zweck erfüllen und ist zudem ganz hübsch anzusehen. Ich hätte es schlechter treffen können, finden Sie nicht auch?«

Für einen Moment hatte es Rodney die Sprache verschlagen und er starrte ihn entgeistert an, dann begann er lauthals zu lachen. »Wären Sie kein Fulgham, wären Sie mir durchaus sympathisch.« Schlagartig wurde er wieder ernst. »Da ist noch eine andere Sache.«

Lester ahnte, was jetzt kommen würde. Rodneys Gesicht kam dem seinen näher, er konnte seine Fahne deutlich riechen.

»Sie können es sich nicht leisten, Ashley nicht zu heiraten, das sehe ich ein, es geht ja um eine Menge Geld, aber was Bintu betrifft, können Sie sich nicht so einfach aus der Affäre ziehen, das wird Konsequenzen für Sie haben!« Siegessicher lehnte er sich gegen den Tresen und sah ihn herausfordernd an. »Und da Sie durch eine Heirat mit meiner Schwester wieder flüssig sein werden, erhöht sich der Preis für mein Schweigen. Sie wollen sicher vermeiden, dass mein Vater erfährt, dass der, ach so ehrenwerte, Sohn seines Freundes Arthur nichts weiter als ein erbärmlicher Dieb ist.«

Lester sprang vom Hocker und presste die Lippen zusammen. Es kostete ihn reichlich Überwindung, seinem Gegenüber nicht die Faust ins Gesicht zu rammen. »Ich will Ihnen mal was sagen *Mister* Callahan«, zischte er gefährlich leise. »In Anbetracht dessen, dass wir bald miteinander verwandt sein werden, könnte ich unter gewissen Umständen darüber hinwegsehen, dass Sie versucht haben, hinterrücks an das Geld Ihres Vaters zu gelangen. Aber nur unter der Voraussetzung, dass Sie Bintu vergessen. Ein für alle Mal!«

»Sie haben die Hosen voll.« Selbstzufrieden griff Rodney nach seinem Bierkrug.

Aufgebracht packte Lester den überraschten Mann am Kragen. Der Krug polterte auf den Tresen und das restliche Bier ergoss sich über die Theke.

Der Mann hinter Rodney schnellte fluchend von seinem Hocker und betitelte ihn lautstark als »besoffenes Arschloch!«

»Ich dulde in meinem Lokal keine Schlägerei!«, mahnte der Wirt hinter der Bar.

Lester signalisierte ihm mit der freien Hand, dass er diesbezüglich nichts zu befürchten habe. Sein Augenmerk blieb auf Rodney gerichtet. »Es geht hier nicht um mich! Sie Idiot haben keine Ahnung, was Sie mit Ihrem Starrsinn anrichten. Vergessen Sie Bintu, es ist in Ihrem eigenen Interesse. Sie werden von mir ohnehin nicht einen Cent bekommen. Ich lasse mich nicht erpressen! Nehmen Sie sich den Rat zu Herzen und sagen Sie später nicht, ich hätte Sie nicht gewarnt.« Abrupt ließ Lester ihn los, sodass Rodney gegen seinen Hintermann taumelte.

Der hatte nun genug von den Belästigungen; zusammen mit seinem Gesprächspartner packte er Rodney und entfernte ihn von der Bar . Der Wirt kam um den Tresen herum und nahm sich dem Gespann an.

Lester kehrte ihnen den Rücken und widmete sich seinem Getränk, als wäre nichts vorgefallen. Er bezweifelte, dass Rodney tatsächlich Ruhe geben würde, aber er hatte ihn zumindest gewarnt.

*

Ashley war still und in sich gekehrt. Viele Gedanken gingen ihr durch den Kopf. Zum einen freute sie sich auf die Zukunft mit Lester, zum anderen fürchtete sie die Hürden, die ihnen noch im Wege standen. Sie war froh, dass Tante Tawinia an ihrer Seite war und sich um alles kümmerte, denn ohne sie wäre sie verloren. Sie mochte gar nicht an die Zeit denken, an dem sich ihre Wege wieder trennen würden. Tawinia war die einzige Verwandte, der sie am Herzen lag, und die sie nicht enttäuscht hatte.

Eher mechanisch verstaute sie die letzten Kleinigkeiten in ihrem Reisekoffer. Die Kleider waren bereits vom schwarzen Hotelpersonal verpackt worden. Ihr war flau im Magen, als sie die wartende Kutsche bestieg, die sie zurück zur Plantage brachte.

Tawinia war weitaus zuversichtlicher als sie. Aufmunternd tätschelte sie ihr die Hand, als das Gefährt sich in Bewegung setzte. »Hab keine Angst, ich bin mir sicher, wir haben alles durchdacht. Und was deinen Zukünftigen betrifft, er ist ein gescheiter Mann. Er wird wissen, was für euch beide das Beste sein wird. Ich bin überzeugt, er hat verstanden, dass sein Edelmut zwar lobenswert, aber in Bezug auf deinen Vater pure Dummheit wäre.«

Ashley nickte zustimmend. Im Grunde konnte nichts mehr schiefgehen. Trotzdem verspürte sie ein mulmiges Gefühl wie eine böse Vorahnung, die sie sich nicht erklären konnte. Diese Empfindung ließ sich nicht abschütteln, so sehr sie es auch versuchte. Sie blickte aus dem Fenster auf die vorbeiziehende Landschaft und war bemüht, sich gegenüber Tawinia nichts von ihren Bedenken anmerken zu lassen.

Tatsächlich hatte sich im Laufe der Fahrt ein gewisser Kampfgeist entwickelt, der ihr Zuversicht gab. Der Gedanke an Lester, verlieh ihr die Kraft.

Tawinia hatte einen Boten zur Plantage vorausgeschickt, der ihre Ankunft angekündigt hatte. Kaum fuhr die Kutsche vor, eilten die Sklaven herbei, um das Gepäck abzuladen und ins Haus zu tragen.

In einiger Entfernung entdeckte Ashley Bill, er stand lässig gegen einen Baum gelehnt und schien ihr Eintreffen zu beobachten. Ihre Blicke trafen sich kurz, dann wandte sie ihm den Rücken zu. Mit ihm würde sie sich auch noch auseinandersetzen müssen, aber das konnte warten.

Ihr Vater erwartete sie mit grollender Miene in der Tür zum Arbeitszimmer, als sie und Tawinia den Flur entlang kamen. Er erwiderte Ashleys Begrüßung nicht, würdigte sie lediglich eines knappen Blickes und richtete sein Augenmerk auf die Schwägerin. »Kannst du mir mal verraten, wo ihr jetzt herkommt? Ich bin keineswegs senil oder vergesslich! Es war von einer Woche die Rede! Eine Woche, die ihr in Atlanta verbringen wolltet. Glaubst du, du kannst mich zum Narren halten? Ich sollte dich unverzüglich von der Plantage werfen lassen, du aufrührerische alte Hexe.«

»Reg dich nicht so auf, Hugh«, entgegnete sie gelassen. »In deinem Alter tut das deinem Herzen gar nicht gut.«

»Meinem Herzen geht es hervorragend!« Er fuchtelte

aufgebracht mit seinem Arm in der Luft.

»Gut! Dann lass uns in Ruhe miteinander reden.« Lässig streifte Tawinia ihre Handschuhe ab. »Ich denke, es ist ganz in deinem Interesse, wenn ich dir sage, dass ich Ashley davon überzeugen konnte, sich nicht länger gegen die Ehe mit Arthur Fulghams Sohn zu sträuben. Eine junge Dame braucht schließlich den Schutz eines Ehemannes, nicht wahr?«

Hugh Callahans Gesichtsausdruck wirkte wie eingefroren. Sekundenlang starrte er seine Schwägerin ungläubig und mit offenem Mund an. Der Anblick war so skurril, dass Ashley fast angefangen hätte zu lachen.

»Wärst du etwas sensibler mit dem Thema Eheschließung umgegangen, hätte ich mir die Mühe sparen können.« Mit den Worten schritt Tawinia hoheitsvoll an dem immer noch sprachlosen Hugh vorbei ins Arbeitszimmer, Ashley folgte ihr.

»Was gibt es da zu gaffen?«, fuhr er die Sklaven an, die sich neugierig im Gang drängten, um etwas von dem Gespräch mitzubekommen. »Habt ihr Faulpelze nichts zu tun?« Mit einem lauten Knall schlug er die Tür zu.

»Ach, übrigens, ich hatte mich kurzfristig entschieden, unseren Einkaufsbummel nach Charleston zu verlegen. Dort bekommt man eine weitaus größere Auswahl geboten.« Entzückt berichtete sie von exklusiven Geschäften und bekannten Modedesignern, die sich in der Stadt niedergelassen hatten.

»Ja, ja«, wehrte er desinteressiert ab und marschierte zu seinem breiten Hochlehnstuhl hinter dem Arbeitstisch. »Du hättest mir eine Nachricht schicken können, das wäre das Mindeste gewesen.«

»Wozu?« Tawinia tat überrascht. »Ich hielt es für angebrachter, dich mit dem Thema Damengarderobe nicht weiter zu belästigen. Ob Atlanta oder Charleston, was hätte es für dich geändert? Was zählt, ist der Erfolg, und das Resultat kann sich sehen lassen, das kann ich dir versichern. Oder hättest du dir nachsagen lassen wollen, dass deine Tochter schlecht gekleidet wäre?«

»Unsinn!«, fuhr er beleidigt auf. »Kurz bevor du nach Jahren hier aufgetaucht bist, hat sie erst neue Kleider bekommen. Ich habe die Schneiderin persönlich ins Haus bestellt, also komm mir nicht so!«

Tawinia und Ashley warfen sich einen Blick zu.

»Mein lieber Hugh, das ist ja alles richtig, aber willst du ernstlich behaupten, dass du auf dem neusten Stand bist, was beispielsweise Spitzenunterwäsche und Negligés der heutigen jungen Damen betrifft?«

Hugh stieß ein abfälliges Grunzen aus, und Ashley konnte ein Kichern nicht mehr unterdrücken.

»Das alles war deine Idee«, ging er die Schwägerin an. »Wage also nicht, mir für den ganzen Firlefanz eine Rechnung zu präsentieren. Ich habe sowieso nie kapiert, warum die Weiber immer derart viel Zeugs brauchen. Ich habe zwei Abendanzüge ...«, zur Betonung zeigte er die Zahl mit seinen Fingern, »zwei! Und ich bin damit immer sehr gut zurechtgekommen!«

Tawinia verdrehte stöhnend die Augen. »Wenn ich daran erinnern darf, bist du ein Mann!«

»Und wenn schon«, murrte Hugh uneinsichtig.

»Keine Sorge, die Kosten wurden längst beglichen. Aber hast du mir nicht zugehört? Deine Tochter wird in Kürze heiraten, darüber sollten wir uns unterhalten. Es gibt immerhin einiges für den großen Tag zu klären. Da die liebe Mayleen nicht mehr unter uns weilt, möchte ich dafür Sorge tragen, dass Ashley sicher ihrer Rolle als Ehefrau und Mutter zugeführt wird, das bin ich meiner Schwester schuldig.«

Hugh Callahan hatte sich mittlerweile in seinen bequemen Stuhl fallen lassen und Tawinia nahm unaufgefordert in dem Besuchersessel Platz. Kurzerhand schnappte sich Ashley den Hocker, der vor dem Aktenregal stand, und platzierte ihn neben der Tante.

Mit großen Augen und mürrischer Miene starrte Vater die Tante an. »Es gibt da nichts mehr zu klären! Das wurde alles schon vor Jahren festgehalten und dokumentiert. Ich habe dem nichts mehr hinzuzufügen!«

»Du sprichst von dem Vertrag, den du mit Arthur Fulgham geschlossen hast. Ich würde ihn mir gerne mal ansehen.«

»Warum?«

»Nun, um zu sehen, ob alles seine Richtigkeit hat. Wie steht es mit dem Finanziellen?«

Hugh schlug mit der Hand auf den Arbeitstisch, und seine Gesichtsfarbe wurde eine Spur dunkler. »Willst du mir irgendwas unterstellen?«

Ashley war automatisch zusammengezuckt und wagte sich kaum zu rühren, um nicht seine Aufmerksamkeit auf sich zu lenken. Bang sah sie die Tante an, die sich nicht im Mindesten von seinem aggressiven Gebaren beeinflussen ließ. Sie wirkte so entspannt, als säße sie in geselliger Runde bei einem gemütlichen Damenkränzchen.

»Falls du auf eine Mitgift spekulierst, muss ich dich enttäuschen.« Er schnaufte beim Sprechen geräuschvoll. »Der junge Fulgham hat bereits nach dem Tod seines Vaters im Laufe der Jahre einige Gelder erhalten. Es ist alles ordnungsgemäß aufgelistet, auch die noch offene Darlehenssumme, die Arthur mir schuldig geblieben war. Alles in allem summiert es sich zu einem stattlichen Betrag, der in diesem Fall als Vorabmitgift zu betrachten ist. Es hat alles seine Ordnung! Die vertraglichen Details gehen dich zwar nichts an, aber bitte, du kannst dich selbst überzeugen. Heute Abend nach dem Dinner, hier in meinem Arbeitszimmer.« Er bedachte Ashley mit einem knappen Blick. »Allein!«

Erst, nachdem sie das Arbeitszimmer verlassen hatte, gestattete sich Ashley, durchzuatmen. Vater konnte immer noch recht furchteinflößend sein. Nur sein schweres Atmen, wenn er sich aufregte, zeugte davon, dass er kein junger Mann mehr war. Die Temperaturen waren für Ende September angenehm und nicht mehr so heiß wie noch im August. Ashley ließ sich von Neema die Reitkleidung herauslegen und freute sich auf einen Ritt mit ihrer Lieblingsstute.

Wie eine Diebin schlich sie zu den Pferdeställen, sie wollte um jeden Preis vermeiden, Bill Gibson zu begegnen. Sie hatte Glück, nur ein paar Sklaven waren dort versammelt und verrichteten ihre Arbeit.

Mit zerzaustem Haar, aber guter Dinge, kehrte sie nach etwa zwei Stunden zurück. Ihr Blick fiel sofort auf den dunkelbraunen Hengst, der von zwei Sklaven in seine Box geführt wurde. Sie seufzte, ihr Bruder war eingetroffen. Innerlich wappnete sie sich schon für eine Konfrontation, während sie sich von den Sklaven vom Pferd helfen ließ. Sie konnte nur hoffen, dass er bessere Laune hatte als bei seinem Auftauchen in ihrer Hotelsuite.

»Warum so eilig, meine Schöne?« Bill Gibson versperrte ihr den Weg, er musste ihr bewusst aufgelauert haben.

»Guten Tag, Mister Gibson«, sagte sie steif und versuchte, sich an ihm vorbeizuschieben.

»So förmlich heute?« Er lachte und machte Anstalten, sie an sich zu ziehen.

Erbost befreite sie sich. »Wagen Sie es nie wieder, mich anzufassen! Oder ich werde dafür sorgen, dass man Sie unverzüglich von der Plantage wirft, habe ich mich klar ausgedrückt?«

»Oho, was ist aus dem scheuen Mäuschen geworden, das mich täglich mit unschuldigen Augen angeschmachtet hat und nicht abwarten konnte, in meinen Armen zu liegen?«

Ashley ärgerte sich, dass ihr die Röte ins Gesicht schoss. »Es wird nie mehr passieren!«

»Warum denn nicht?«, schnurrte er. »Ich weiß, dass es dir gefallen hat.« Aufreizend wanderte sein Blick über die Rundungen ihres Körpers. »Ich will dich! Gestatte mir, dich in die Kunst der Liebe einzuführen.« Mit einem Arm umfasste er ihre Taille. Ashley stand stocksteif da und starrte ihn an. »Lass uns da weitermachen, wo wir das letzte Mal aufgehört haben. Wir beide werden viel Spaß miteinander haben, das versichere ich dir, Süße.«

»Miss Callahan, wenn ich bitten darf!«

Sie trat einen Schritt zurück und er ließ zu ihrer Erleichterung seinen Arm sinken. »Ich bin nicht interessiert, denn diese Aufgabe gebührt meinem künftigen Ehemann!«

Er stieß ein Grunzen aus. »Was ist in Atlanta mit dir passiert?«

»Sagen wir, ich bin zur Vernunft gekommen«, entgegnete sie schnippisch. »Und jetzt möchte ich bitte gehen!«

Er hielt sie nicht auf, rief ihr aber nach: »Er war übrigens hier, dieser Lester Fulgham, er wollte Informationen über dich und deine Familie.«

Ashley stoppte und fuhr herum. »Ist mir bekannt. Ebenso wie die abscheulichen Dinge, die Sie ihm über mich erzählt haben.« Sie ging wieder auf ihn zu, um ungebetenen Zuhörern keine Möglichkeit zu geben. »Was fiel Ihnen ein, zu behaupten, ich trüge womöglich das Kind eines anderen Mannes unter dem Herzen? Das ist eine Unverschämtheit!«

»Ich habe dir nur helfen wollen«, protestierte er. »Oder hast du mir nicht etliche Male vorgeheult, was er für ein schrecklicher Mensch sei, und du ihn unter gar keinen Umständen heiraten wirst? Ja, ich habe ihm einige unschöne Dinge über dich erzählt, um ihn abzuschrecken, damit er verschwindet und dich in Ruhe lässt. Kein Grund, jetzt so zickig zu sein! Nur ein Dummkopf macht einer Frau Avancen, von der man sagt, sie habe schon bei einem anderen Mann gelegen. Immerhin besteht ja daher die Möglichkeit, dass sie bereits seinen Bastard in sich trägt.«

Ashley stand da und starrte ihn ungläubig an. Von diesem Standpunkt hatte sie die Sache noch gar nicht betrachtet.

»Ein Dankeschön wäre angebrachter gewesen, statt mich gleich wie eine Furie anzugehen. Ich dachte, du seist was Besonderes, aber du bist genauso hochnäsig wie andere Pflanzertöchter.«

»Es ... es tut mir leid.« Betreten senkte Ashley den Blick.

»Vergiss es!« Zornig winkte er ab. »Ich besitze ein kleines Cottage, etwa drei Meilen außerhalb von Pembroke, dort wollte ich dich vor ihm und deiner Familie verstecken. Du hast den Eindruck erweckt, dass es dir nicht viel ausmachen würde, dem Luxus im Herrenhaus den Rücken zu kehren. Niemand hätte dich bei mir vermutet. Du wärst in Sicherheit gewesen, dafür hätte ich gesorgt. Du hättest mir gegenüber lediglich etwas zugänglicher sein müssen. Ein Mann hat nun mal gewisse Bedürfnisse, wenn du verstehst.«

»Ich habe Mister Fulgham zwischenzeitlich kennengelernt, und er ist ganz anders, als ich dachte. Er wird um meine Hand anhalten. Es tut mir leid, Bill, ich habe dich nicht verletzen wollen.«

»Mister Gibson, wenn ich bitten dürfte! Wenn die Lady mich dann entschuldigen würde, ich habe zu arbeiten.« Er lüftete seinen Hut, deutete eine Verbeugung an und machte auf dem Absatz kehrt, ohne sich noch einmal umzudrehen. Gedankenschwer schaute Ashley ihm nach, bis er aus ihrem Blickfeld verschwunden war. Ihr schlechtes Gewissen paarte sich mit Scham. Immerhin hatte sie ihm in ihrer naiven Schwärmerei tatsächlich schöne Augen gemacht, aber sie bezweifelte, dass sie es fertiggebracht hätte, ohne Heirat mit ihm das Bett zu teilen. Doch genau das wäre der Preis gewesen. Sie seufzte und machte sich mit gesenktem Kopf auf dem Weg zum Herrenhaus. Schon von Weitem vernahm sie Rodneys wütende Stimme. Sie hatte keine Lust, ihm jetzt zu begegnen und wählte den Weg durch den Küchentrakt; die Möglichkeit war günstiger, von dort aus ungesehen zur Treppe zu gelangen.

Kaum hatte sie die erste Stufe erreicht, stürmte Rodney mit verzerrtem Gesichtsausdruck aus dem Arbeitszimmer.

Die Tür flog mit ohrenbetäubendem Knall hinter ihm ins Schloss. Für eine Sekunde betete sie, er möge sie nicht bemerken.

»Ashley!« Seine Gesichtsfarbe wurde eine Spur dunkler. »Du kleines Miststück!«

Ashley riss erschrocken die Augen auf und begann, die Treppe hinaufzurennen. Schon nach wenigen Schritten hatte er sie eingeholt. Mit der einen Hand ergriff er ihren Arm, mit der anderen packte er ihr Haar, rücksichtslos zerrte er sie die Stufen wieder hinunter.

Ashley schrie vor Entsetzen und wehrte sich mit aller Kraft, aber gegen ihn hatte sie keine Chance. Tawinia schoss aus dem Arbeitszimmer und versuchte, beruhigend auf ihn einzuwirken. Ihre Worte prallten jedoch wirkungslos an ihm ab.

Als Ashleys Füße den dunklen polierten Marmorboden berührten, ließ er sie abrupt los. Sie verhakte sich im Saum ihres Reitkleides und stürzte unsanft zu Boden. Tawinia kniete sich sofort neben sie und half ihr wieder auf die Beine. Schockiert rieb Ashley sich den schmerzenden Unterarm. Aus den Augenwinkeln sah sie den Vater in der Tür des Arbeitszimmers stehen.

»Weißt du, wen ich getroffen habe?«, fuhr Rodney sie an.

Ashley zuckte an Tawinias Arm zurück und schüttelte heftig den Kopf.

»Bradley Hanson! Er teilte mir in seiner aufgeblasenen Art mit, dass er nun Lindsay Patterson zum Traualtar führen wird, und zwar mit dem Segen ihrer Familie. Es heißt, jemand habe ihrem Vater ein paar entscheidungsfindende Details zugetragen. Hast du deine Finger im Spiel?«

»Wa ... warum sollte ich?«, stammelte Ashley. Sein Gesicht kam ihr gefährlich nahe und sie wich abermals zurück, hielt aber Augenkontakt.

»Ich weiß, dass die Pattersons einige Tage in Charleston verbringen wollten, und am Abend vor ihrer Abreise war noch alles in bester Ordnung. Also muss jene intrigante Person in Charleston auf ihn zugekommen sein. Und wie ich eben von Vater erfahren musste, warst du ebenfalls in Charleston. Glaubst du, du kannst mich für dumm verkaufen?«

»Du bist doch selbst Schuld«, wagte sie sich vor. Er würde es nicht riskieren, sie in Tawinias Gegenwart und unter Vaters Augen erneut so brutal zu attackieren.

»Du hast mich eiskalt benutzt, den fürsorglichen Bruder gemimt, nur um hinterrücks an das Geld zu kommen und ...«

»Ashley!«, mahnte Tawinia scharf. Sie stoppte abrupt, als ihr aufging, dass sie sich um ein Haar verplappert hätte. Rodney ahnte schließlich noch nicht, dass sie Bescheid wusste.

Tawinia rettete den Fauxpas geschickt, in dem sie den Fokus auf Lindsays Mitgift lenkte. »Wärst du von Anfang an aufrichtig zu der Dame gewesen, hätte sich kein Bradley Hanson oder sonst jemand zwischen euch drängen können. Du allein trägst die Verantwortung für das, was geschehen ist. Man baut keine Beziehung auf einem Gerüst von Lügen auf. Und statt nur auf die Höhe der Mitgift zu schielen, solltest du für die Zukunft besser dein Herz sprechen lassen.«

»Du bist nun wirklich die Allerletzte, von der ich mir derartige Ratschläge anhören muss«, höhnte Rodney.

»Ach! Ist dem so?« Tawinias Ton war schneidend. Sie

271

trat einen Schritt auf ihn zu und tippte mit dem Zeigefinger auf seine Brust. »Dennoch werde ich dir einen weiteren Rat geben, werter Neffe: Du tätest gut daran, in dich zu gehen und über dich und dein Verhalten zu reflektieren. Nicht nur die herzlose Aktion der armen Miss Patterson gegenüber, auch die Aggressivität gegen deine eigene Schwester, die des Schutzes bedurft hätte, wären überdenkenswert. Deine liebe Mutter würde sich im Grabe umdrehen, wenn sie wüsste, was du für ein berechnender, egoistischer Mensch geworden bist.«

Rodney öffnete den Mund, um auf den Vorwurf einzugehen, doch sein Vater kam ihm zuvor.

»Du bist in meinem Haus«, richtete er grollend das Wort an seine Schwägerin. »Ich verbiete dir, unter meinem Dach an diese niederträchtige und ehrlose Selbstmörderin zu erinnern. Sie hat sich mit ihrer feigen Tat schwer versündigt und unserem guten Namen den Stempel der Schande aufgedrückt.«

»Wage es nie wieder, so respektlos von ihr zu reden!«

Ashley hielt vor Anspannung den Atem an, als sich Tawinia und Vater lautstark verbal attackierten. Vorsichtig schielte sie zu ihrem Bruder, auch ihn schien die Heftigkeit der plötzlichen Auseinandersetzung zu überraschen.

Tawinia machte ihrem Unmut Luft, während sie den protestierenden Hugh Callahan vehement ins Arbeitszimmer bugsierte. Wieder flog die Tür mit lautem Knall ins Schloss.

Ashley schluckte, noch nie hatte sie die Tante so wütend erlebt. Erneut sah sie ihren Bruder an. Er blickte angewidert auf sie herunter und zog zischend einen Mundwinkel nach oben.

»Da siehst du es, du verursachst nur Probleme. Das scheint ihr Frauenzimmer im Blut zu haben.«

Empört holte sie tief Luft, doch Rodney hatte längst auf dem Absatz kehrtgemacht und stolzierte aus der Halle. Ashley stand noch eine Weile wie angewurzelt am Treppenabsatz und lauschte den hitzigen Wortfetzen, die durch die geschlossene Tür drangen, bevor sie sich entschied, dass es angebrachter war, sich zurückzuziehen.

*

Am Nachmittag des folgenden Tages suchte Lester die Plantage der Callahans auf. Schon als er jüngst das Anwesen ausgekundschaftet und bei der Gelegenheit dem Aufseher Mr. Gibson diverse Informationen entlockt hatte, war ihm aufgefallen, dass einiges anders war als beim letzten Besuch mit seiner Familie. Wie langweilig sah es nun hier aus! Er erinnerte sich an prächtig blühende Blumenrabatten entlang der Wege, die Kletterrosen neben dem Eingangsportal und einen kleinen Springbrunnen mit einer Steinstatur in der Mitte des Rasens, mit zwei weiß lackierten Bänken dahinter. Nichts davon war übrig geblieben. Grünflächen und Wege waren zwar bestens gepflegt und frei von Unkraut, jedoch suchte man den farblichen Kontrast in Form sorgsam angelegter Blütenpracht vergeblich.

Eine innere Unruhe machte sich breit, als er die wenigen Stufen zum Haupteingang hinaufstieg. Viele Jahre war es her, seit er das letzte Mal an dieser Stelle gestanden hatte. Erinnerungen plagten ihn plötzlich. Er sah Vater vor sich, wie er und Hugh Callahan sich herzlich begrüßten, lachten und anstößige Witze machten, während er zusammen mit seiner Mutter mehrere Schritte hinter ihnen ausharrte. Mutter hasste die Besuche in Pembroke und es war ihr nie gelungen, diese Abneigung vor ihrem Gemahl zu verbergen. Eines Tages war es auf der Rückreise zur Eskalation gekommen. Sein Vater war außer sich vor Zorn gewesen, weil sie seinem besten Freund nicht genügend Achtung entgegenbrachte. Er schlug sie und beschimpfte sie auf das Übelste. Auch Lester hatte von ihm einiges abbekommen, als er versuchte, sie zu verteidigen. Er hatte zwar den Mut besessen, aber es hatte ihm noch die nötige Kraft gefehlt, sich gegen seinen brutalen Erzeuger zu behaupten. Tagelang war Mutter damals mit rotverweinten Augen herumgelaufen. Zumindest hatte dieser Eklat zur Folge, dass Vater fortan allein nach Pembroke ritt und auf die Begleitung seiner *respektlosen Familie* verzichtete.

Nur zur Beisetzung von Mrs. Callahan hatte Mutter ihn noch einmal begleitet. Lester war nicht dabei gewesen.

Eine ältere Sklavin öffnete ihm die Tür und fragte nach seinem Anliegen.

»Ich möchte mit Mister Callahan Senior sprechen«, erklärte er.

Im Inneren schien sich gar nichts verändert zu haben, stellte er fest, während er der Sklavin zum Salon folgte.

»Wen darf ich melden, Sir?«

»Mein Name ist Lester Fulgham.«

Die Sklavin riss die Augen auf, ließ sich aber sonst nichts anmerken. Vermutlich war seine Person längst zum allgemeinen Tratsch unter den Sklaven geworden.

Es kam ihm wie eine Ewigkeit vor, bis Ashleys Vater endlich den Salon betrat. Sein Haar war vollständig ergraut und stand ihm wirr vom Kopf ab. Er war schmal geworden und sein Gang hatte an Kraft und Vitalität verloren. Das Gesicht war faltiger, als er es in Erinnerung hatte, und die Farbe seiner Haut wirkte fahl.

Hugh Callahan war alt geworden, wie er feststellen musste.

»Sie haben sich mächtig viel Zeit gelassen, Mister Fulgham. Ich habe Sie schon vor Wochen kontaktiert und um Stellungnahme gebeten.«

»Ich hatte zu tun! Geschäfte, Sie verstehen?« Erhobenen Hauptes ließ er die ungenierte Musterung des alten Mannes über sich ergehen.

»Aus Ihnen ist ein stattlicher Kerl geworden. Meine Tochter wird keinen Grund haben, sich zu beklagen. Die vertraglichen Details sind Ihnen hinreichend bekannt?«

»Natürlich!«, entgegnete Lester steif. »Allerdings habe ich mir erlaubt, eine kleine Zusatzklausel anzufügen.«

Hugh Callahan sah ihn mit großen Augen an. »Was für eine Zusatzklausel?«, fragte er barsch.

Lester setzte eine geschäftsmäßige Miene auf und kramte in der Aktentasche nach den Unterlagen. »Nun, der Vertrag sieht vor, dass Sie von jeglicher finanziellen Forderung absehen, wenn ich Ihre Ashley zu meiner Gemahlin mache.«

»Worauf wollen Sie hinaus? Versuchen Sie anzudeuten, ich würde Sie übers Ohr hauen?«

Argwöhnisch fixierte der Mann ihn, während Lester die entsprechende Seite aufschlug. »Ich habe ergänzen lassen, dass nach Ihrem Ableben Ihr Sohn keine Möglichkeit hat, Forderungen an mich zu stellen.«

»Rodney? Schwachsinn! Warum sollte er so etwas tun?«

»Erstens ist er Ihr Erbe und zweites traue ich ihm nicht. Ich bin Geschäftsmann und ich sichere mich gern nach allen Seiten ab.«

»Wenn`s weiter nichts ist«, murrte Callahan und riss ihm die Papiere beinahe aus der Hand. Er variierte permanent den Abstand zum Gesicht, um den Text entziffern zu können, und kniff zwischendurch ein Auge zu.

Lester wartete geduldig. Eigentlich hatte er nicht auf den Vorschlag von Mrs. Lennox eingehen wollen, aber er war schließlich überstimmt worden. Auch seine Mutter war plötzlich der Meinung gewesen, kein Geld an Hugh Callahan zurückzuzahlen, da er Ashley ohnehin ehelichen würde.

Die eigentliche Formalität war dann zügig erledigt. Als Callahan anbot, auf den erfolgreichen Abschluss mit einem Whiskey anzustoßen, nahm er dankend an, auch wenn seine Ambition eine andere war. Niemals hätte er gedacht, je ein solches Schriftstück zu unterzeichnen.

»Ich wusste, dass Sie ein Ehrenmann sind, Mister Fulgham«, freute Hugh sich. »Sie sind schließlich Arthurs Sohn! Schade, dass er heute nicht bei uns sein kann, denn er wäre mit Sicherheit ebenso stolz gewesen.«

Nur der Gedanke an Ashley ließ Lester das dumme Geschwätz des Alten ertragen.

»Haben Sie Ihre künftige Braut schon zu Gesicht bekommen?«, fuhr Hugh fort. »Sie kann zuweilen etwas störrisch sein, lassen Sie sich davon nicht irritieren. Sie müssen ihr unmissverständlich klarmachen, dass sie zu parieren hat, dann werden Sie viel Freude an ihr haben und sie wird Ihnen viele stramme Erben gebären.« Er lachte über seine eigenen Worte.

In dieser Hinsicht war der Mann noch derselbe wie

früher, das Alter hatte ihn nicht emotionaler gemacht. Lester konnte über die respektlose Art, in der er über Ashley sprach, nicht lachen.

Ungeduldig läutete Callahan nach einer Haussklavin und putzte sie sogleich runter, als sie sich nach ein paar Minuten außer Atem in der Tür zeigte. »Herrgott, warum dauert das so lange? Schaff mir meine Tochter her und sag ihr, dass ihr Bräutigam eingetroffen ist.« Die Sklavin knickste hastig und eilte davon.

Hugh plauderte nun entspannt über längst vergangene Zeiten, als sein Freund Arthur Fulgham noch unter ihnen weilte. Lester interessierten die alten Geschichten nicht, gelangweilt betrachtete er den Raum. Sein Gegenüber schien das Desinteresse gar nicht zu bemerken.

Endlich trat Ashley ein, gefolgt von ihrer Tante. Erleichtert erhob Lester sich, um die Damen zu begrüßen.

»Miss Ashley, ich bin von Ihrer Erscheinung beeindruckt und freue mich, Sie als meine künftige Gemahlin bezeichnen zu dürfen.« Verschwörerisch zwinkerte er ihr zu, während er einen Kuss auf ihren zarten Handrücken hauchte. Das amüsierte Funkeln in ihren Augen entging ihm dabei nicht.

»Das muss gefeiert werden«, tönte ihr Vater hinter ihnen. »Mister Fulgham, noch einen Whiskey und die Damen einen Sherry?« Ohne eine Antwort abzuwarten, schritt er zur Anrichte, wo eine Auswahl alkoholischer Getränke bereitstand.

»Was ist denn hier für ein Spektakel?« Von allen unbemerkt, war Rodney eingetreten.

Mit sich zufrieden, klärte sein Vater ihn über den Grund des Zusammentreffens auf.

»So, so!«, knurrte Rodney Callahan.

Lester war in Alarmbereitschaft. Der Blick, der ihn traf, zeugte von blankem Hass, sekundenlang starrten die beiden Männer sich unnachgiebig an. Rodneys Vater hantierte noch mit den Getränken und bekam davon nichts mit. Lester wandte den Blick ab, um sich mit Ashley auf dem Sofa niederzulassen, die Tante setzte sich in den Sessel zu ihrer Linken.

Gemächlich verteilte der Alte Whiskey und Sherry. Kaum hatte er Lesters Glas abgestellt, griff Rodney danach und kippte den Inhalt in einem Zug in sich hinein.

Erbost protestierte Hugh und kritisierte seine Manieren. Während er zurück trottete, um ein weiteres Glas zu holen, sah Lester den Hitzkopf warnend an, doch der hatte nur ein teuflisches Grinsen für ihn übrig.

Durch eine Ehe mit seiner Schwester würde er nicht einen Cent von dem erhofften Geldsegen sehen. Jetzt kam es darauf an, wie viel Wert Rodney darauf legte, zu verhindern, dass sein Erzeuger jemals von diesem Vorhaben erfuhr. Doch wenn Lester sich seinen künftigen Schwager so ansah, hatte er keinen Zweifel, dass Rodney auf Krawall aus war. Er wollte Lester schaden, aus Rache, dass er ihm seinen dilettantischen Plan verdorben hatte. Dass er dabei offenbar kein schlechtes Gewissen gegenüber seiner Schwester verspürte, bekümmerte ihn.

Ashley lächelte ihm aufmunternd zu, sie schien seine Anspannung zu spüren, auch wenn sie den wahren Grund nicht ahnte.

Hugh Callahan ließ sich schwer in den Sessel fallen. »Auf die zukünftige Misses Fulgham«, er erhob sein Glas, nachdem er wieder zu Atem gekommen war.

Höflich wiederholten alle den Trinkspruch, bevor sie tranken. Alle außer Rodney, der keine Regung zeigte.

Sein Blick blieb hartnäckig auf Lester gerichtet.

»Schon seltsam, wie rasch Sie Ihre Meinung geändert haben«, stänkerte er. »Gratuliere, Sie haben einen profitablen Kaufhandel getätigt.« Sein Blick wanderte zu Ashley. »Und du? Wolltest du nicht lieber ins Kloster gehen, anstatt den Kerl zu heiraten? Wankelmütiges Weib!« Er kippte den zweiten Whiskey hinunter und stellte das Glas geräuschvoll auf den Tisch. »Erwarte niemals wieder meine brüderliche Unterstützung. Ich mache mich deinetwegen nicht zum Narren.«

Hugh beklagte mit harten Worten sein Benehmen. Tawinia hakte Neugier heuchelnd nach, was genau er meine, und Ashley tat bekümmert.

»Er hat dich gekauft, Schwesterchen«, triumphierte er. »Er kann es sich nicht leisten, Vater das geschuldete Geld zurückzuzahlen. Du wirst schon sehen! Aber es geschieht dir ganz recht, das ist die gerechte Strafe dafür, dass du Lindsay vergrault hast. Komm ja nicht flennend bei mir angelaufen, nachdem du begriffen hast, dass du nur ein lukratives Geschäft warst.«

»Es reicht jetzt!«, donnerte Hugh Callahan und sah zu seinem Sohn auf, der sich nicht die Mühe gemacht hatte, sich zu setzen.

Lester war klar, dass Rodney retten wollte, was noch zu retten war, und gleichzeitig versuchte, Ashley ein schlechtes Gewissen einzureden. Der Bursche ließ sich von seinem Vater nicht mundtot machen. Er war noch lang nicht fertig, ihn, Lester, zu denunzieren, und sich selbst als gescheiterten Retter zu präsentieren.

Es war an der Zeit, seinen künftigen Schwager in die Parade zu fahren und sein jämmerliches Schauspiel zu stoppen: »Ich denke, wir haben genug gehört, Mister

Callahan«, beendete Lester scharf den Redefluss. »Darf ich Sie an unser Gespräch erinnern, das wir führten, als wir uns zufällig an der Bar trafen? Ich könnte an dieser Stelle einige sehr interessante Details zu Ihren, nennen wir es mal *Geschäftspraktiken,* ausplaudern. Wünschen Sie das?«

Alle Augen waren auf ihn und Rodney gerichtet. Hugh verlangte, sofort aufgeklärt zu werden, was das solle, doch niemand beachtete ihn.

»Nur zu gut, Fulgham, Sie wollten mir den Mund verbieten, aber Sie haben für Ihre wilden Theorien keinerlei Beweise. Ich hingegen schon.«

Lester grinste innerlich, von wegen, er hätte keine Beweise! Er besaß immer noch den Vertrag mit der angeblichen Unterschrift von Hugh Callahan, aber er unterließ es, Rodney darauf hinzuweisen.

Scharf sahen die beiden einander in die Augen. Doch als Tawinia das Wort an Rodney richtete und ihn darüber in Kenntnis setzte, dass sie und Ashley über seinen Betrugsversuch Bescheid wussten, fuhr er herum und erbleichte.

Die Tante setzte gelassen fort und sagte: »Dass du, lieber Neffe, ohne das Wissen deines Vaters an das Geld kommen wolltest, das er einst seinem Freund Arthur geliehen hatte, beziehungsweise nach dessen Tod den Hinterbliebenen als Unterstützung gezahlt hatte, wissen wir ebenfalls.«

Innerlich stöhnte Lester auf, denn nach der Offenbarung hatte er keine Handhabe mehr, Rodney wegen Bintu zum Schweigen zu bewegen.

Rodneys natürliche Gesichtsfarbe kehrte zurück, denn sein Vater tobte los: »Du geltungssüchtige Person hast nichts Besseres zu tun, als Lügen über uns zu verbreiten!«

Nach Hughs Ausbruch schien sein Sohn sich recht sicher zu fühlen, ihm war nicht mehr anzumerken, dass er in irgendeiner Form geschockt oder zumindest beunruhigt war.

Tawinia lächelte und bezeichnete ihren Schwager als einen sturen und einfältigen Dickschädel.

»Giftsprühende Natter!«, konterte Hugh.

Rodney grinste, es wirkte schadenfroh. Offenbar erleichterte ihn, dass sein Vater gar nicht erst in Erwägung zog, dass Tawinia recht haben könnte. Sichtlich ermutigt durch diesen Umstand wandte er sich in der entstandenen Pause triumphierend an Lester: »Da Sie unsere Begegnung in der Kneipe erwähnten, Mister Fulgham, wann gedenken Sie Ihre Schulden bei mir zu begleichen? Sie wissen schon, wovon ich spreche! Wir können gern kurz nach nebenan gehen und das klären, dann wäre das Thema erledigt«, erklärte Rodney in gespielter Großzügigkeit.

Lester spürte Ashleys verwunderten, fragenden Blick auf sich und aus dem Augenwinkel sah er ihre Tante irritiert die Stirn kraus ziehen. Es gab kein Zurück mehr, gern hätte er ihnen das nun Kommende erspart. Er hatte es versucht! Er rutschte auf dem Sofa weiter nach vorn und sah mit strengem Blick zu seinem Gegner auf. »Ich wiederhole mich nur ungern, Mister Callahan, aber ich sagte Ihnen bereits mehr als deutlich, dass Sie von mir nicht einen einzigen Cent bekommen werden. Ich lasse mich von Ihnen nicht erpressen!«

»Sie sind ein Narr!«, entfuhr es Rodney unbeherrscht. »Bedenken Sie die Folgen, Sie sind erledigt, wenn das bekannt wird. Ich bin mir sicher, sie ist nicht die Einzige, habe ich recht? Wie viele von denen verstecken Sie noch? Die Gesetzeshüter werden Ihre Bücher prüfen und Ihre Plantage auseinandernehmen.«

Ashley zupfte ihn nervös am Ärmel. »Wovon redet er?«

Lester ließ sich nicht ablenken und fixierte weiterhin Rodney Callahan. Tawinia versuchte, die Situation zu entschärfen und verdeutlichte, dass hier nicht der richtige Ort für ihre privaten Differenzen sei.

»Ich kann es nicht ausstehen, wenn du in Rätseln sprichst!«, polterte Hugh dazwischen und verrenkte sich fast den Hals, um zu seinem Sohn aufzusehen. »Mister Fulgham wird bald zur Familie gehören, also sage, was du zu sagen hast, aber unterlasse es gefälligst, ihm irgendetwas zu unterstellen.«

Rodney richtete sich zu seiner vollen Größe auf und sah nacheinander auf die Gesichter vor ihm herab, bis er bei seinem Vater angekommen war.

»Der, ach so feine Sohn deines Freundes versteckt auf seiner Plantage entflohene Sklaven.«

Ein Raunen ging durch den Raum und für einen Augenblick hätte man eine Stecknadel fallen hören können.

»Ist das wahr?«, grummelte Hugh Callahan.

Lester reagierte nicht. Er hielt sein Augenmerk auf Rodney, der mit überlegener Siegermiene seinem Blick begegnete.

»Mister Fulgham, ich verlange unverzüglich eine Erklärung!«, schnaubte Hugh mit unterdrücktem Zorn.

An seiner Stelle antwortete Rodney. »Ich war bei ihm, um mir den Kerl näher anzusehen, der meine Schwester heiraten soll, da habe ich sie gesehen und sofort erkannt.

Und wo eine ist, sind garantiert noch mehr.«

»Erkannt?«, wiederholte Hugh. »Wen? Wovon zum Teufel redest du?« Seine Fingerknöchel traten weiß hervor, als er sich rechtsseitig hochstemmte, um ihn besser ansehen zu können.

»Bintu! Die favorisierte Sklavin unserer Mutter, die am selben Abend floh, als Mum sich das Leben nahm. Er hält sie versteckt!« Er wies mit dem Finger auf Lester. »Er ist ein Dieb! Er hat unser Eigentum gestohlen. Es ist an der Zeit, ihn dafür zur Rechenschaft zu ziehen. Bestimmt hält er noch weitere Sklaven versteckt. Was ist mit den Vieren, die vor ein paar Jahren getürmt sind? Wir haben die ganze Gegend abgesucht und sie nicht gefunden. Vielleicht befinden sich diese Männer auch auf seiner Plantage. Er erwirtschaftet sein Einkommen mit gestohlenem Eigentum, das ist Betrug der übelsten Sorte! Ich habe versucht, Beweise dafür zu finden, aber Fulgham hat mich erwischt und mich mit seinen Männern zusammenschlagen lassen.«

Er sah abwechselnd von Ashley zu seiner Tante und zeigte gestikulierend auf die letzten schwach vorhandenen Spuren in seinem Gesicht. »Ihr habt gesehen, wie ich ausgeschaut habe.«

»Uns hast du aber eine andere Geschichte aufgetischt, als ich dich fragte«, erinnerte ihn Tawinia.

»Ja, natürlich! Das liegt doch auf der Hand, ich wollte weitere Beweise sammeln.«

»Du meinst, du wolltest ihn mit deinem Wissen erpressen!«, warf Ashley ihm an den Kopf.

Lester hörte das zornige Beben in ihrer Stimme. Ohne sie anzusehen, griff er nach ihrer Hand, die sie im Stoff ihres Kleides zur Faust geballt hatte.

»Einen Versuch war es wert«, antwortete Rodney kalt. »Aber dein Verlobter ist ein zäher Hund. Er glaubt, er käme davon, nur weil er das Weibsstück gleich nach unserer Begegnung fortgeschafft hat. Doch ich werde sie finden!«

»Sie vollziehen gerade einen gefährlichen Drahtseilakt, Callahan«, warnte Lester ihn, »Sie wissen, was jetzt kommt?« Vorsichtig sah er zur Seite, aber Ashley war starr auf ihren arrogant dreinblickenden Bruder konzentriert. Stattdessen traf ihn der Blick ihrer Tante, er drückte Zweifel und Misstrauen aus.

»Da siehst du es, Dad«, wandte Rodney sich an seinen alten Herrn. »Arthurs Sohn, von dem du immer so viel gehalten hast, mehr, als von deinem eigenem Fleisch und Blut, ist ein mieser, hinterhältiger Betrüger. Nie konnte ich dir irgendetwas recht machen, ständig hast du nur herumgenörgelt. Ihm hast du die Kohle hinterhergeworfen, aber als ich von dir Geld für das Land wollte, das an unsere Felder grenzt, hast du dich geweigert. Es war ein erstklassiges Angebot, bestens gelegen mit hervorragendem Boden, ein durch und durch lohnenswerter Erwerb. Jetzt hat sich Isaac Johnston das Grundstück unter den Nagel gerissen.«

Hugh Callahan regierte nicht. Er saß wie versteinert da, die Augen aufgerissen, den Mund halb geöffnet und starrte geistesabwesend auf einen imaginären Punkt.

»Hast du mir zugehört, Dad?« Rodney baute sich drohend vor seinem Sessel auf.

»Du lügst! Du kannst sie nicht gesehen haben. Bintu ist tot! Hörst du? TOT!« Er wurde bei jedem Wort lauter, zuletzt schrie er.

Über die Reaktion seines Vaters irritiert, wich er zurück

und sah ihn an, als hätte dieser den Verstand verloren.

Tatsächlich hatte Hughs Gebaren etwas von Wahnsinn an sich. »Sie kann es nicht gewesen sein!« Sein Gesicht war dunkelrot angelaufen. »Das ist unmöglich!« Er lachte teuflisch.

Ashley schlug sich erschrocken die Hand vor den Mund.

»Oh doch, Mister Callahan«, mischte sich Lester ein. »Es ist möglich! Es war Bintu, die Ihr Sohn auf meiner Plantage gesehen hat. Sie haben sie fast bis zur Unkenntlichkeit verprügelt, doch sie hat ihr Martyrium überlebt, auch wenn sie bis heute an den Folgen jener Misshandlung zu leiden hat.«

»Was hat das zu bedeuten, Mister Fulgham?«, fragte Tawinia.

»Wollen Sie Ihrer Familie nicht endlich sagen, was wirklich an jenem Tag geschehen ist, als Ihre Frau Gemahlin starb?«, fragte Lester.

»Das geht Sie nichts an!«, schrie Hugh Callahan.

»Sagen Sie es Ihnen oder ich tue es«, beharrte er.

»Was erdreisten Sie sich? Ist das der Dank für alles, was ich für Sie getan habe? Nehmen Sie Ihr künftiges Weib und verlassen Sie augenblicklich mein Haus. Hinaus mit Ihnen!«

»Da siehst du es! Du hättest besser mir, deinem Sohn, vertraut. Jetzt bekommst du die Quittung!«, ertönte es von Rodney. Niemand nahm von seinen Worten Notiz.

»Hugh? Hast du uns irgendetwas zu sagen?«, fragte Tawinia mit Nachdruck.

»Unsinn! Du weißt so gut wie ich, was passiert ist.« Er fuchtelte wild mit seinem Arm in der Luft. »Mayleen war schwach und labil, litt unter Schwermut, hat alles nur schwarz-weiß gesehen, sich immer weiter in ihr eigenes Dilemma hineingesteigert und schließlich, in einem erneuten Anfall von Todessehnsucht, ihrem Leben selbst ein Ende gesetzt. Sie war krank! Was soll das? Müssen wir das alles wieder aufwärmen? Lasst sie gefälligst in Frieden ruhen!«

Mitfühlend sah Lester seine Liebste an. »Es tut mir leid, Ashley.« Er bedachte auch Mrs. Lennox mit einem einfühlsamen Blick, bevor er sich erneut an den alten Callahan wandte. »Verzeihung, aber das war eine dreiste Lüge, die Sie zusammen mit meinem Vater ausgeheckt haben, um die Wahrheit zu vertuschen. Ihre Gemahlin war weder labil noch selbstmordgefährdet. Mayleen Callahan musste sterben, weil sie Sie in jener Nacht, zusammen mit den Kindern, verlassen wollte.«

»So ein Blödsinn!«, geiferte der Alte. »Sie glauben doch nicht etwa den Worten einer einfältigen Niggerin? Das Weib hatte schon immer eine spitze Zunge, hielt sich für was Besseres, weil Mayleen sie verhätschelte. Wahrscheinlich hat dieses Miststück ihr bei der Planung geholfen und ist deshalb geflohen. Und aus Angst vor Konsequenzen erfindet sie Lügenmärchen.« Einige Sekunden lang war nur sein schweres Schnaufen zu hören.

»Du weißt«, sagte Tawinia, »ich hatte immer Zweifel an der Selbstmordgeschichte, weil das nicht zu ihr passte, aber ich weiß aus ihren Briefen, wie unglücklich sie an deiner Seite war und oft davon geträumt hatte, alles hinter sich zu lassen. Sieh mir ins Gesicht, Hugh Callahan, und sage mir hier und jetzt, ob an Mister Fulghams Version etwas Wahres dran ist! Wollte Mayleen dich verlassen?«

»Nein! Und jetzt Schluss damit!«

Lester sah Ashley an, sie war bleich geworden und ihr Brustkorb hob und senkte sich im schnellen Rhythmus. Er richtete den Blick wieder auf den Alten. »Misses Callahan wähnte Sie noch in Atlanta. Sie konnte nicht ahnen, dass Sie früher als erwartet zurückkehren würden«, sprach er weiter, es war zu spät, das Thema fallenzulassen.

Hugh Callahan blickte stur zur Seite, als ginge ihn das alles nichts mehr an.

Lester wandte sich Mrs. Lennox zu: »Ihre Schwester hatte ihre Flucht von langer Hand geplant. Sie musste nur auf den richtigen Zeitpunkt warten. Die Reisetaschen standen seit Wochen gepackt in einem Gästezimmer unter dem Bett versteckt. An jenem besagten Abend war bereits die Kutsche angespannt und sämtliches Gepäck verstaut. Eine Sklavin brachte Bintu ihren schlafenden Sohn und Misses Callahan wollte ins Haus zurück, um Rodney und Ashley zu wecken, als Mister Callahan unerwartet heimkehrte. Sobald er begriff, was vor sich ging, geriet er fürchterlich in Rage. Blindwütig schlug er auf Bintu ein. Ihr Schreien alarmierte die Misses, die zur Kutsche zurücklief, in der Hoffnung, ihren tobenden Gatten beruhigen zu können. Bintus zweijähriger Sohn wachte von dem Lärm auf und weinte. Mister Callahan schnappte sich den Jungen, dessen Erzeuger er war, schüttelte und würgte das hilflose Kind, um es zum Schweigen zu bringen. Bintu zerrte verzweifelt an Mister Callahans Armen, um ihn zu bewegen, den Kleinen loszulassen. Ihre Schwester Mayleen kam ihr zu Hilfe und versuchte es von der anderen Seite, weil der Junge schon blau anlief. Sie flehte ihren Mann an, wenn er das Kind losließe, würde sie bleiben und ihm eine gehorsame Gemahlin sein. Aber er war wie von Sinnen und stieß sie beiseite. Mit dem Ellenbogen traf er ihren Brustkorb derart hart, dass sie Augenblicke nach Luft ringen musste und außer Gefecht war. Und als sie sich dann erneut auf ihn stürzen wollte, um den Jungen zu befreien, holte er mit der ganzen Kraft seines Armes aus und schleuderte sie von sich. Sie prallte mit voller Wucht gegen das Hinterrad der Kutsche und sank in sich zusammen. Misses Callahan hat sich bei dem Aufprall das Genick gebrochen.«

»Oh Gott!« Ashley weinte leise neben ihm.

»Was hast du getan?« Mrs. Lennox erhob sich betont langsam aus ihrem Sessel und ging auf ihren Schwager zu. »Du hast meine Schwester auf dem Gewissen. Du hast sie umgebracht!«, schrie sie entsetzt.

»Das ist nicht wahr! Es war ein Unfall!«, brüllte Hugh. Speichel spritzte aus seinem Mund. Wutschnaubend sah er zur Schwägerin auf, die ihm heftige Vorhaltungen machte.

Ashley schüttelte es, so sehr weinte sie und Lester war es gleichgültig, ob es schicklich war, tröstend legte er den Arm um seine Braut und zog sie an sich. Dankbar lehnte sie sich gegen seine Schulter.

»Tut mir leid, dass du es auf die Weise erfahren musstest«, flüsterte er ihr zu und gab ihr einen Kuss auf die Stirn.

Es beachtete ihn in dem Moment ohnehin keiner.

Selbst Rodney stand fassungslos da und starrte seinen Vater ungläubig an.

»Hat sich der kleine Junge von seinem Schrecken erholt?«, fragte Ashley leise und schniefte.

»Vermutlich hat er nicht überlebt. Bintu hat ihn nie

wieder gesehen.«

»Warum?« Ashley setzte sich aufrecht und blickte ihn mit großen Augen an.

»Dein Vater machte Bintu für alles verantwortlich und ließ seine ganze Wut an ihr aus. Als sie irgendwann wieder zu sich kam, befand sie sich im Graben unterhalb einer Böschung. Offenbar dachte er, sie ist nicht mehr am Leben.«

»Dad, wie konntest du so etwas Grausames tun?«, griff Ashley ihn schockiert an.

»Was macht ihr für ein Theater wegen zwei nutzlosen Sklaven?«, maulte er.

Tawinia nahm von dem im Sessel zusammengesunkenen Hugh Abstand, marschierte forsch zu den Getränken, goss etwas in ein Glas und leerte den Inhalt in einem Zug. Danach ging sie zurück zu ihrem Sessel und setzte sich.

Mehrere Sekunden war es gespenstisch still.

»Warum hast du uns die ganze Zeit glauben lassen, unsere Mutter sei labil gewesen und habe sich umgebracht? Warum?«, Rodney hatte seine Sprache wiedergefunden.

»Warum, warum«, meckerte Hugh. Umständlich rutschte er im Sessel wieder hoch. »Das war Arthurs Idee. Hätte ich mich zum Gespött der Leute machen sollen und erzählen, dass mein Weib mich verlassen wollte?«

»Da schiebst du die Schuld lieber unserer toten Mutter zu? Sie nach ihrem Tod in den Schmutz zu ziehen, war das deine persönliche Rache?«, fragte Ashley und brach erneut in Tränen aus.

»Du hast uns all die Jahre belogen!« Rodneys Zorn

richtete sich jetzt gegen seinen Vater.

»Ich habe dir den Arsch gerettet! Was wäre denn aus dir geworden, wenn eure Mutter gegangen wäre und euch mitgenommen hätte? Du wärst ein verweichlichtes Muttersöhnchen geworden und hättest irgendwo ein ärmliches Dasein geführt. Ich habe dir dein Erbe erhalten, du elendiger Dummkopf, und einen Mann aus dir gemacht. Dafür kann ich ja wohl den nötigen Respekt erwarten!«

»Einen Mann? Du hast ihm dein verzerrtes Frauenbild vorgelebt und seine Persönlichkeit vergiftet. Du hast ihn manipuliert, um ihn zu deinem emotions- und charakterlosen Ebenbild zu formen«, schimpfte Tawinia.

Rodneys Kopf flog herum, wütend starrte er seine Tante an, ließ ihre Äußerung aber kommentarlos stehen und wandte sich wieder an seinen Erzeuger: »Pah! Das Erbe hätte mir ohnehin zugestanden, oder wer glaubst du, sollte die Plantage nach deinem Ableben weiterführen?«

Hugh lachte dämonisch. »Du hättest innerhalb kürzester Zeit die Plantage in den Ruin gewirtschaftet. Sag mir, wie soll ein Junge, der mit einer aufsässigen und unfügsamen Mutter sowie einer widerspenstigen kleinen Schwester aufwächst, imstande sein, mit der Führung einer Plantage zurechtzukommen?«

»Du redest, als wäre Mutters Tod ein Segen für dich gewesen. Du widerst mich an!«

»Herrgott noch mal«, fluchend schlug der Vater mit der Hand auf die Armlehne seines Sessels. »Ich habe ihren Tod nicht gewollt, aber ich hätte auch niemals zugelassen, dass sie ihre Sachen packt und geht. Sie war mein Eheweib, darauf hatte sie einen Eid geschworen.«

»Und was hättest du getan, um sie am Gehen zu hindern? Gedachtest du, sie für den Rest ihres Lebens einzusperren?«, verlangte Ashley zu wissen.

»Wenn es notwendig gewesen wäre«, antwortete er kühl und sah seine Tochter herablassend an. »Mach ja nicht dieselben Fehler wie deine Mutter. Es ist deine Pflicht, deinem Gemahl eine fügsame Ehefrau zu sein, sein Bett zu wärmen und ihm Nachkommen zu gebären.«

»Wie wir in unserer Ehe miteinander umgehen, müssen Sie schon uns überlassen, Mister Fulgham«, stellte Lester klar. »Aber ich garantiere Ihnen, dass wir stets in Liebe miteinander verbunden sein werden. Diesen Punkt haben Sie bei Ihrer Ausführung vergessen.«

Hugh schüttelte verständnislos den Kopf und machte eine wegwerfende Handbewegung.

Wieder herrschte für einige Sekunden beklemmendes Schweigen.

»Sagen Sie, Mister Fulgham, ich würde mich gern einmal mit Bintu unter vier Augen unterhalten, wenn Sie es ermöglichen könnten«, bat Mrs. Lennox. Auch sie hatte feuchte Augen.

»Das ist überhaupt kein Problem.« Bei der Gelegenheit fiel Lester wieder die Essenseinladung seiner Mutter ein, die er in dem ganzen Durcheinander fast vergessen hätte. Sogleich holte er das Versäumnis nach.

»Oh, sehr freundlich von Ihnen, ich komme gern.« Sie sah Ashley an, die auch freudig nickte.

»Eine Frage habe ich noch.« Hugh Callahan blickte Lester an. »Wie ist meine Sklavin auf Ihrer Plantage gelandet? Ich habe damals regelmäßig nach dem Rechten gesehen und sie nie dort gesehen?« Er war erschöpft und schien in den letzten Minuten um Jahre gealtert zu sein.

Lester räusperte sich. »Wie Sie sich erinnern, sind meine Eltern unmittelbar, nachdem sie die Todesnachricht erhalten haben, zu Ihnen gekommen. Nach der Beerdigung ist meine Mutter allein nach Savannah gereist, um dort Verwandte zu besuchen, während Vater noch einige Tage hier auf der Plantage blieb.«

Hugh schien sich zu erinnern, er nickte.

»Sie fanden Bintu am Straßenrand liegen. Sie hatte sich nach langer Bewusstlosigkeit schwer verletzt aus dem Graben herausgekämpft und war dann zusammengebrochen. Mutter nahm sie mit und trieb einen Arzt auf, der sich bei guter Bezahlung überreden ließ, die Sklavin zu behandeln.«

Seine Mutter verfügte über gewisse Kontakte, die sich für die Befreiung von Sklaven einsetzte und ihnen über ein breites Netzwerk, das sich *Underground Railroad* nannte, die Flucht nach Kanada oder in andere sklavenfreie Staaten ermöglichte. Doch diese Information durfte er ihm nicht auf die Nase binden. Es gab empfindliche Strafen für Fluchthelfer.

»Es dauerte mehrere Monate, bis sie einigermaßen genesen war. Soweit ich weiß, verbrachte sie diese Zeit bei einem alten Krämer-Ehepaar, das sich keine Sklaven leisten konnte. Bintu ging ihnen bis zu deren Tod, etwa drei Jahre später, zur Hand. Danach war sie auf der Flucht und stand eines Tages vor unserer Tür. Seitdem lebt sie auf meiner Plantage.« Auch das war nicht ganz die Wahrheit, das Krämerpaar gehörte zur Organisation und kümmerte sich hingebungsvoll und unentgeltlich um die Pflege der Schwerverletzten. Sie hielten häufig flüchtige Sklaven für einige Tage versteckt, bevor Helfer sie für die Weiterreise abholten. Seine Mutter hielt von

Anfang an Kontakt zu Bintu und nahm sie zu sich, nachdem das Ehepaar im Abstand weniger Monate verstorben war.

»Hat der Arzt sie zu dem Ehepaar gebracht?«, hakte der Alte nach.

Lester musste vorsichtig sein. »Nein, Jesse, unser alter Kutscher, machte den Vorschlag. Ihm war zu Ohren gekommen, dass die Frau schon einmal einem verletzten Sklaven geholfen haben soll. Anfangs weigerte das Paar sich«, log Lester, »aber gegen eine kleine Aufwandsentschädigung, die ihr karges Einkommen aufwertete, erklärten sie sich bereit. Und meine Mutter war das Problem los.«

»Sie hätte sie liegenlassen sollen«, beschwerte sich Hugh.

»Das wäre vermutlich sinnvoller gewesen«, räumte Lester ein. Er hasste es, so etwas sagen zu müssen. »Aber wie Sie wissen, hatte meine Mutter schon immer ein gutes Herz«, fügte er deshalb an.

Der Alte gab einen knurrenden Laut von sich. »Sie hätten mich informieren müssen, als sie vor Ihrer Tür stand.«

»Nach drei Jahren? Wie hätten wir das erklären sollen? Wir waren selbst vollkommen überrascht. Außerdem gingen wir davon aus, dass Sie sie für tot hielten. Was Sie ja auch taten, wie Sie uns vorhin eindrucksvoll bestätigten.«

»Ja, ja«, er winkte gereizt ab. »Ich habe ohnehin keine Verwendung für sie, und auf dem Sklavenmarkt wird sie vermutlich auch nichts mehr einbringen.«

Rodney stand die ganze Zeit abseits am Kamin gelehnt und hörte dem Dialog aufmerksam zu. Lester wusste nicht, was er dachte. Ihre Blicke trafen sich, doch Rodney wich ihm nach wenigen Sekunden aus. »Sie wussten es die ganze Zeit, Fulgham, Sie wussten, wie meine Mutter wirklich gestorben ist. War das der Grund, warum Sie verhindern wollten, dass es zur Sprache kommt?«

»Was denken Sie?«, reagierte Lester mit einer Gegenfrage.

Rodney sah ihn an, sagte aber nichts. Seine Wut schien verraucht, er machte einen nachdenklichen Eindruck.

»Was hast du getan, nachdem du feststelltest, dass Mum tot war?«, fragte Ashley plötzlich und sah ihren Vater an. Sie hatte sich wieder gefangen und weinte nicht mehr.

»Was soll ich schon gemacht haben? Ich habe sie in ihr Schlafzimmer getragen, anschließend das Gepäck abladen und zurück ins Haus bringen lassen und alle Hinweise auf eine Flucht verwischt«, gestand er kraftlos.

»Das gebrochene Genick ... der Arzt muss es doch bemerkt haben, als er den Totenschein ausstellte?«, fragte Rodney.

»Eine Sklavin fand sie am nächsten Morgen neben ihrem Bett. Ich habe es so aussehen lassen, als sei sie auf dem Bettvorleger ausgerutscht und gestürzt. Ein anderer Arzt hatte ihr vor einiger Zeit ein leichtes Beruhigungsmittel aufgeschrieben, ich gab es in den Rest Tee, der auf dem Nachtschrank stand. Sie trank diesen Tee immer vor dem Schlafengehen. Ich tat auch noch Laudanum dazu und verschüttete etwas davon auf ihrem Nachthemd, das ich ihr angezogen hatte. Die leeren Fläschchen platzierte ich auf dem Nachtschrank.«

»Und der Arzt musste denken, dass sie das alles eingenommen hat und daher bei dem Versuch aufzustehen, gestürzt ist«, beendete Ashley den Satz. Traurig sah sie Rodney und dann ihre Tante an.

»Ja, so hieß es offiziell«, erklärte Tawinia und wischte sich über die Augen. »Ich konnte mir nie vorstellen, dass sie das wirklich getan haben soll. Aber ich musste es so hinnehmen, wie hätte ich etwas anderes ahnen sollen?«

»Im Grunde war es doch ein Unfall.« Alle Augen waren auf Rodney gerichtet. »Sie starb, wie auch immer, an einem Genickbruch. Wie konnte sich dann die Selbstmordtheorie dermaßen manifestieren?«

Der alte Callahan seufzte schwer. »Wir haben nachgeholfen, um zu verhindern, dass die Tratschmäuler ihre eigenen Theorien entwickelten, wie es zu dem Genickbruch gekommen sein könnte.«

»Wir?«

»Arthur und ich. Ein Bettvorleger als Ursache erschien uns zu vage, da blieb zu viel Raum für Spekulationen. Am Morgen vor der Beerdigung kam der Sheriff noch vorbei, der Arzt muss ihn informiert haben. Arthur hat mich unterstützt und bezeugt, dass Mayleen schon lange unter gewissen Symptomen litt. Ich war bei dem Gespräch nicht dabei, aber Arthur muss sehr überzeugend gewesen sein.«

»Das hast du ja großartig hinbekommen«, fuhr Rodney auf. »Hast du überhaupt eine Vorstellung, wie das war, mit diesem Manko aufzuwachsen? Die Mutter eine Selbstmörderin, die Blicke der Leute, die sich zu fragen schienen, ob da Wahnsinn im Spiel gewesen wäre und das womöglich erblich sein könnte. Ständig hast du uns vorgehalten, was Mutter angeblich getan hatte, hast sie als psychisches Wrack hingestellt und das alles nur, um dein angekratztes Ego aufzupolieren? Du bist hier derjenige, der krank ist!«

»Denk doch, was du willst«, murrte sein Vater. Mit beiden Händen auf der Lehne stemmte er sich keuchend aus dem Sessel hoch. Anklagend sah er jedem ins Gesicht, als er es endlich auf die Beine geschafft hatte. »Ich habe mir nichts vorzuwerfen! Es ist einzig die Schuld eurer Mutter, sie hätte nicht planen sollen, mich zu verlassen. Dazu hatte sie kein Recht!«

»Hättest du sie besser behandelt, wäre sie vermutlich nie auf die Idee gekommen«, konterte Tawinia.

»Ach, was weißt du denn schon!« Wieder machte er eine wegwerfende Handbewegung. Während er sich umdrehte, blieb sein Blick an Lester hängen. »Von Ihnen bin ich schwer enttäuscht. Würde Arthur noch leben, hätte er niemals zugelassen, dass Sie sich so aufführen und meinen, Henker spielen zu müssen. Er hätte hart durchgegriffen. Eine Schande, sein Andenken derart zu beschmutzen.«

Lester hatte für den Vorwurf nur ein müdes Lachen übrig.

An seinen Sohn gewandt fügte Hugh an: »Das kommt dabei heraus, wenn ein Weib zu viel Macht auf einen Jungen ausübt.« Gebeugt schlurfte er zur Tür und verließ den Salon.

Rodney ließ sich auf den frei gewordenen Platz nieder, stützte die Ellenbogen auf die Knie und barg sein Gesicht in den Händen. Jeder hing seinen Gedanken nach und das Schweigen zog sich in die Länge. Nach einer Weile stand er wortlos auf und verließ ebenfalls den Salon.

Lester blieb mit den beiden Damen zurück.

»Sie haben sich nichts vorzuwerfen, Mister Fulgham«, beendete Tawinia das Schweigen. »Und ich bin froh, dass

Sie meinem Rat gefolgt sind und darauf verzichtet haben, Zahlungen an Hugh zu leisten. Die Papiere sind unterzeichnet, selbst wenn er seine Meinung nach dem heutigen Tag ändern sollte, hätte er keine Handhabe mehr.« Sie erhob sich und lächelte gequält. »Ich brauche etwas Ruhe, um die neuen Informationen zu verarbeiten. Ich lasse euch beide allein und vertraue darauf, dass ihr keinen Unfug treibt.«

»Geht es dir gut?«, fragte Lester besorgt, als sie allein waren.

»Ich bin traurig, dass meine Mutter niemals glücklich war, aber ich bin froh, dass ihr Name nun reingewaschen wurde.«

Sanft streichelte er mit dem Handrücken ihre Wange. »Deine Mutter war eine großartige Frau, genau wie du. Ich liebe dich, Ashley Callahan.«

»Und ich liebe dich, Lester Fulgham.«

Ihre Lippen fanden sich zu einem langen und innigen Kuss.

Epilog

»Wir sind spät dran«, rief Ashley ihrem Gemahl zu, der vor der Kommode sein Halstuch band. Mit einem liebevollen Kuss auf die Stirn übergab sie David, ihren kleinen Sohn, seiner schwarzen Amme.

»Du siehst fantastisch aus, Liebling.« Lester lächelte sie bewundernd an.

Rasch stürzte Ashley zum Spiegel, um sich selbst davon zu überzeugen. Ihre Wangen waren noch leicht gerötet von dem, was sie gerade getan hatten.

»Ich habe mich bemüht, dein Haar nicht durcheinanderzubringen, Liebling«, er grinste.

Ashley seufzte glücklich. »Aber jetzt sollten wir uns wirklich beeilen.« Sie war furchtbar aufgeregt.

Auf sie warteten Ehrenplätze im Theater, in dem heute eine groß angekündigte Premiere stattfand. Und ihre geliebte Tante, die Schauspielerin Tawinia Deluca, würde sie gleich in der Hauptrolle bewundern dürfen.

»Ashley, Lester? Wo bleibt ihr denn? Die Kutsche wartet«, rief Mrs. Fulgham vom Fuß der Treppe hinauf.

Hinter ihr erschien Rodney mit Jasmine, die man in letzter Zeit öfter in seiner Begleitung sah. Sie war sehr hübsch und die Tochter eines Händlers, der geschäftliche Bedingungen mit den Engländern für den Import der Baumwolle aushandelte, um für die hiesigen Pflanzer bestmögliche Preise zu erzielen.

»Konntet ihr die Finger wieder nicht voneinander lassen?«, scherzte Rodney, als sie am Arm ihres Mannes die Treppe hinabschritt.

Die Begrüßung war herzlich. Die Beziehung zu ihrem

Bruder hatte sich zum Positiven gewandelt und Jasmine schien einen guten Einfluss auf ihn zu haben. Sie wirkten einander sehr zugetan. Ashley war sich sicher, dass in dieser Hinsicht bald ein großes Fest anstehen würde. Sie freute sich, dass Rodney glücklich wirkte.

Er und Lester näherten sich allmählich an, obwohl ihr Austausch gelegentlich noch etwas gezwungen wirkte. Dennoch gaben sich beide Mühe und dafür war Ashley dankbar. Rodney war zur Hochzeit gekommen, hatte sich aber abseits gehalten und alles aus sicherer Entfernung beobachtet, bis Lester auf ihn zukam und ihm die Hand reichte. Seither waren beide Parteien um ein positives Verhältnis bemüht.

Zu ihrem Vater hatte sie keinen Kontakt mehr, er war weder bei ihrer Hochzeit anwesend gewesen, noch hatte er nach der Geburt seines Enkels von sich hören lassen.

Bintu winkte ihnen zu, als sie in die Kutsche stiegen. Sie lebte wieder auf der Fulgham Plantage. Da sie Ashleys Mutter sehr nahe gestanden hatte, konnte sie ihnen viel Gutes von ihr erzählen. Das tröstete. Nach anfänglichem Zögern hatte Rodney sich auch eingefunden, um den Gesprächen beizuwohnen. Er war erst elf gewesen, als ihre Mum starb. Viele Erinnerungen, die ihm entfallen waren oder durch die Lüge ihres Vaters verdrängt worden waren, kamen dadurch wieder.

Das große Theater war restlos ausverkauft, dementsprechend stürmten die Menschen in Massen hinein und drängten zu ihren Plätzen und Logen. Ashleys Aufregung stieg ins Unermessliche. Endlich konnte sie ihre geliebte Tante Tawinia auf der Bühne bewundern.

Nach ihrer Hochzeit mit Lester und der Geburt ihres Sohnes David war dies ein weiterer Höhepunkt in ihrem Leben.

Ende

Mehr von Emilia Doyle:

Ruf des Südens: Zeitreiseroman

Nach einem Streit mit ihrem Freund Benjamin irrt Nathalie während eines Gewitters durch ein Neubaugebiet und stürzt in eine Baugrube.

Als sie wieder zu sich kommt, sieht sie sich kurz darauf einem Reiter gegenüber, der sich als Hank Craven vorstellt. Verwirrt lässt sie sich von ihm auf seine Plantage bringen.

Langsam begreift Nathalie, dass sie durch ein Zeitloch gefallen und im Süden der USA gelandet ist. Der Sklavenhandel blüht und das Land steht kurz vor dem Bürgerkrieg.

Trotz ihrer Furcht und der Sehnsucht nach ihrer Familie arrangiert sie sich mit der neuen Lebenssituation, stößt aber durch ihre unkonventionelle Art den Sklaven gegenüber auf Unverständnis. Sie zieht sich den Hass von Mathew, Hanks Stiefbruder und Besitzer der Plantage, zu, der sie beschuldigt, eine Hure zu sein oder gar der Abolitionistenbewegung anzugehören, die den Sklaven zur Flucht verhilft.

Nathalie, die ihre Herkunft nicht nachweisen kann, verliebt sich in Hank und steht hilflos Mathews Forderung gegenüber, seine Mätresse zu werden. Andernfalls würde er sie von der Plantage jagen.

Entgegen aller Vernunft

Roman über eine Liebe in den Südstaaten, im Vorfeld des Amerikanischen Bürgerkrieges.

Flora heiratet einen reichen Plantagenbesitzer, aber es fällt ihr schwer, sich in die Welt der Pflanzer-Aristokratie einzugewöhnen. Von ihrem Ehemann fühlt sie sich unverstanden und ihre Schwiegermutter lässt kein gutes Haar an ihr.

Eines Tages begegnet sie dem charmanten Gavin Pears, einem Soldat aus dem Norden, der in Charleston stationiert ist.

Flora ist von dem Mann hingerissen und lässt sich auf eine riskante Liebesbeziehung mit ihm ein. Doch ist die junge Frau geschaffen für ein Leben aus Lügen und Geheimnissen?

Das schlechte Gewissen quält sie zunehmend. Aber auch die sich verschärfenden Beziehungen zwischen dem Norden und dem Süden belasten ihre Liebe.

Sie treffen eine Entscheidung, doch das Schicksal hat längst entschieden.

Der Fluch der Greystokes

Romantische, mysteriöse Liebesgeschichte, überschattet von einem alten Fluch

Das schändliche Verhalten eines Urahnen hat zur Folge, dass alle männlichen Nachkommen mit einem Fluch belastet sind und sich bei Vollmond in einen Werwolf verwandeln.

Nur die Liebe kann ihren Fluch brechen.

Aber warum ist es den Generationen vor ihnen nicht gelungen?

Wo liegt das wahre Geheimnis zur Erlösung?